Kriminalroman

FSC

Das Buch wurde auf FSC-zertifiziertem Papier gedruckt und leistet damit einen aktiven Beitrag zur nachhaltigen Bewirtschaftung der Wälder rund um den Globus.

www.wurdackverlag.de

Lektorat: Esther Haffner
Covergestaltung: Ernst Wurdack unter Verwendung eines Fotos von Richard Peterson / Shutterstock
Projektbetreuung: Literaturagentur Ehrmann
www.literaturagentur-ehrmann.de

ISBN 978-3-95556-001-0

Andrea Tillmanns

Mörderische Saitensprünge

Erstes Kapitel

»Das darf doch nicht wahr sein …« Mühsam öffnete Luisa die Augen und starrte auf die Zahlen des Radioweckers. Zwei Uhr fünfzehn, glaubte sie zu erkennen. Irgendwann würde sie doch noch mal eine Lesebrille brauchen.

Das nächste Klingeln des Telefons riss sie aus ihren Gedanken. Wer um alles in der Welt rief sie um diese Zeit an? Ihre Eltern? Wie viel Uhr war es jetzt in deren Seniorenresidenz in Thailand? Luisa warf die Bettdecke zurück und tapste zu dem flachen Schrank, auf dem das Telefon stand. Im Display war keine Nummer eingeblendet. Hatte ihre Mutter schon mal mit unterdrückter Rufnummer angerufen?

»Weinstrauß«, knurrte sie in den Hörer, verkniff sich aber vorsichtshalber jeden weiteren Kommentar, nur für den Fall, dass es doch ihre Mutter war.

Schweigen. »…e…fe…«, hörte sie dann ein Stöhnen. Eine Frauenstimme, tiefer als die ihrer Mutter.

Luisa schluckte. Die Müdigkeit war mit einem Mal wie weggefegt. Wenn das ein Streich eines ihrer Musikschüler war, dann ein verdammt schlechter.

Langsam setzten sich die kaum erkennbaren Silben, die sie gerade gehört hatte, in ihrem Kopf zusammen. Es konnte »Hilfe« geheißen haben.

»Wer ist dort?«, fragte sie und spürte, wie zittrig ihre Stimme klang.

»…isa …ilf mir …« Das Stöhnen klang nun noch tiefer und ging in einen würgenden Laut über.

Atemlos starrte Luisa den Vorhang an, hinter dem es auch jetzt nicht ganz dunkel war, als könnte der ihr eine Antwort geben, wer sie mit letzter Kraft um Hilfe bat. Und dann, mit einem Mal, erkannte sie die Stimme, die sonst viel heller klang – und vor allem viel bestimmter. »Marianne?«, fragte sie hastig nach. »Marianne, bist du das?«

Doch diesmal antwortete ihr niemand mehr. Nicht einmal das würgende Geräusch hörte sie noch.

Auf nackten Füßen, das Mobilteil des Telefons noch immer am Ohr, tapste sie nach nebenan ins Arbeitszimmer und riss ihr Handy von der Ladestation, um damit die 112 anzurufen. Vielleicht konnte die Notrufzentrale orten, wer sie angerufen hatte.

»Luisa Weinstrauß hier«, sprudelte sie los, als sich eine Frau meldete. »Mich hat gerade jemand telefonisch um Hilfe gebeten, es geht ihr offenbar sehr schlecht … Ich vermute, es ist Marianne Schneider-Winterthur«, sie diktierte rasch die Adresse, die sie in den letzten Wochen häufiger besucht hatte. »Sie ist noch in der Leitung, vielleicht können Sie sie orten …«

»Das werden wir versuchen, legen Sie daher bitte beide Telefone nicht auf«, antwortete die junge Frau am anderen Ende der Leitung. »Nun geben Sie mir bitte noch Ihre Adresse …«

Nach ein paar weiteren Fragen durfte Luisa endlich das Gespräch mit der Notrufzentrale beenden. Das Mobilteil des Festnetztelefons, das sie die ganze Zeit ans Ohr gehalten hatte, war währenddessen stumm geblieben.

Langsam drang die Kälte der Fliesen unter ihren nackten Füßen in Luisas Bewusstsein. Obwohl die Wärme der letzten Tage noch in den Räumen hing, begann sie zu frieren. Mit überkreuzten Beinen setzte sie sich auf den Schreibtischstuhl und schaltete aus einem Reflex heraus den Laptop ein. Der Monitor tauchte den Raum in kühles, blaues Licht; nur dort, wo ein Strahl aus dem Flur hineindrang, schimmerte der Boden in sanftem Beige.

»Marianne?«, fragte sie in das Schweigen des Telefons. »Marianne, wenn du es bist, sag doch etwas!« Die Zeit zerrann, während sie durch den Monitor hindurchstarrte. »Marianne?«

Dann, endlich, ein Geräusch, wie von einem Schlag, vielleicht als die Feuerwehr die Tür aufbrach, eilige Schritte, ein Poltern, andere, nicht erkennbare Laute, ein Piepsen, mehrfach, und schließlich wieder Stille.

»Marianne?«, rief sie in den Hörer.

Sie hörte, wie das andere Telefon in die Hand genommen wurde. »Hallo?« Eine Männerstimme, müde, unaufgeregt.

»Luisa Weinstrauß hier, haben Sie Marianne – Frau Schneider-Winterthur, meine ich – gefunden?«, antwortete sie hastig. »Wie geht es ihr?«

»Wir sind zu spät gekommen«, sagte er leise und klang nun noch müder als vorher. »Haben Sie Ihren Namen und Ihre Telefonnummer bei der Notrufzentrale angegeben? Dann können Sie jetzt auflegen.«

Ehe sie antworten konnte, hörte sie das Knacken, das den Anruf beendete, und das Tuten in der Leitung.

Langsam ließ sie sich in ihrem Schreibtischstuhl zurücksinken. »Marianne«, flüsterte sie. Heute Vormittag, als sie gemeinsam geprobt hatten, war ihre Kollegin noch bester Dinge gewesen, vielleicht etwas stiller als sonst, so als müsse sie eine Entscheidung treffen, über etwas nachdenken … aber dennoch gut gelaunt und kerngesund. Und jetzt … was hatte diese so agile, energiegeladene Frau getötet? Ein Herzinfarkt? Oder ein Schlaganfall? Gab es überhaupt eine andere Möglichkeit, wenn man so schnell und unerwartet starb?

Ohne darüber nachzudenken, wählte sie Mariannes Nummer. »Weinstrauß hier noch mal«, meldete sie sich, als der Hörer abgehoben wurde. »Was ist geschehen? Heute Morgen war Frau Schneider-Winterthur völlig gesund – wie kann sich das so schnell ändern?«

»Frau Weinstrauß«, nun mischte sich eine Spur von Ärger in die Stimme des Mannes, der wohl Sanitäter oder Notarzt war, »manche Dinge gehen eben sehr schnell. So schlimm es für Freunde und Angehörige auch ist … Es sieht alles nach einem Herzinfarkt aus.«

»Das heißt, Sie sind sich nicht sicher, ob es auch einer war«, entgegnete Luisa und biss sich im gleichen Moment auf die Lippe. Was war denn in sie gefahren? Warum ließ sie den armen Mann nicht in Ruhe? Nur weil sie sich nicht damit abfinden konnte, dass Marianne vielleicht zu viel Energie in ihre musikalischen Pläne gesteckt und darüber ihre Gesundheit vernachlässigt hatte?

Der Mann seufzte leise. »Nein, ich bin mir nicht sicher«, antwortete er schließlich. »Und als verantwortungsvoller Arzt werde ich daher ‚Todesursache unklar' ankreuzen. Wenn Sie sich mit den nächsten Angehörigen in Verbindung setzen, werden Sie von diesen vielleicht erfahren, woran Ihre Bekannte tatsächlich verstorben ist. Darf ich nun meine Arbeit weitermachen?«

»Natürlich.« Luisa schluckte. »Entschuldigen Sie. Es war nur so … unerwartet.«

»Keine Ursache. Gute Nacht.« Er legte auf.

Luisa legte das Handy zurück auf die Ladeschale und nahm das Mobilteil des Festnetztelefons wieder mit ins Schlafzimmer. Marianne – sie konnte es immer noch nicht glauben. Da hing so vieles dran, woran sie zuerst gar nicht gedacht hatte. Das Konzert während der Landesgartenschau … aber dieser Gedanke war egoistisch. Marianne war tot, das war das Einzige, was in diesem Moment zählte.

Sie ließ das Mobilteil auf dem Nachttisch liegen und starrte, nur halb zugedeckt und unschlüssig zwischen Schwitzen und Frösteln hin- und hergeworfen, an die Decke. Marianne war nur ein Jahr älter gewesen als sie selbst. Noch keine fünfzig.

Wie konnte man in diesem Alter sterben? Ohne jede Vorwarnung, ohne irgendwelche Vorerkrankungen? Oder hatte sie an einer Krankheit gelitten und Luisa nur nichts davon gesagt?

Um kurz nach drei holte Luisa sich einen heiteren Liebesroman aus dem Regal, der ihr heute jedoch alles andere als lustig erschien. Um vier beschloss sie, ein neues Stück auf dem Keyboard zu üben, und quälte sich mehr als eine Stunde mit *Somewhere out there* herum, bis sie das Lied endlich fehlerfrei spielen konnte. Um halb sechs starrte sie wieder im Bett an die Zimmerdecke und konnte sich nicht entscheiden, ob sie frieren oder schwitzen sollte. Um kurz nach sechs klingelte das Telefon.

Luisa griff so hektisch nach dem Mobilteil auf dem Nachttisch, dass sie es herunterfegte und aus dem Bett rutschen musste, um es wieder aufzuheben. Zum Glück war es weich auf den Bettvorleger gefallen. »Weinstrauß?« meldete sie sich.

Einen Moment lang glaubte sie, ein Déjà-vu zu erleben, als sich niemand meldete. Nicht noch ein Hilferuf, dachte sie. »Guten Morgen, Frau Weinstrauß«, antwortete ihr schließlich eine junge Männerstimme. »Müllerjan hier, Kripo Euskirchen. Wir kennen uns ja bereits.«

Zweites Kapitel

Müllerjan brachte Brötchen mit, als er eine halbe Stunde später läutete. Er sah genauso unausgeschlafen aus wie damals bei dem ersten Mordfall, in den sie zufällig hineingeschliddert war – und der gerade mal ein gutes halbes Jahr her war, fiel ihr dabei auf.

Weshalb musste sie schon wieder in einen undurchsichtigen Todesfall verwickelt werden?

Dabei hatte sie so gehofft, dass ihr Leben jetzt wieder etwas ruhiger verlaufen würde …

»Kommen Sie rein«, sagte sie und reichte ihm die Hand.

»Sie sehen aus, als hätten Sie auch nicht mehr geschlafen als ich«, begrüßte er sie. Ein schwaches Grinsen überzog seine Wangen. »Haben Sie einen Kaffee für mich?«

»Der ist schon durchgelaufen«, antwortete Luisa. Sie ging voraus in die Küche, nahm die Kaffeekanne mit ins Esszimmer und goss beide Tassen voll, ehe sie sich setzte.

Wortlos öffnete er die Brötchentüte und reichte sie ihr. Luisa entschied sich für ein einfaches, helles Brötchen, das gut zu Marmelade passen würde. Eigentlich aß sie momentan am liebsten Käse zum Frühstück, aber heute brauchte sie etwas Süßes. Alleine schon, um ein Gegengewicht zu dem starken, bitteren Kaffee zu haben. Gesund leben konnte sie morgen wieder.

Schweigend aßen sie, nahmen einen Schluck von dem heißen Kaffee, sahen sich schließlich an.

»Wenn Sie mit mir sprechen wollen, dann ist Marianne wohl nicht an einem Herzinfarkt gestorben«, begann Luisa schließlich, während sie die Erdbeermarmelade dick auf die zweite Brötchenhälfte strich.

Müllerjan schüttelte den Kopf. »Nein, das kann man so nicht sagen. Zum Glück stellen sich viele ungeklärte Todesfälle bei der Autopsie doch als krankheits- oder altersbedingt heraus. Dann ist der Fall für uns in ein paar Tagen abgeschlossen. Aber sobald der Notarzt nicht eindeutig eine natürliche Todesursache bescheinigen kann, muss er die Polizei rufen, und dann kommt eben auch die Kriminalpolizei ins Spiel.«

»Und Stockmann hatte keine Lust, so früh aufzustehen?«, fragte Luisa. Der knötterige, alte Kommissar hatte sie beim letzten Fall so oft auflaufen lassen, dass sie heilfroh war, hier mit seinem Assistenten zu sitzen – und nicht mit ihm selbst.

»Stockmann ist seit zwei Monaten pensioniert«, entgegnete Müllerjan. »Ich bin jetzt derjenige, der sich um diesen Fall kümmert.« Er sah dabei nicht wirklich glücklich aus, fiel Luisa auf.

»Seit zwei Monaten …« Sie dachte an die erste Begegnung mit dem alten Kommissar zurück. Der Notarzt hatte damals, als sie den Toten am Zülpicher Wassersportsee gefunden hatte, auch erwähnt, dass Stockmann bald pensioniert würde. Sie hatte nie darüber nachgedacht, wer wohl sein Nachfolger werden würde. Auf den ruhigen Müllerjan wäre sie sicher nicht gekommen. »Das heißt, Sie sind jetzt auch … Kommissar?«, fragte sie nach. Für Dienstränge bei der Polizei hatte sie sich nie interessiert, nur ein wenig gewundert, dass der alte Stockmann nicht weiter aufgestiegen war. Vermutlich war er zu undiplomatisch gewesen, nicht nur gegenüber Zeugen, wie sie aus eigener Erfahrung wusste, sondern auch im Umgang mit seinen Vorgesetzten.

»Das war ich bereits Anfang des Jahres«, erklärte der junge Mann bereitwillig. »Aber direkt nach dem Studium war ich froh, von Stockmann noch eine Weile lernen zu können, ehe ich selbst diese ganze Verantwortung übernehmen musste.«

Erstaunlich wenig ehrgeizig für so einen jungen Kerl, dachte Luisa. »Verstehe«, sagte sie. »Mögen Sie noch einen Kaffee?«

»Gerne.« Er hielt ihr seine Tasse hin, die sie bis zum Rand füllte. »Und jetzt, Frau Weinstrauß, würde ich Sie um einige Informationen zu Ihrer Freundin, Frau Schneider-Winterthur, bitten.«

»Sie war nicht meine Freundin«, entgegnete Luisa reflexartig. »Ich meine – wir hatten uns über zwanzig Jahre nicht gesehen. Erst vor einigen Wochen haben wir uns wiedergetroffen.«

Er nickte und zog einen kleinen Block aus seiner Hemdtasche. »Und Frau Schneider-Winterthur hat ausgerechnet Ihre Telefonnummer gewählt, um Sie um Hilfe zu bitten, weil …?« Müllerjan sah sie aufmerksam an.

Mit einem Mal wurde Luisa bewusst, dass auch er kein Freund war. Er war Polizist, Kommissar genau genommen. Er hatte bei dem knötterigen Stockmann gelernt. Trotz des gemeinsamen Frühstücks musste sie sich zusammenreißen und aufpassen, was sie sagte. Wie sie solche Situationen hasste!

Sie schluckte. »Weil meine Nummer wohl die letzte war, die im Telefon gespeichert war«, mutmaßte sie. »Marianne hatte mich gestern am späten Nachmittag angerufen, weil sie unser heutiges Treffen um eine Stunde verschieben musste.«

»Weshalb hat sie nicht direkt die Notrufnummer gewählt?«, überlegte Müllerjan laut. »Drei Ziffern zu treffen, ist doch nicht schwer – selbst wenn es einem nicht gerade gutgeht.«

»Die Wahlwiederholung ist einfacher«, widersprach Luisa. »Zumindest wenn Mariannes Telefon ähnlich funktioniert wie meins. Ich muss nur zweimal auf Abheben drücken, und fertig. Das bekomme ich sogar hin, ohne hinzuschauen.«

Müllerjan nickte nachdenklich. »Ohne hinzuschauen – das ist vielleicht der wichtige Punkt. Sie hatte kein Licht eingeschaltet, als die Sanitäter und der Notarzt sie fanden. Vermutlich ist sie im Dunkeln vom Sofa gerutscht, zum Sideboard gekrochen, auf dem das Telefon stand … Sie scheint es an der Schnur der Ladestation heruntergerissen zu haben. Und dann hat sie die erstbeste Taste gedrückt, oder die, die sie auch im Dunkeln erkennen konnte …«

Luisa schluckte.

So genau wollte sie das alles gar nicht wissen. Es musste furchtbar sein, zu ahnen, dass man sterben würde, zu spüren, dass der eigene Körper nicht mehr funktionierte, sich nicht einmal mehr aufrichten zu können, um nach dem Telefon zu greifen …

»Die Tasten sind meist hinterleuchtet«, entgegnete sie dennoch. »Sie hätte wahrscheinlich auch im Dunkeln genug sehen können, um die 112 zu wählen.« Ihr Magen krampfte sich zusammen, als ihr bewusst wurde, was das bedeutete. »Marianne konnte wahrscheinlich nicht mal mehr ihre Finger ausreichend bewegen, um diese Tasten zu erreichen.«

»Oder ihr Kreislauf war so schwach, dass ihr längst schwarz vor Augen war und sie deshalb nicht mehr sehen konnte, welche Tasten sie drückte«, ergänzte Müllerjan ungerührt.

»Aber das kann nicht sein«, warf Luisa ein, als ihr etwas anderes auffiel. »Marianne hat mich um kurz nach zwei in der Nacht angerufen. Was hatte sie denn um diese Zeit überhaupt im Wohnzimmer zu suchen? Sie sagten doch gerade, sie habe sich von der Couch zum Sideboard geschleppt. Marianne legte viel Wert auf ein gesundes Leben, sie hat sich immer gut ernährt, trieb viel Sport und hatte einen sehr regelmäßigen Tagesablauf – sie wäre nicht vor dem Fernseher eingeschlafen. Das hätte sie sich nicht gestattet.«

»Vielleicht hat sie noch gearbeitet«, entgegnete Müllerjan. »Sie hatte doch große Pläne, soweit ich das in der Zeitung mitverfolgt habe …«

Luisa schüttelte entschieden den Kopf. »Marianne hat prinzipiell nicht länger als von acht bis acht gearbeitet«, widersprach sie, »nur Auftritte selbst waren davon ausgenommen. Sie hat mir doch mehr als einmal erklärt, jeder Mensch brauche Ruhepausen, besonders wenn er so einen stressigen Job habe wie sie. Sie hätte nicht bis mitten in die Nacht hinein an den nächsten Konzertvorbereitungen oder ähnlichen Dingen gesessen.«

»Vielleicht hat sie sich abends schon schlecht gefühlt und auf dem Sofa etwas ausgeruht«, überlegte Müllerjan. »Dann ist sie eingeschlafen und erst wieder aufgewacht, als es zu spät war und sie sich kaum noch bewegen konnte.«

Luisa nickte langsam. Das klang vernünftig. Und passte zu einem Herzinfarkt, soweit sie sich damit auskannte. »Aber weshalb hat ihr Mann nicht bemerkt, dass es ihr nicht gut ging?«, fragte sie schließlich.

»Der war gar nicht zu Hause«, antwortete Müllerjan. »Er war auswärts, auf einem Klassentreffen. Wir haben ihn in seinem Hotel auf dem Handy erreicht. Er ist unterwegs.« Der junge Mann sah auf die Uhr. »Gegen neun Uhr wollte er zu mir nach Euskirchen aufs Präsidium kommen.«

»Wo war das Klassentreffen?«, hakte Luisa nach, ohne einen Grund für ihre Neugier nennen zu können.

»Irgendwo in Hessen.« Müllerjan blätterte kurz durch seinen Block und klappte ihn dann zu. Offenbar hatte er sich den genauen Ort nicht aufgeschrieben oder fand ihn gerade nicht.

Luisa rechnete kurz. Hessen – das konnte Kassel oder Fulda bedeuten, wohin man von Zülpich aus knapp drei Stunden brauchte, Gießen oder Darmstadt erreichte man in gut zwei Stunden. Wenn das Klassentreffen typischerweise um acht Uhr begonnen hatte, war er wohl spätestens um sechs losgefahren – vorausgesetzt, er wollte pünktlich ankommen. Dann war Marianne seit dem frühen Abend alleine gewesen – ohne jemanden, der sich um sie kümmerte, der merkte, dass es ihr schlecht ging … Sie schüttelte sich und nahm hastig noch einen Schluck Kaffee.

»Was können Sie mir denn sonst noch über Frau Schneider-Winterthur erzählen?«, fuhr Müllerjan fort. »Woher kennen Sie beide sich überhaupt? Vom Studium?«

»Nein, Marianne hat in Aachen studiert, ich in Köln«, antwortete Luisa. »Die beiden Musikhochschulen gehören zwar genau genommen zusammen, aber dennoch sind wir uns während des Studiums nicht häufig über den Weg gelaufen. Außerdem hatte sie ein Jahr früher begonnen, sie war etwas älter als ich. Und dann hatten wir unterschiedliche Hauptinstrumente – Marianne studierte Konzertgitarre und als Nebenfach Querflöte; mein Hauptfach war Klavier, und zusätzlich habe ich Blockflöte gelernt.«

»Sie kennen sich also aus Zülpich?«, fragte Müllerjan.

Luisa nickte. »Ja, wir waren auf derselben Schule, daher kannten wir uns flüchtig. Eigentlich hatten wir erst nach dem Studium etwas mehr Kontakt – als wir beide wieder nach Zülpich zurückkamen. Wir haben uns ein paar Mal getroffen, große Pläne geschmiedet … nun, bei Marianne sind einige davon ja tatsächlich in Erfüllung gegangen.«

Müllerjan schrieb fleißig mit. »Große Pläne«, wiederholte er, »stimmt, Frau Schneider-Winterthur ist ja nicht ganz unbekannt. Wie erfolgreich war sie denn tatsächlich? Sie als Kollegin können das sicher besser einschätzen.«

Luisa konnte sich ein spöttisches Lächeln nicht verkneifen. »Na ja, Kollegin ist wohl etwas zu viel gesagt«, entgegnete sie. »Marianne hat langsam, aber beharrlich daran gearbeitet, sich einen Namen zu machen. Sie war nie einer der ganz großen Stars, und sie wusste, dass ihr der richtige Durchbruch auch nicht mehr gelingen würde. Ihr Name würde nie in einem Atemzug mit Segovia, Pujol, van der Staak oder Fisk genannt werden. Aber sie hat seit einem Vierteljahrhundert kontinuierlich an ihrer Karriere gearbeitet, ihre Technik immer weiter verfeinert, ihre Netzwerke gepflegt, weltweit mit ihrem Quartett und als Solistin Hunderte von Konzerten gegeben und vor ein paar Monaten die inzwischen dritte CD aufgenommen … Sie war auf einem Stand angekommen, um den sie die meisten Menschen, die das gleiche Studium genossen haben, beneiden würden.«

»Sie auch?«, fragte Müllerjan, ohne von seinem Block aufzusehen.

Luisa schwieg einen Moment. Genau diese Frage hatte sie sich selbst auch mehr als einmal gestellt. »Vielleicht«, sagte sie schließlich langsam. »Andererseits – der Preis für dieses Leben auf der Überholspur war schon immer hoch. Fragen Sie mal ihren Mann, wie oft sich die beiden gesehen haben … obwohl sie sich mit Sicherheit noch immer liebten. Mein Leben mag nicht so aufregend sein, wie es Mariannes war – aber auch das hat seine Vorteile.«

»Wissen Sie, weshalb Frau Schneider-Winterthur Zülpich nicht verlassen hat? Wäre eine größere Stadt nicht förderlicher für ihre Karriere gewesen?«

Luisa zuckte mit den Schultern. »Sie hat mir mal gesagt, sie brauche ihre Heimat, um auf all den Reisen nicht die Bodenhaftung zu verlieren. Außerdem hatte sich ihr Mann ja hier etwas aufgebaut … Sie wissen wahrscheinlich, dass er selbständig ist.«

»Installation, ja ja«, nickte Müllerjan und blätterte in seinem Block vor und zurück. »Dann hat sie deshalb auch hier in Zülpich dieses große Konzert zum Zülpicher Bürgertag am zehnten Mai nächsten Jahres geplant, von dem ab und an in der Zeitung die Rede war«, sagte er schließlich. »Wegen der Bodenhaftung.«

Sie musste schmunzeln. »Marianne wollte ihrer Heimatstadt und ihren Nachbarn eine Freude machen«, antwortete sie. »Was die Bodenhaftung angeht – die hat sie eher uns anderen verpasst, die mit ihr gemeinsam auftreten sollten. Es war unübersehbar, wie viel besser sie war.«

»Die anderen – das sind außer Ihnen noch …«

»Eine Querflötistin und ein Pianist«, ergänzte Luisa. »Und bevor Sie fragen – Klavier war zwar im Studium mein Hauptfach, aber inzwischen spiele ich eigentlich lieber und auch besser Alt- und Tenorblockflöte. Marianne hatte eine kluge Aufteilung vorgenommen, jedem von uns solche Duette vorgeschlagen, die wir bewältigen konnten. Sie wollte uns ebenso glänzen lassen, wie sie selbst das auch ohne Hilfe tat.«

»Wie heißen die beiden anderen Gastmusiker?«, erkundigte sich Müllerjan und notierte die Namen, die Luisa ihm nannte.

»So, wie Sie Frau Schneider-Winterthur beschreiben, scheint sie nicht gerade Unmengen von Feinden gehabt zu haben«, fuhr er nachdenklich fort. »Fällt Ihnen dennoch irgendjemand ein, der ein Motiv gehabt haben könnte?«

Luisa schüttelte langsam den Kopf. »Dazu weiß ich zu wenig von ihr«, antwortete sie nachdenklich. »Vielleicht war jemand auf ihren beruflichen Erfolg neidisch – aber das ist ja eigentlich kein Grund, jemanden umzubringen. Ob sie sich privat Feinde gemacht hat, weiß ich nicht. Sie war sehr … zielstrebig, hat getan, was sie wollte, und sich von niemandem Steine in den Weg legen lassen … Vielleicht ist sie einmal zu weit gegangen, hat jemanden unabsichtlich verletzt …«

Sie überlegte, ob sie ihm von ihrem Gefühl berichten sollte, dass Marianne bei ihrem letzten Treffen anders war als sonst, nachdenklicher … Aber war das relevant? Vielleicht hatte sie einfach nur überlegt, was sie sich mittags zu essen machen sollte, oder sie brauchte noch ein Geburtstagsgeschenk für ein Freundin … Wenn sie dem Kommissar eine so schwammige Beschreibung von Mariannes aktuellem Zustand ablieferte, würde er sie höchstens auslachen.

Müllerjan sah sie aufmerksam an. »Wir kennen uns ja nun schon ein bisschen«, fuhr er fort und blickte dann angestrengt auf den Tisch, »daher wissen Sie, dass ich das fragen muss – wo waren Sie denn gestern Abend, bis der Anruf kam?«

Luisa schnaubte leise. Ja, natürlich wusste sie, dass er nur seine Arbeit machte. Und natürlich sah es merkwürdig aus, dass Marianne ausgerechnet sie angerufen hatte, als sie dem Tod nahe war. Dennoch … Das war eines der Dinge, an die sie sich nie gewöhnen würde – dass in einem Mordfall plötzlich alle verdächtig waren. Auch Menschen, denen man eigentlich niemals ein solches Verbrechen zutrauen würde. Selbst Freunde und Verwandte wurden unversehens mit Argwohn beobachtet. Und so gut kannte Müllerjan sie ja nicht einmal.

»Ich habe bis kurz nach sechs Saxofonunterricht gegeben, also war ich gegen Viertel nach sechs zu Hause«, begann sie. »Abendbrot gegessen, Keyboard geübt, gegen neun habe ich die Blumen im Garten gegossen, das dauert immer etwa eine halbe Stunde. Dann habe ich noch etwas gelesen und war ungefähr um elf im Bett. Zeugen gibt es keine; wie Sie vermutlich wissen, lebe ich immer noch alleine.«

»Gut …« Müllerjan setzte den Stift ab. »Und um alle Fragen endgültig auszuräumen – welches Motiv hätten Sie gehabt?«

Luisa schluckte und starrte den jungen Mann an. Meinte er das ernst? Sie schüttelte den Kopf. »Gar keines«, sagte sie schließlich. »Im Gegenteil. Mariannes Tod ist in beruflicher Hinsicht eine Katastrophe für mich. Ich gehörte zu den Musikern, die sie als Gäste für ihr Konzert bei der Landesgartenschau ausgewählt hatte. Ich hätte nach zwanzig Jahren Abstinenz endlich wieder auf einer Bühne gestanden – und gleich auf einer richtig großen. Das wäre meine Chance gewesen, einen Schritt in Richtung der Konzertkarriere zu machen, von der ich früher immer geträumt habe. Und jetzt …« Sie legte den Kopf zur Seite, um ihre verspannten Nackenmuskeln zu dehnen. »Jetzt ist das alles wieder vorbei. Entweder fällt dieses Konzert ganz aus, wovon ich ausgehe, oder man sucht einen anderen Star dafür. Dieser andere Musiker kennt mich aber nicht, im Gegensatz zu Marianne. Also kann ich mir diesen Auftritt wohl abschminken.« Sie ließ sich in ihrem Stuhl zurückfallen und verschränkte demonstrativ die Arme. »War es das?«

»Noch nicht ganz.« Müllerjan sah mit einem Mal wieder sehr müde aus. »Ich habe, ehrlich gesagt, keinen blassen Schimmer, wo ich ansetzen soll, falls es sich tatsächlich um einen Mord handelt. Wenn der Rechtsmediziner feststellt, dass Frau Schneider-Winterthur keines natürlichen Todes gestorben ist – kann ich dann erneut auf Ihre weibliche Intuition und vor allem Ihr Wissen über Musik und Musiker zurückkommen?«

Luisa war noch immer sprachlos, als Müllerjan zwei Tassen Kaffee und ein Brötchen mit Schinken später gegangen war. Beim letzten Mal war es umgekehrt gewesen – die Polizisten, vor allem der alte Kommissar Stockmann, hatten alles getan, um sie aus dem Fall herauszuhalten. Müllerjan schien dagegen kein Problem damit zu haben, sich von außen unterstützen zu lassen. Wenn Stockmann erst vor Kurzem in Ruhestand gegangen war, dürfte dies hier der erste eigene Fall des jungen Kommissars sein – vorausgesetzt, es gab überhaupt einen Fall. Wenn sie ehrlich war, konnte sie keineswegs einschätzen, ob Marianne tatsächlich immer so gesund gelebt hatte, wie sie vorgab. Vielleicht hatte sie wirklich eine Krankheit gehabt, die sie geheim gehalten hatte? Oder sie hatte regelmäßig Schlaftabletten genommen, um dem Stress und dem Jetlag zu entkommen.

Wie sie Müllerjan schon gesagt hatte – Marianne und sie waren keine wirklichen Freundinnen gewesen. Alte Bekannte, die ein Stück weit einen ähnlichen Pfad eingeschlagen und nun geplant hatten, eine Weile gemeinsam weiterzugehen. Nach dem Konzert hätten sich ihre Wege wieder getrennt, und Marianne wäre weiter ihrem Ziel entgegengelaufen, während Luisa vermutlich wieder dorthin zurückgegangen wäre, wo sie herkam – in ihr unaufgeregtes, ruhiges Leben zwischen morgendlicher Gartenarbeit, Einkaufen, Schwätzchen mit den Nachbarn und dem nachmittäglichen Musikunterricht. Und das auch noch mindestens zur Hälfte für Kinder, die Üben für Zwangsarbeit hielten.

Aber jetzt war sowieso alles anders. Jetzt gab es kein Konzert mehr, keine Chance, sich einmal vor einem großen Publikum zu beweisen. Jetzt gab es für sie nur noch Musikunterricht, wie in all den Jahren zuvor – und den Tod einer Bekannten. Sollte sie dem Ehemann eigentlich eine Kondolenzkarte schicken? Sie hatte Hermann flüchtig kennengelernt; ein paar Mal war sie ihm im Haus der beiden über den Weg gelaufen, als sie sich dort mit Marianne zum Proben getroffen hatte. Und was war, wenn Marianne tatsächlich ermordet worden war? Wer um alles in der Welt konnte so etwas tun? Weshalb ausgerechnet Marianne?

Nachdem sie den Tisch abgeräumt und gespült hatte, zog Luisa sich alte Gartensachen an und ging hinaus. Auch wenn ihr Garten nicht groß war, gab es immer etwas darin zu tun.

Das Unkraut im Rasen war nach dem letzten kurzen Regenguss vor ein paar Tagen in die Höhe geschossen, der Weißklee hatte schon wieder heimlich neue Rasenflächen überwuchert, und dort, wo sie im letzten Herbst ein Beet durch Gras ersetzt hatte, weil dort außer Yuccas nichts wuchs, kamen nun kleine Yuccas mit ihren spitzen Blättern vorwitzig aus der Erde. Luisa liebte es, sich auf ihren Plastikfußschemel zu setzen und stundenlang stupide Unkraut zu zupfen und auszustechen, bis ihr der Rücken wehtat. Bei keiner anderen Beschäftigung konnte sie sich so gut vergessen und die Gedanken schweifen lassen.

Heute aber trieben ihre Gedanken immer wieder zurück zu Marianne. Wenn diese wirklich gesund gewesen und nicht an einem Herzinfarkt gestorben war – weshalb hätte jemand ihr etwas antun sollen? Das Nächstliegende war wohl eine Tat aus Eifersucht – aber hatte Marianne eine Affäre gehabt? Oder hatte ihr jemand ihren Erfolg geneidet? Und als letzte Möglichkeit – hatte sie einen Grund gehabt, sich das Leben zu nehmen? Hatte vielleicht ihr Mann sie betrogen? Oder gab es einen anderen Schatten in ihrem Leben, dem sie nicht entkommen konnte?

Zwischendurch machte Luisa sich Bratkartoffeln mit grünen Bohnen und Speck zum Mittagessen, wobei sie kurz registrierte, dass immerhin zwei der drei Zutaten aus ihrem eigenen Garten stammten. Vielleicht würde aus ihr doch irgendwann noch eine ordentliche Gärtnerin – zumindest waren im Frühjahr einige kleine Blumenbeete dem Nutzgartenbereich gewichen. So wusste sie wenigstens, dass das Gemüse und die Kartoffeln nicht gespritzt waren.

Nachmittags zupfte sie weiter Unkraut, bis ihr Körper sie daran erinnerte, dass es noch andere – und rückenschonendere – Möglichkeiten gab, den Sonntag zu verbringen. Außerdem gingen ihr sowieso immer wieder die gleichen Gedanken durch den Kopf.

Kurzerhand packte sie die Gartensachen zurück in die Garage, kontrollierte die Reifen ihres Fahrrades, setzte sich eine helle Schirmmütze gegen die stechende Sonne auf und fuhr zum Wassersportsee.

Die Umbaumaßnahmen für die anstehende Landesgartenschau waren noch immer in vollem Gange. Langsam konnte man erkennen, was wo entstehen sollte – auch wenn der frühere Parkplatz am Segelsportverein jede Woche mehr nach Baustelle auszusehen schien. Immerhin konnte man gegenüber, neben dem Campingplatz, parken, wenn man mit dem Wagen hierherkam. Am kommenden Sonntag, erinnerte sie sich, fand die Führung durch die Seegärten statt – daran wollte sie auf jeden Fall teilnehmen. Und im Oktober gab es die nächste Führung durch den Wallgrabenbereich an der Landesburg, mit dem neu angelegten Rosengarten und der riesigen Obstwiese … auch darauf freute sie sich schon.

Dennoch konnte sie nicht verhindern, dass die Landesgartenschau sie wieder an das geplante gemeinsame Konzert erinnerte. Und an Marianne.

Luisa hielt an und stieg vom Rad, als das Bild vor ihren Augen zu deutliche Konturen annahm. Auch wenn sie Marianne zuletzt quicklebendig gesehen hatte, gaukelte ihr jetzt ihr Hirn immer das Bild einer Toten vor, mit blassen Wangen, die kurzen, braunen Locken nass vor Angstschweiß, den Mund unnatürlich rot und ebenso wie die Augen weit aufgerissen, so als bekäme sie keine Luft mehr. Das Keuchen im Hörer – es hatte tatsächlich so geklungen, als habe sie verzweifelt nach Atem gerungen, während ihr Körper ihr nicht mehr gehorchte.

Luisa starrte auf den See, der zwischen den Bäumen in der heißen Sonne glitzerte, doch das Bild wollte nicht weichen. Schon einmal hatte sie so etwas erlebt, als sie im letzten Winter hier am See einen Toten gefunden hatte. Aber jetzt hatte sie nichts gesehen, was sich in ihr Gedächtnis brennen konnte. Weshalb glaubte sie, sich an eine Szene zu erinnern, die sie in der Realität gar nicht miterlebt hatte?

Als es ihr endlich gelang, sich wieder auf den Weg vor ihr zu konzentrieren, stieg sie aufs Rad und beendete die Runde um den See, die sie sich vorgenommen hatte. Wieder zu Hause angekommen, hatte sie einen Entschluss gefasst. Es half nichts, sie würde nicht vergessen können, solange sie nicht einmal wusste, was Marianne zugestoßen war.

»Müllerjan, KK 11«, meldete sich der junge Kommissar schon beim zweiten Klingeln.

Luisa atmete auf. Sie war sich nicht sicher gewesen, ob er im Büro wäre, und auf dem Handy wollte sie ihn am Sonntagnachmittag nur im Notfall anrufen. »Weinstrauß hier«, antwortete sie. »Ich habe noch mal über Frau Schneider-Winterthur nachgedacht …« Jetzt erst fiel ihr auf, dass sie zwar zig Fragen hatte, aber keine neuen Antworten für ihn. Aber vielleicht war er ja trotzdem bereit, mit ihr zu sprechen.

»Wissen Sie inzwischen mehr?«, begann sie kurzerhand, in der Hoffnung, dass er ihr nicht erklären würde, dass eigentlich die Polizei die Fragen stellte. Immerhin hatte er morgens ja zugegeben, dass ihre weibliche Intuition hilfreich sein konnte. »Hat der Rechtsmediziner sich schon gemeldet? Oder hat die Spurensicherung noch etwas entdeckt?«

Sie hörte ihn leise lachen. »Der Rechtsmediziner wird sich frühestens morgen Vormittag melden«, antwortete er, »und die Spurensicherung war schon heute Nacht im Haus der Winterthurs – sie haben nichts Interessantes gefunden. Ich gehe aber davon aus, dass sie dort noch mal genauer suchen werden, sobald klar ist, ob wir in einem Mordfall ermitteln oder es sich um einen natürlichen Todesfall handelt. Deshalb ist das Haus ja versiegelt worden. Sie dürfen nicht vergessen«, jetzt klang er ein wenig oberlehrerhaft, »dass es sich bislang ja um eine unklare Todesursache handelt, nicht notwendigerweise um ein Verbrechen.«

»Und das wird auch erst morgen früh klar sein?«, wiederholte Luisa. Sie hatte das merkwürdige Gefühl, diese Information sofort bekommen zu müssen.

Wieder lachte Müllerjan leise. »Das Warten ist furchtbar«, antwortete er, als wüsste er genau, was Luisa gerade dachte. »Das geht mir meist mehr an die Nieren als all das Schreckliche, was ich hier manchmal zu sehen bekomme. Da fühlt man sich als Polizist so hilflos … Und glauben Sie mir, es wird nicht besser. Zumindest nicht in der ersten Zeit.«

Jetzt musste Luisa schmunzeln. Er hatte ja recht – es brachte nichts, wenn sie sich jetzt verrückt machte. Sie war vermutlich fast doppelt so alt wie Müllerjan und sollte damit eigentlich auch etwas ruhiger und gelassener sein können. »Sie rufen mich dann morgen Vormittag an, sobald Sie mehr wissen?«, fragte sie stattdessen.

»Ich versuche, Ihnen Bescheid zu geben, wenn ich es zeitlich schaffe«, versprach er tatsächlich.

Das genügte Luisa. Mehr konnte sie nicht verlangen.

Nachdem sie sich verabschiedet hatte, ging sie zuerst wieder in den Garten, um die verblühten Blumen abzuschneiden, doch dabei musste sie ständig an Marianne denken. Beim Keyboard-Spielen erging es ihr nicht anders. Schließlich entschloss sie sich kurzerhand, den Frühjahrsputz ein halbes Jahr vorzuziehen, und endlich gelang es ihr, das Bild der sterbenden Marianne zu verdrängen und sich nur noch auf Essigreiniger, Staubwedel und Putztuch zu konzentrieren.

Drittes Kapitel

Luisa erwachte von einem Ziehen im Nacken, das sie nach einem Moment der Orientierungslosigkeit als Muskelkater interpretierte. Sie hatte gestern unter anderem alle Zimmerdecken im ganzen Haus abgefeudelt, obwohl sie schon nach dem ersten Raum gemerkt hatte, wie anstrengend der ständige Blick nach oben bald wurde.

Dafür hatte sie nicht von Marianne geträumt. Der Traum, aus dem sie gerade in die Realität zurückgekehrt war, hatte dennoch indirekt mit ihr zu tun. Luisa hatte sich selbst auf der Burgbühne vor der Landesburg gesehen, wie sie an einem Flügel saß und ein Konzert gab. Begleitet wurde sie von Musikerinnen mit verschiedenen anderen Instrumenten, die genauso aussahen wie sie selbst. Offensichtlich ein nächtlicher Anfall von Größenwahn, konstatierte sie und zwang sich, die Augen zu öffnen. Zwanzig vor sieben. Eigentlich hatte sie heute etwas länger liegenbleiben wollen, nachdem sie in der Nacht davor viel weniger Schlaf bekommen hatte als üblich, aber sie kannte sich gut genug, um zu wissen, dass sie sowieso nicht mehr einschlafen würde. Außerdem musste sie noch die Decke im Bad abwischen und den Keller putzen.

Gegen halb neun war sie mit allem fertig, was sie sich vorgenommen hatte, und holte die Kölnische Rundschau aus dem Briefkasten, um sie bei einem verspäteten Frühstück zu lesen.

»Huhu, Frau Weinstrauß!«, hörte sie Frau Meierlings Stimme von schräg gegenüber. Die alte Dame wischte gerade, eine Hand auf den Rollator gestützt, wie jeden Morgen ihre Fensterbänke ab. Manchmal vermutete Luisa, dass Frau

Meierling in Wahrheit gar nicht putzsüchtig, sondern nur ständig auf der Suche nach Gesprächspartnern war, die zufällig vorbeikamen und ihr nicht rechtzeitig aus dem Weg gehen konnten.

»Guten Morgen, Frau Meierling!«, antwortete sie. »Soll ich Ihnen heute Nachmittag etwas mitbringen?« Montags hatte die ältere Nachbarin eigentlich immer etwas, was sie aus dem Supermarkt brauchte. Und Luisa ging nach dem letzten Musikschüler sowieso meist einkaufen.

»Milch und Eier«, antwortete die prompt. »Und schauen Sie mal, ob Sie nicht eine Langspielplatte von unserer Marianne bekommen – jetzt, wo die nicht mehr unter uns weilt, sind die bestimmt ratzfatz ausverkauft.«

Luisa schluckte. »Im Supermarkt gibt es keine Langspielplatten«, antwortete sie und atmete tief durch. Woher um alles in der Welt wusste Frau Meierling schon wieder von Mariannes Tod?

»Sie machen das schon, Sie sind doch auch Musikantin«, rief die alte Dame ihr fröhlich zu und wandte sich dann blitzschnell einer weiteren Nachbarin zu, die gerade das Haus rechts von ihr verließ. Luisa ahnte, worüber Frau Meierling mit der anderen Frau sprechen wollte – die hatte sich gerade von ihrem Mann getrennt, allerdings so friedlich und unauffällig, dass Frau Meierlings Neugier sicherlich noch nicht befriedigt war.

»Musikantin«, wiederholte sie kopfschüttelnd, als sie mit der Zeitung in der Hand zurück ins Haus ging und die Tür ins Schloss zog. Sie war sich nach all den Jahren, in denen sie hier in der Mersburdenstraße wohnte, noch immer nicht sicher, ob Frau Meierling diese kleinen Unachtsamkeiten bewusst einsetzte oder einfach nur langsam etwas tüddelig wurde. Ihre eigene Oma hatte CDs auch konsequent als »silberne LPs« bezeichnet, fiel ihr ein …

Bei ihrem ersten Blick auf die Titelseite der Rundschau vergaß sie dieses Thema sofort. »Berühmte Gitarristin tot aufgefunden«, lautete die Überschrift des Leitartikels. Natürlich, Marianne war keine Unbekannte gewesen. Und selbstverständlich hatte die Zeitung ihre Quellen. Vermutlich hatte die Polizei sogar bewusst zuerst die hiesigen Tageszeitungen informiert, ehe andere Blätter die Geschichte in die Hände bekamen und vermutlich viel mehr aufbauschten. Dennoch … irgendwie erschien es ihr unpassend, Mariannes Tod so in die Öffentlichkeit zu zerren. Hatte man ab einem gewissen Grad an Bekanntheit nicht mal mehr im Tod ein Recht auf Privatsphäre?

Kurzerhand holte sich Luisa einen Eisbecher aus dem Gefrierschrank; das übliche Brot mit Käse würde sie heute nicht essen können. Außerdem war es spätsommerlich warm, auch wenn sie einen Moment lang fröstelte. Vermutlich spürte ihr Körper noch immer den fehlenden Schlaf.

Während sie langsam das Eis löffelte, las Luisa den Leitartikel. Auch hier wurde Mariannes Tod einer unklaren Ursache zugeschrieben. Der Rechtsmediziner wollte sich ja erst heute Morgen äußern.

Hermann Winterthur, der Ehemann, wurde mit den Worten zitiert: »Sie war die einzige Frau, die ich je geliebt habe – ich weiß nicht, wie ich ohne sie mein Leben leben soll.«

Ob die Zeitung diesen Kommentar selber etwas literarischer formuliert oder er wirklich so pathetisch geantwortet hatte, konnte Luisa nur vermuten.

Ansonsten wurde natürlich das geplante Konzert zur Landesgartenschau erwähnt, über das beide Zülpicher Tageszeitungen schon mehrfach kurz berichtet hatten – die Kölnische Rundschau zog aus Mariannes Tod die gleiche Schlussfolgerung wie Luisa, dass dieses Konzert ausfallen müsse.

Als sie den Eisbecher in die Küche brachte, warf Luisa auch die Zeitung ins Altpapier. Was immer sonst noch geschehen war – heute interessierte es sie nicht.

Sie warf einen Blick auf die Uhr. Kurz nach neun. Wann würde Müllerjan anrufen? Hatte er ihre Handynummer? Konnte sie den heutigen Einkauf vorziehen, um sich ein bisschen abzulenken, oder sollte sie lieber zu Hause bleiben, um seinen Anruf nicht zu verpassen? Und wenn er sich erst nachmittags meldete? Um halb zwei musste sie sich auf den Weg zu ihrer ersten Musikschülerin machen.

Kurzerhand nahm sie alle Gardinen im ganzen Haus ab, stopfte sie in die Waschmaschine und begann, die Fenster zu putzen, was sie am Vortag nicht mehr geschafft hatte. Eigentlich war es noch nicht wirklich nötig, und eigentlich hasste sie diese Arbeit … Aber so gelang es ihr zumindest, nicht ununterbrochen an Marianne zu denken.

Als um drei Minuten nach elf das Telefon klingelte, stolperte sie fast über den Wassereimer bei dem Versuch, möglichst schnell zum Telefon zu spurten, dabei gleichzeitig ihre Hände abzutrocknen und das Fensterleder so zu halten, dass es nicht auf den Boden tropfte. »Weinstrauß?«, meldete sie sich hastig.

»Müllerjan, guten Morgen«, antwortete der junge Kommissar. »Wollen Sie raten?«

»Wenn Sie so fragen, ist Marianne tatsächlich an einem Herzinfarkt gestorben«, erwiderte Luisa nachdenklich. Dabei hatte sie die ganze Zeit das Gefühl gehabt, dass etwas an dem Tod der Musikerin einfach nicht stimmte …

»Ihr Herz ist tatsächlich stehengeblieben«, entgegnete Müllerjan. »Allerdings nicht freiwillig.«

»Sie wurde vergiftet?« Luisa atmete tief ein. »Und das sagen Sie mir so lapidar?«

»Ich dachte, Sie wollten alles genau wissen«, antwortete Müllerjan mit hörbarer Verwunderung in der Stimme. Er schien gar nicht verstanden zu haben, worum es ihr ging. Nun, vermutlich war ein Mordfall selbst mit seiner kurzen Berufserfahrung nichts Besonderes mehr für ihn. Oder sprach er von Selbstmord?

»Ja, ich will alles wissen«, sagte sie schließlich. Das war das Einzige, was vielleicht gegen die Bilder im Kopf half. Hoffentlich.

»Sie wurde tatsächlich vergiftet«, bestätigte Müllerjan. Er raschelte mit Papier, vermutlich blätterte er in seinem Notizblock. »Und zwar mit Azonitin. Das ist …«

»Aconitin«, verbesserte Luisa ihn automatisch. »Das ‚c' spricht sich wie ‚k'. Aconitum ist der Eisenhut, eine der giftigsten Gartenpflanzen.«

»Macht es Ihnen eigentlich Spaß, sich selbst verdächtig zu machen?«, entgegnete Müllerjan und seufzte hörbar. »Ja, Sie haben recht, der Blaue Eisenhut. Wie genau Frau Schneider-Winterthur das Gift zu sich genommen hat, wissen wir noch nicht. Daran arbeitet der Doc noch.«

»Das Gift ist sogar hautgängig«, überlegte Luisa und warf dann schnell ein: »Ja ja, ich weiß, ich mache mich gerade weiter verdächtig. Aber ich weiß auch nicht mehr als jede andere Hobbygärtnerin, die mal ein Buch über Gartenpflanzen gelesen hat. Darin steht immer, dass man den Blauen Eisenhut nur mit Handschuhen anfassen darf, da das Gift selbst über die unverletzte Haut aufgenommen wird. Man braucht nur kleinste Mengen davon, ein paar Milligramm, um ernste oder gar lebensbedrohliche Vergiftungssymptome zu zeigen.«

»Sie wissen, wie sich eine solche Vergiftung auswirkt?«

Vermutlich, dachte Luisa, sollte sie nun endlich den Mund halten. Es war mehr als naiv zu glauben, sie könnte Müllerjan gegenüber völlig aufrichtig sein, ohne sich tatsächlich selbst in Verdacht zu bringen. »Zuerst Herzrasen, dann

Lähmungserscheinungen, Bradykardie bis zum Herzstillstand«, antwortete sie wider besseres Wissen. »Kein Wunder, dass Marianne nicht mehr sprechen konnte, nicht mehr die Notrufnummer wählen …« Sie verstummte. Es musste furchtbar sein, bei vollem Bewusstsein mitzuerleben, wie der ganze Körper immer mehr den Dienst versagte, wie das Atmen immer schwerer fiel, wie das Herz immer langsamer schlug … Und wenn sie sich recht erinnerte, hatte in ihrer Gartenfibel auch etwas von Schmerzen gestanden. Das klang nicht nach einer Methode, die man für einen Freitod wählte.

»War Frau Schneider-Winterthur denn Hobbygärtnerin?«, erkundigte sich Müllerjan. »Könnte es ein solcher Unfall gewesen sein?«

Luisa schwieg einen Moment. »Ich weiß nicht«, sagte sie schließlich langsam. »Haben Sie denn Blauen Eisenhut bei ihr im Garten gefunden? Ich habe ehrlich gesagt nie darauf geachtet … Die Pflanzen müssten auch längst verblüht sein, jetzt sieht man nur noch die Blätter. Eigentlich gibt es momentan keinen Grund, einen Blauen Eisenhut zu berühren – die verdorrten Blüten hätte sie schon vor vier Wochen abschneiden können.«

»Vielleicht hatte sie einfach keine Zeit dafür«, überlegte Müllerjan. »Sie war ja oft unterwegs, und wenn sie hier zu Hause war, scheint sie auch viel gearbeitet zu haben.«

»Ja, das hat sie«, stimmte Luisa ihm zu. Hatte Marianne sich überhaupt um ihren kleinen Garten gekümmert? Darüber hatten sie sich nie unterhalten. Nur über Musik – und das Landesgartenschau-Konzert. Eigentlich wusste sie kaum etwas über Marianne. Nur Berufliches, nichts Privates. Nicht einmal, was die Musikerin abends nach acht machte, wenn sie prinzipiell nicht mehr gearbeitet, sondern sich eine Pause gegönnt hatte – ob sie dann im Garten gewesen war? Noch war es an sonnigen Tagen hell genug dazu. Vielleicht hatte sie die vertrockneten und verblühten Blumen in allen Beeten abgeschnitten und den Blauen Eisenhut nicht wahrgenommen, vielleicht wusste sie nicht einmal von seiner Giftigkeit, weil sie sich nur selten Zeit zum Gärtnern nahm … »Sie müssen auf alle Fälle herausfinden, ob der Blaue Eisenhut in Mariannes Garten wächst«, wiederholte sie. Dann erst ergaben alle anderen Spekulationen einen Sinn.

»Der Doc hat mir noch einen anderen Hinweis gegeben«, wieder blätterte Müllerjan vernehmlich in seinem Notizblock. »Und zwar wird Azo… Aconitin auch medizinisch eingesetzt, sowohl vereinzelt in Salben als auch in homöopathischen Mitteln. Es wird angewendet bei akuten Entzündungsschüben, Schwellungen, Fieber … oder ganz allgemein bei rheumatischen Erkrankungen. Hatte Frau Schneider-Winterthur Rheuma?«

Luisa prustete los und verstummte sofort wieder, als ihr bewusst wurde, dass das Thema alles andere als lustig war. »Rheuma? Sie kommen auf Ideen … Nein, natürlich hatte Marianne kein Rheuma. Dann hätte sie wohl kaum noch auftreten können.« Sie schnaubte leise. »Haben Sie sie irgendwann einmal spielen sehen? Oder haben Sie überhaupt mal einen Gitarristen live erlebt? Dann wüssten Sie, dass das nicht funktionieren kann. Selbst wenn man nur langsame Stücke spielen würde – die Gitarre erfordert gleichzeitig Kraft und Präzision in den Fingern, mit Rheuma oder Gicht oder ähnlichen Erkrankungen kann man dieses Instrument vergessen. Keyboard könnte man auch mit etwas steiferen, schwächeren Fingern noch spielen, aber nicht Gitarre.«

»Nun, dann scheidet diese Möglichkeit wohl aus«, sagte Müllerjan. Er klang nicht wirklich überzeugt.

»Die Spurensicherung kann ja auch nach Rheumamitteln suchen«, schlug Luisa vor. »Aber glauben Sie mir, wenn Marianne damit Probleme gehabt hätte, hätte ich es gemerkt.«

»Die Spurensicherung müsste schon im Haus sein«, antwortete der junge Kommissar. »Ich habe sie gleich losgeschickt, als der erste Befund aus der Rechtsmedizin kam. Die wissen, wonach sie suchen sollen. Eine der Frauen kennt sich mit Pflanzen aus, sie sollte auch einen abgeblühten Eisenhut erkennen.« Er schien einen Augenblick zu überlegen. »Aber jetzt sagen Sie mir bitte, Frau Weinstrauß – wie ist Frau Schneider-Winterthur gestorben? Unfall, Mord oder Suizid?«

Luisa schluckte. »Unfall. Hoffe ich«, antwortete sie dann. »Ansonsten Mord. Suizid – nein, niemals. Außerdem hätte sie wohl nicht mehr bei mir angerufen und Hilfe gesucht.«

Müllerjan schüttelte den Kopf. »Das kommt häufig vor, dass jemand zuerst entschlossen ist und es sich dann doch noch anders überlegt«, sagte er. »Der Anruf spricht nicht gegen einen Selbstmord. Außerdem – hätte sie auch dann keinen Grund gehabt, wenn sie wusste, dass sie Rheuma hatte und bald nicht mehr würde auftreten können?«, hakte er nach.

Sie atmete tief durch. »Dann … Ich weiß es nicht«, sagte sie schließlich leise. Tief in ihrem Innern schämte sie sich für dieses Eingeständnis. War sie so oberflächlich geworden, seit Marianne ihr die Chance gegeben hatte, einen neuen Anlauf in die weite Welt der Konzerte zu nehmen? Über jeden einzelnen ihrer Musikschüler wusste sie mehr als über die Gitarristin, mit der sie sich seit etlichen Wochen regelmäßig zu Besprechungen und Proben getroffen hatte.

»Warten wir ab, was der Doc in den weiteren Untersuchungen findet«, entgegnete Müllerjan unverzagt.

»Telefonieren wir heute Abend wegen der nächsten Ergebnisse?«, warf Luisa ein, ehe der Kommissar das Gespräch beenden konnte.

Er lachte leise. »Ich komme auf dem Heimweg bei Ihnen vorbei, Zülpich liegt ja auf dem Weg von Euskirchen nach Embken. Mögen Sie griechisches Essen?«

»Solange Sie mir als Vorspeise ein paar Antworten mitbringen, gerne«, antwortete Luisa.

Als sie aufgelegt hatten, runzelte sie die Stirn. Was machte sie da? Flirtete sie etwa mit dem Kommissar? Müllerjan war etwas mehr als halb so alt wie sie. Oder war das nur die Erleichterung … worüber eigentlich? Vielleicht, gestand sie sich schließlich ein, war es beruhigend für sie zu erfahren, dass Marianne keines natürlichen Todes gestorben war. Wenn sie krank gewesen wäre und Luisa das nicht bemerkt hätte, dann hätte sie sich Vorwürfe machen müssen – dass sie zu egoistisch war, die Krankheit nicht wahrnehmen wollte, nicht für Marianne dagewesen war, als die sie vielleicht gebraucht hätte. Eine Vergiftung war zumindest nichts, woran Luisa in irgendeiner Form eine Mitschuld tragen konnte. Und doch, irgendjemand war verantwortlich dafür. Marianne selbst? War sie einfach unachtsam gewesen? Oder hatte sie tatsächlich einen Grund gehabt, sich das Leben zu nehmen?

Luisa spürte, wie sich ihr Magen wieder zusammenzog. Nein, das konnte sie sich nicht vorstellen. Oder besser gesagt, sie wollte es nicht. Auch dann würde sie mit der Schuld leben müssen, nichts bemerkt zu haben.

Oder handelte es sich tatsächlich um einen Mord? Das war eigentlich der unwahrscheinlichste Fall – Luisa konnte sich beim besten Willen nicht vorstellen, wer dazu in der Lage gewesen wäre, Marianne zu töten. Weshalb auch?

»Job oder Liebe«, murmelte sie, während sie mit dem linken Strumpf den Boden trocken wischte, wo das Fensterleder natürlich doch auf das Laminat getropft hatte. Gab es andere Gründe, jemanden zu töten, als Neid, Geld, Hass und Liebe?

Sie schüttelte den Kopf und ging entschlossen zurück zum Fenster. Ehe sie nicht etwas mehr wusste, war es sinnlos, sich den Kopf darüber zu zerbrechen.

Tatsächlich schaffte sie es, alle Fenster zu putzen und sich noch ein Käsebrot zu machen, ehe sie zur ersten Musikschülerin aufbrechen musste. Leonie wohnte in der Innenstadt, und an einem sonnigen Tag wie heute ging Luisa gerne einen kleinen Umweg durch die Felder statt entlang der Hauptstraße. Sie bog aus der Dreikönigenstraße am Friedhof in den Feldweg ein, der am Silberberg entlang zur Bachstraße führte. Hinter dem Bachtor ging sie normalerweise den Gottsberg hinauf, aber in der Hitze des heutigen Tages folgte sie statt dem relativ steil ansteigenden und wieder abfallenden Weg entlang der Stadtmauer lieber weiter der Hauptstraße bis zur Martinstraße und ging über diese und die Normannengasse zur Kölnstraße, wo das Mädchen mit seiner Familie wohnte.

Leonie hatte zuerst bei einem anderen Keyboard-Lehrer Unterricht genommen, dort aber im ersten Jahr kaum etwas gelernt. Leonies Eltern schoben das auf eine vorpubertäre Trotzphase, Luisa einfach auf eine Inkompatibilität mit dem Lehrer, der offenbar sehr streng gewesen war. Und Angst war noch nie ein guter Lehrmeister gewesen.

Inzwischen hatte sich das Mädchen wacker durch die obligatorischen Übungshefte gekämpft und spielte seit mehreren Monaten nur noch Stücke, die gerade in den Charts waren. Luisa fand das praktisch – durch den regelmäßigen Wechsel bekam Leonie ständig die neuesten Notenhefte von ihren Eltern geschenkt, die sie fleißiger durchspielte, als sie es mit den Übungsheften jemals getan hatte.

»Ich habe die Noten von *Let her go* immer noch nicht«, jammerte sie nun. »Und das Heft hier habe ich auch fast schon durch …« Wie zum Beweis spielte sie Luisa alle Stücke aus ihrem aktuellen Notenheft vor, und das sogar fast fehlerfrei.

»Über den h-Moll-Akkord dort müssen wir uns noch mal unterhalten«, warf Luisa zwischen zwei Melodien schmunzelnd ein und zeigte auf die entsprechende Stelle. Auch wenn man den Akkord hier tatsächlich ignorieren konnte, wollte sie Leonie damit nicht so leicht davonkommen lassen.

»Ach, wer braucht schon h-Moll«, antwortete die und spielte die Stelle noch einmal. »Siehst du, es geht auch so. Den können wir einfach durchstreichen.«

»Den können wir auch einfach spielen«, entgegnete Luisa grinsend. »So schwer ist der nämlich gar nicht. Leg doch mal einen Finger auf das H. Erinnerst du dich noch, ob bei Moll-Akkorden zuerst die große oder die kleine Terz kommt? Stell dir einfach zum Vergleich G-Dur und g-Moll vor …«

Es dauerte nicht lange, bis Leonie auch diesen Akkord hinbekam. Vorsichtshalber notierte sie sich dennoch das Griffbild daneben. Mit dieser Hilfe gelang ihr das Stück anschließend fehlerfrei.

Als Luisa sich verabschiedet hatte und auf den Weg zur nächsten Schülerin machte, musste sie wieder an Marianne denken. Die hatte sich nie mit Musikunterricht für Kinder herumgeschlagen. Marianne war immer zielstrebig gewesen, hatte mit allem, was sie tat, darauf hingearbeitet, als Konzertgitarristin anerkannt zu werden. Sie hätte ihre Zeit nicht so … verplempert. Luisa blieb stehen, als ihr bewusst wurde, was sie gerade gedacht hatte. Fast erschrocken schüttelte sie den Kopf. Nein, so dachte sie doch sonst nicht. Die Arbeit mit den Kindern machte ihr Spaß, verdammt! Sie war vielleicht nicht die beste Musikerin, auf keinem der Instrumente, die sie spielte, aber sie war eine gute Lehrerin. War das nicht mindestens genauso viel wert? Woher kamen auf einmal diese Selbstzweifel? Lag es nur daran, dass Mariannes Leben ihr so viel interessanter, aufregender, glamouröser erschienen war? Aber was hatte ihre Bekannte jetzt davon?

Nachdenklich ging sie weiter. Langsam begann Luisa zu begreifen, wie groß die Veränderungen tatsächlich waren, die zuerst Mariannes Einladung, bei ihrem Konzert mit aufzutreten, und nun ihr Tod bewirkten. Für einige Wochen hatten sich Luisas Prioritäten verschoben, hatte es auf einmal wieder Ziele in ihrem Leben gegeben, die sie vor vielen Jahren vergessen hatte. Jetzt musste sie möglichst schnell in ihr altes Leben, vor Mariannes Anruf vor einigen Monaten, zurückfinden. Sonst würde sie sich nur unglücklich machen. Und wie schon beim letzten Mordfall, in den sie unfreiwillig verwickelt worden war, hatte sie auch jetzt das Gefühl, unbedingt etwas tun zu müssen. Wenn sie Müllerjan wirklich unterstützen konnte mit dem, was sie über Marianne und Musik wusste, dann würde es ihr sicher leichter fallen, möglichst bald mit dieser Situation zurechtzukommen.

Als hätte er diese Gedanken geahnt, begrüßte sie Christian, ihr nächster Musikschüler, mit den Worten: »Hast du's schon gehört? Schlimm, nicht?« Er wirkte mitgenommen, fiel Luisa auf. Christian hatte in seiner Kindheit und Jugend, wie viele Kinder, Blockflöte und dann noch Keyboard gelernt und jetzt, mit Mitte dreißig, beschlossen, dass Gitarre eigentlich das schönste aller Instrumente sei. Auch wenn er erst seit einem halben Jahr Unterricht hatte, war er schon so weit, dass er sich gerade an den ersten leichten Tänzen niederländischer Lautenmeister versuchte. Luisa hatte in den letzten Wochen auch seinetwegen begonnen, selber mehr auf der Gitarre zu üben, um nicht schon bald in die Situation zu kommen, dass sie ihrem Schüler nicht mehr weit genug voraus war. Und gerade auf der Gitarre konnte das leicht geschehen, zumal ihr dieses Instrument weniger lag als die meisten Blasinstrumente.

»Du meinst Marianne Schneider-Winterthur?«, fragte sie nach, obwohl sie die Antwort eigentlich schon kannte.

Er nickte betrübt. »Welch ein Wahnsinn. Da kommt schon mal eine bekannte Gitarristin aus Zülpich, und dann muss sie so früh sterben … Sie war doch noch jung …«

»Noch keine fünfzig«, bestätigte Luisa. Sie folgte ihm hinein in die Erdgeschosswohnung. »Ja, das ist wirklich traurig.«

Sie stimmte Christians Gitarre und ließ ihn dann die ersten Tänze einige Male spielen, bis sie zufrieden war. Ein paar Stellen holperten noch etwas, aber das würde sich geben. Die Griffe passten, die Rhythmen hatte er auch verstanden.

»Dann gehen wir mal zu dem Rondo hier über«, schlug sie vor. »Das ist nicht viel schwieriger als die bisherigen Stücke.« Luisa spielte ihm die Melodie auf seiner Gitarre zweimal vor, bis er nickte. »Magst du es selbst probieren?«

»Das sieht wirklich nicht so schwer aus«, antwortete er und nahm die Gitarre von ihr entgegen. »Mal sehen, wie fängt es denn an …«

Kurz vor Ende der Stunde konnte er das Stück schon ansatzweise spielen, den Rest würde er bis zur nächsten Stunde lernen. »Wie lange müsste ich eigentlich üben, um so gut zu werden wie Marianne Schneider-Winterthur?«, fragte er unvermittelt.

Luisa atmete scharf ein. Sie hatte nicht damit gerechnet, dass er die Gitarristin noch einmal erwähnen würde. »Lange«, sagte sie schließlich. »Und selbst dann – Marianne war einfach wahnsinnig gut. Man kann vieles durch Üben erreichen, durch Ehrgeiz … aber das letzte Bisschen, das die guten von den exzellenten Musikern trennt, das schaffen nur sehr wenige.«

»War sie besser als du?«, forschte er nach.

Luisa musste schmunzeln. Diplomatie war noch nie Christians Stärke gewesen. »Ja, auf der Gitarre war sie viel besser«, gab sie neidlos zu. »Mir liegen andere Instrumente eigentlich mehr. Auch wenn ich alles andere aufgeben und nur noch Gitarre üben würde, würde ich niemals so gut werden wie sie. Also bleibe ich lieber dabei, viele Instrumente relativ gut zu spielen.«

»Es genügt ja auch, wenn du das besser kannst als ich«, antwortete er gutmütig. »Du willst ja schließlich kein Star werden, so wie sie.«

»Nein, das sicher nicht«, antwortete Luisa. Natürlich war das nicht die ganze Wahrheit – aber die ging niemanden etwas an. Zumindest nicht ihre Musikschüler.

»War sie denn früher auch schon so gut?«, fragte Christian nach.

Luisa zuckte mit den Schultern. »Wir haben nicht an der gleichen Hochschule studiert«, antwortete sie. »Ich habe schon früh viel Gutes von ihr gehört, aber natürlich gab es oft auch Kollegen, die sich alle möglichen Gründe dafür einfallen ließen, weshalb Marianne nach dem Studium so konsequent immer weiter die Karriereleiter hinaufklettern konnte.«

Während sie noch ein paar Minuten weiter über die Gitarristin sprachen, spürte Luisa, wie gut es ihr tat, ihre spärlichen Erinnerungen an Marianne mit jemandem zu teilen. Es erschien ihr wie eine Art Würdigung der verstorbenen Musikerin.

Dennoch kehrte auf dem Weg zur nächsten Musikschülerin die Unruhe in ihr zurück. Sie musste einfach mehr erfahren – weshalb hatte Marianne sterben müssen? Ob Müllerjan heute Abend tatsächlich schon neue Antworten hatte? Und wann wollte er überhaupt vorbeikommen?

Als Luisa schließlich gegen sieben nach Hause zurückkehrte, setzte sie sich zuerst an ihren Laptop und suchte im Internet nach heutigen Nachrichten, in denen Mariannes Name auftauchte. Doch daraus erfuhr sie nichts, was sie nicht schon morgens von Müllerjan gehört hatte. Die Tagesschau um acht brachte überhaupt keine Information zu Mariannes Tod – dazu war sie wohl doch noch nicht bekannt genug gewesen. Um halb neun klingelte es endlich an der Tür.

Müllerjan hatte es sich einfach gemacht und zwei Pita Gyros mitgebracht. Normalerweise aß Luisa nur samstags solche knoblauchlastigen Gerichte, wenn sie keine Sorge haben musste, dass ihre Musikschüler am nächsten Tag von ihrer Knoblauchfahne umgeworfen würden – aber heute, fand sie, durfte sie einmal eine Ausnahme machen. Zumal sie sowieso keine große Wahl hatte.

Während sie Müllerjan zusah, wie er die Pita verschlang, versuchte sich Luisa auch auf ihr Essen zu konzentrieren, obwohl es ihr schwerfiel. Er sah so aus, als hätte er inzwischen etwas Neues erfahren … oder war das reines Wunschdenken?

»Und? Was gibt es?«, fragte sie, sobald der junge Kommissar den letzten Bissen heruntergeschluckt hatte. Von ihrer eigenen Pita hatte sie bisher nicht einmal die Hälfte geschafft.

»Es sind immer noch alle Möglichkeiten offen«, antwortete Müllerjan und trank einen Schluck von der Cola, die Luisa ihm hingestellt hatte. »Fangen wir mit dem Garten an …« Er zog wieder seinen Notizblock aus der Tasche und blätterte ihn auf. »Im Garten gibt es keinen Blauen Eisenhut, sagt die Spurensicherung. Es gibt allerdings Maiglöckchen, Fingerhut, mehrere Eiben … Sie scheint also keine grundsätzliche Abneigung gegen Giftpflanzen gehabt zu haben.«

»Vielleicht hat sie ja gerade am Freitag den Blauen Eisenhut abgeschnitten oder ausgegraben«, warf Luisa ein. »Was sagt denn ihr Mann – hat er die Pflanze schon mal im Garten gesehen?«

»Der Ehemann weiß von nichts«, antwortete Müllerjan prompt. »Carla, die Kollegin von der Spurensicherung, hat ihm sogar noch einen kurzen Überblick über die giftigsten Pflanzen in seinem Garten gegeben. Der konnte nicht mal die Eiben von den Azaleen unterscheiden … was auch immer das für Pflanzen sind«, fügte er nachdenklich hinzu. »Auf alle Fälle meint er, dass sie natürlich auch blaue Blumen im Garten hätten, konnte aber nichts Genaueres beschreiben. Vermutlich meint er die Blauen Flockenblumen, glaubt Carla.«

»Und wie sieht es mit Medikamenten aus?«, fragte Luisa.

Müllerjan seufzte leise. »Schwierig. Frau Schneider-Winterthur war wohl ein großer Fan homöopathischer Mittel – und darunter haben wir tatsächlich Tropfen gefunden, die Aconitum napellus enthalten.«

Luisa runzelte die Stirn. »Wogegen nimmt man diese Tropfen?« Das hätte sie vorher auch selber im Internet nachlesen können, fiel ihr auf.

Der junge Kommissar zuckte mit den Achseln. »Sie werden es mir kaum glauben«, sagte er. »Es soll gegen Entzündungen der Atemwege helfen … und gegen Rheuma.«

Luisa schüttelte bestimmt den Kopf. »Marianne *hatte* kein Rheuma«, betonte sie.

»Die Spurensicherung hat auch eine Rheumasalbe in ihrem Arzneischrank gefunden«, sagte Müllerjan tonlos.

Sie schwieg einen Moment. Das war einfach nicht möglich. Oder hatte Marianne tatsächlich Probleme mit anderen Gelenken, die sie zum Gitarrespielen nicht benötigte? Wenn sie ihr Leben lang zu enge Schuhe mit zu hohen Absätzen getragen hatte, könnte sie inzwischen eine Arthrose im Großzehengrundgelenk entwickelt haben, mit der Luisas Mutter ebenfalls seit vielen Jahren kämpfte. Das würde zumindest erklären, weshalb Marianne offensichtlich Arzneimittel gegen Rheuma besaß und gleichzeitig noch immer schneller und sauberer spielte, als es die meisten Gitarristen jemals schafften.

»Hätte sie sich damit denn versehentlich vergiften können?«

»Versehentlich würde ich das nicht nennen«, antwortete Müllerjan. »Von den Tropfen wären rund drei Flaschen notwendig gewesen, um in die Größenordnung der letalen Dosis zu kommen, sagt die Rechtsmedizin. Normalerweise nimmt man mehrmals täglich fünf Tropfen ein. Das klingt für mich nicht nach einer Möglichkeit, sich unbeabsichtigt zu vergiften.«

»Aber absichtlich«, warf Luisa ein. »Weiß die Rechtsmedizin denn inzwischen, ob das Gift über den Magen oder die Haut aufgenommen wurde?«

»Die tippen auf Magen, wegen der fehlenden Nesselausschläge auf ihrer Haut, wollen sich aber nicht festlegen, ehe sie nicht alles getestet haben«, antwortete der Kommissar.

»Ist ja auch sinnvoll«, gab Luisa zu. Irgendwie war ihr der Appetit auf Gyros vergangen. Wenn Marianne sich nicht zufällig vergiftet hatte, weder mit einem Medikament noch an ihren Gartenblumen, dann blieben eigentlich nur noch zwei Möglichkeiten übrig: Suizid – und Mord. Und beides erschien Luisa noch schlimmer, als Mariannes Tod es ohnehin schon war. »Könnte es nicht sein, dass die Spurensicherung einfach eine Pflanze übersehen hat?«, hakte sie nach. Das war die einzige Hoffnung, die ihr blieb – dass es doch ein dummer Unfall gewesen war.

»Nein, das kann ich mir nicht vorstellen«, entgegnete Müllerjan fest. »Wenn die Spurensicherung nur den kleinsten Zweifel gehabt hätte, dann hätte sie der Freigabe des Hauses nicht zugestimmt.«

»Freigabe?« Luisa sah ihn verblüfft an. »So schnell? Dauert das sonst nicht immer länger?«

»Ja, meist …« Müllerjan wirkte einen Moment lang fast so, als täte es ihm leid, diese Entscheidung getroffen zu haben. »Wissen Sie, der Witwer wollte unbedingt wieder zurück ins Haus … er hat ja auch ein Arbeitszimmer zu Hause und dort wichtige Unterlagen für seinen Betrieb, die er sich am Sonntagabend noch ansehen wollte. Und die Spurensicherung hat wirklich alles gründlich durchsucht. Außer in den homöopathischen Tropfen und der Rheumasalbe hat sie nirgends Spuren von Aconitin gefunden.«

»Sie haben sich bequatschen lassen«, stellte Luisa trocken fest. Das wäre dem alten Stockmann nicht passiert. Aber Müllerjan war noch sehr jung, und manchmal sah man ihm an, dass er immer noch an das Gute im Menschen glaubte. Es wunderte sie nicht, dass Hermann seinen Willen durchgesetzt hatte – auch wenn Luisa nicht verstand, weshalb der unbedingt möglichst bald wieder in das Haus wollte, in dem seine Frau gestorben war. War er einfach masochistisch veranlagt, oder war das seine Art, mit der Trauer umzugehen?

»Es war nicht mehr notwendig, das Haus weiterhin zu versiegeln«, beharrte Müllerjan und stand auf. »Frau Weinstrauß – war es ein Suizid? Einen Unfall können wir jetzt ja wohl ausschließen.«

»Nein, das hätte Marianne nicht getan«, antwortete Luisa, ohne darüber nachzudenken. »Auch wenn sie Rheuma gehabt hätte. Sie hätte sich einen anderen Weg gesucht – und ein anderes Ziel, auf das sie ebenso geradlinig zugesteuert wäre wie auf ihr bisheriges.« Und im gleichen Moment fühlte sie, dass dies keine billige Ausrede war, damit sie sich nicht eingestehen musste, wie schlecht sie Marianne wirklich gekannt hatte. Die Gitarristin hätte nicht aufgegeben. Selbst wenn sie ihren Lebenstraum hätte begraben müssen – Marianne hätte weitergekämpft.

»Also Mord«, seufzte Müllerjan. »Ja, das ist auch meine Arbeitshypothese. Warten wir ab, bis es Neues aus der Rechtsmedizin gibt, vielleicht bringen die letzten Untersuchungen ja etwas Licht ins Dunkel.«

Er schob den Stuhl ordentlich zurück an den Tisch. »Und Sie, Frau Weinstrauß, überlegen sich bitte bis morgen Mittag, wer Frau Schneider-Winterthur den Tod gewünscht haben könnte und weshalb. Sie kennen sich mit Musikern besser aus als ich – nennen Sie mir ein paar Namen!«

Viertes Kapitel

Namen von Verdächtigen … Luisa hatte die halbe Nacht zum Dienstag wach gelegen und nachgedacht, was sie Müllerjan sagen könnte. Gab es wirklich einen beruflichen Konkurrenten, der Marianne aus dem Weg räumen wollte, um für sich selbst einen Vorteil daraus zu ziehen? War so etwas überhaupt möglich? Diese andere Person müsste fast genauso gut sein, wie es Marianne gewesen war. Bessere, bekanntere Gitarristen hätten keinen Grund gehabt, ihr etwas anzutun; deutlich schlechtere hätten sich keine Chancen ausrechnen können, beispielsweise in ihrem Quartett oder bei schon feststehenden Konzerten ihren Platz einzunehmen. Aber konnte eine solche Konkurrenzsituation allen Ernstes ein Grund sein, einem Menschen etwas anzutun? Und müsste es dann nicht irgendeine Spur in Mariannes Haus geben, die auf den Täter hindeutete? Vielleicht hatte er schon einmal mit ihr Kontakt aufgenommen. Ob die Spurensicherung in ihrem Notizbuch überhaupt nach den Namen anderer Gitarristen gesucht hatte?

Die Kölnische Rundschau erwähnte in einem kleinen Artikel, dass die Polizei im Fall der verstorbenen Marianne Schneider-Winterthur in alle Richtungen ermittle. Die wussten also auch nicht mehr, als Luisa gestern Abend noch von Müllerjan gehört hatte.

Namen – woher sollte sie die nehmen? Sie wusste viel zu wenig über Marianne, über ihre sonstigen Kontakte, abgesehen von den beiden Kollegen, die ebenfalls eingeladen waren, bei dem Konzert zur Landesgartenschau mitzuwirken. Ob Marianne noch Beziehungen zur Aachener Abteilung der Musikhochschule Köln hatte? Vielleicht konnte ihr dort jemand weiterhelfen? Oder …

Sie lehnte sich nachdenklich im Esszimmerstuhl zurück und ließ das Käsebrot, in das sie erst ein paar Mal gebissen hatte, auf das Frühstücksbrettchen sinken. Wäre es nicht sinnvoller, wenn sie dort zu suchen anfinge, wo alles voller Spuren von Marianne sein musste – in ihrem Haus? Nur … wie kam sie dort hinein? Sie konnte schlecht dem Witwer gegenüber behaupten, dass sie das Haus auf Bitten der Polizei einmal kurz komplett durchsuchen müsse. Schließlich war das Haus gerade erst wieder freigegeben worden, und ohne Durchsuchungsbeschluss und Müllerjan an ihrer Seite würde sie wohl kaum offiziell darin nach – wonach suchte sie eigentlich? – suchen dürfen. Aber solange sie nicht einmal wusste, was sie zu finden hoffte, konnte sie diesen offiziellen Weg vergessen. »Ich glaube, es könnte interessant sein, Mariannes Musikzimmer zu durchstöbern« dürfte wohl kaum die passende Begründung für einen Durchsuchungsbeschluss sein. Aber wie kam sie dann in das Haus? Und vor allem in den Übungsraum?

Luisa kannte das große, salonartige Zimmer mit dem Steinway-Flügel in der Mitte inzwischen gut, sie hatten darin bestimmt ein Dutzend Mal geprobt. Wo in diesem Raum mochte sich ein Hinweis verstecken? Konnte es sein, dass Marianne einen Namen, in Ermangelung eines Notizblattes, direkt in die Noten geschrieben hatte?

Während sie langsam auf dem nächsten Bissen vom Käsebrot herumkaute, überlegte sie weiter. Eigentlich war es gar nicht so schwer, in das Haus zu kommen. Schließlich kannte sie Hermann Winterthur doch, er wusste, dass Luisa gemeinsam mit Marianne bei dem Konzert zur Landesgartenschau auftreten wollte. Und natürlich gab es einen ganz einfachen Grund, weshalb sie in Mariannes Arbeitszimmer musste – sie könnte einfach beim letzten gemeinsamen Übungstermin dort am vergangenen Mittwochabend ihre eigenen Noten vergessen haben. Oder sie hätte Marianne Hefte zum Kopieren mitgebracht haben können, die sie jetzt für ihre eigenen Schüler brauchte ... Es gab jedenfalls genügend Gründe, weshalb sie in diesen Raum gehen und sich dort umsehen musste. Solange Hermann Winterthur nicht ahnte, dass sie inoffiziell mit der Polizei zusammenarbeitete, konnte er eigentlich nicht darauf kommen, dass diese Gründe nur vorgeschoben waren. Und selbst wenn er durchschaute, dass sie heimlich schnüffelte – was sollte er dagegen haben, dass sie der Polizei half, den Tod seiner Frau aufzuklären? Vermutlich könnte sie ihn auch einfach bitten, sie in Mariannes Musikzimmer zu lassen, ohne ihm etwas vorzuschwindeln – aber vielleicht hatte er inzwischen die Nase voll von den Ermittlungen der Polizei und wollte nur noch seine Ruhe haben. Ein berechtigtes Anliegen vorzuschieben, wie die angeblich vergessenen Noten, erschienen ihr dann doch sinnvoller.

Kurz entschlossen wählte sie um Punkt acht Uhr, als sie es für spät genug am Morgen hielt, Mariannes Nummer. Es war ein merkwürdiges Gefühl, den Namen der Toten im Display zu sehen ... und wider besseres Wissen zuckte sie zusammen, als der Hörer am anderen Ende der Leitung abgehoben wurde. »Winterthur Installationen«, knurrte eine Männerstimme.

»Guten Morgen, Hermann, Luisa hier ... mein Beileid«, begann sie.

»Danke.« Er klang müde und der Anrufe überdrüssig. Sicherlich hatten ihm gestern schon viele Leute kondoliert; er schien halb Zülpich zu kennen, wie Marianne einmal erwähnt hatte. »Was kann ich für dich tun, Luisa?«

Wenn es wirklich nur um ihre Noten gegangen wäre, hätte Luisa sich nun wohl höflich verabschiedet und aufgelegt. Am liebsten hätte sie den Mann einfach in Ruhe gelassen, so kurz nach dem Verlust seiner Frau ... Aber wenn sie Müllerjan auf eine Spur bringen konnte, tat sie das ja auch für Hermann. »Es tut mir wahnsinnig leid, dich ausgerechnet heute stören zu müssen«, sagte sie und fühlte, wie ihr Magen sich jetzt schon zusammenzog, obwohl sie mit der eigentlichen Schwindelei noch nicht mal begonnen hatte. »Aber weißt du, ich hatte Marianne ein paar Noten geliehen, in die sie mal reinsehen wollte … und die bräuchte ich leider möglichst bald wieder für eine meiner Schülerinnen.«

»Davon hatte sie gar nichts gesagt«, murmelte er nachdenklich, und gerade, als sie schon glaubte, ihre Notlüge sei aufgeflogen, fuhr er hörbar munterer fort: »Aber das heißt ja nichts. Deine Noten sind sicherlich hier im Musikzimmer. Ich fürchte nur, du wirst ein wenig suchen müssen – ich kann dir leider nicht sagen, wo sie sie hingelegt hat.«

»Das ist kein Problem, ich habe vormittags ja viel Zeit«, entgegnete sie sofort. Ob er sich wohl darauf einlassen würde, sie schon heute in Mariannes Übungsraum zu lassen?

»Dann komm doch am besten gleich heute vorbei«, schlug er vor, als hätte er ihre Gedanken gelesen. »Heute habe ich meinen Gesellen und dem Lehrling noch freigegeben, aber morgen will ich wieder in die Firma – da wird es komplizierter, einen Termin zu finden, der uns beiden passt.«

»Gerne«, antwortete Luisa sofort. Das klappte ja besser als erhofft. »Wann wäre es dir denn am liebsten?«

Er schwieg einen Moment, vielleicht sah er auf die Uhr. »Gegen neun? Ist das für dich in Ordnung?«

»Natürlich, das passt mir gut«, sagte sie. Hermann wohnte nicht weit von ihr entfernt in den Seegärten. Dann würde sie am besten gleich den Rucksack mit den Blockflöten mitnehmen, um zur Not von dort aus zum ersten Musikschüler des heutigen Nachmittags aufbrechen zu können – der wohnte nicht weit von den Seegärten entfernt. Vielleicht ließ Hermann sie ja tatsächlich ganz ungestört in Mariannes Übungsraum suchen …

Außerdem, fiel ihr ein, während sie den Rucksack mit den üblichen kleineren Instrumenten, Stimmgabel, Noten, einer Wasserflasche und der obligatorischen Packung Kekse für den Hunger zwischendurch packte, war eine Tasche auch sehr praktisch, um eventuelle Indizien unauffällig aus dem Haus zu schmuggeln.

Vorsichtshalber packte sie ungepuderte Einweghandschuhe und Gefrierbeutel dazu, falls sie etwas entdecken sollte, worauf jemand Fingerabdrücke hinterlassen haben mochte. Dann noch ein paar Schnappdeckelgläschen für den Fall, dass sie interessante Medikamente oder andere Dinge fand, die darin besser aufgehoben waren als in den Gefrierbeuteln … Das sollte genügen, beschloss sie. Zumal, wenn sie ehrlich war, die Chancen nicht gerade gut standen, dass sie etwas entdeckte, was die Spurensicherung übersehen hatte. Dort arbeiteten schließlich Spezialisten, die wussten, was sie taten. Das einzige Gebiet, auf dem Luisa vielleicht etwas herausfinden konnte, war die Musik. Bei allem anderen würde die Spurensicherung schon keinen Fehler gemacht haben.

Um Viertel vor neun brach sie auf, bog von der Mersburden- nach links in die Dreikönigenstraße ab, überquerte die Römerallee und ging über die Nemmenicher Straße und den Ubierweg bis zur Blayer Straße. Auf dem Sportplatz zu ihrer Linken schien sich gerade eine Schulklasse auszutoben, doch dafür hatte sie heute nur einen kurzen Seitenblick übrig. Was genau suchte sie eigentlich? Ihr einziger Anhaltspunkt bestand darin, dass sie sich auf Mariannes Noten konzentrieren wollte. Alles andere hatte die Spurensicherung längst erledigt. Genau genommen konnte sie nur hoffen, dass sie das, was sie suchte, erkennen würde, wenn sie es sah.

Pünktlich um neun Uhr klingelte sie an dem Haus, in dem sie in der letzten Zeit so viele Stunden zum Proben verbracht hatte. Marianne war immer sehr geduldig gewesen, auch wenn sie ihren Teil der Partitur vermutlich nach einer halben Stunde Üben besser gekonnt hatte als Luisa den ihren nach all den Wochen ... Aber Marianne war fest davon überzeugt gewesen, dass bis zum Frühjahr mehr als genug Zeit war, alles noch perfekt zu lernen. Und tatsächlich, in den letzten Wochen hatte es immer besser geklappt ...

»Luisa, schön, dass du so schnell kommen konntest«, begrüßte Hermann sie freundlich. Die Müdigkeit, die Luisa am Telefon zuerst in seiner Stimme zu hören geglaubt hatte, war wie weggeblasen. Er trug Schwarz, natürlich, wirkte aber schon wieder so gefasst, dass Luisa sich durchaus vorstellen konnte, dass er morgen arbeiten gehen würde. Zumal er als Selbständiger es sich gar nicht leisten konnte, länger zu pausieren. Auch nicht unter diesen furchtbaren Umständen.

»Danke, dass du mir die Möglichkeit gibst, die Noten zu suchen«, antwortete sie. »Eigentlich hätte ich lieber darauf verzichtet, dich ausgerechnet jetzt deshalb zu stören ...«

»Das macht nichts. Das Leben muss ja weitergehen – auch für dich«, antwortete er. »Du brauchst die Noten doch.«

»Ja, leider«, entgegnete sie und verzog entschuldigend den Mund. Was tat sie dem Mann bloß an, nur weil sie das unbestimmte Gefühl hatte, in Mariannes Sachen vielleicht etwas Interessantes zu finden?

»Komm rein, du weißt ja, wo das Musikzimmer ist«, sagte er. »Magst du einen Kaffee?«

»Danke, ich will dir wirklich nicht noch mehr zur Last fallen«, winkte sie ab.

»Kein Problem.« Er deutete mit dem Kopf die Treppe hinauf. »Wenn es für dich in Ordnung ist, gehe ich wieder nach oben ins Arbeitszimmer – ich muss noch einiges vorbereiten. Nicht nur für morgen ...«

»Oh, ja, natürlich«, stammelte Luisa. Selbstverständlich musste er sich auch um die Beerdigung kümmern. Und vermutlich auch um die gemeinsamen Bankkonten, den Erbschein und all die anderen Dinge, vor denen man nach dem Tod eines Verwandten plötzlich stand. »Danke für deine Hilfe, ich schaue dann mal, dass ich die Noten finde.«

»Sag einfach Bescheid, wenn du sie entdeckt hast und wieder gehst«, sagte er und nahm die ersten Stufen der Treppe. »Und wenn du doch einen Kaffee magst, bedien dich – du weißt sicher, wo die Küche ist.«

»Ich weiß Bescheid«, antwortete sie rasch. Marianne hatte ihr die untere Etage des Hauses bei Luisas erstem Besuch hier gezeigt, und schon damals hatte Luisa sich gewundert, dass der Übungsraum nicht im Keller lag, wo man ihn gut hätte schallisolieren können, sondern gleich neben dem Wohnzimmer im Erdgeschoss.

Hermann musste Marianne wirklich sehr geliebt haben, um sich damit abzufinden, dass er sie ständig üben hörte, wenn er sich im Wohnzimmer aufhielt. Vermutlich hatte er erst abends nach acht, wenn Marianne grundsätzlich nicht mehr arbeitete, dort ungestört fernsehen können. Aber vielleicht war er als Selbständiger auch den ganzen Tag in seiner Firma, so dass er ihre Musik überhaupt nicht gehört hatte, egal wo sie spielte …

Luisa schüttelte den Kopf. Das war jetzt irrelevant. Sie war hier, um irgendetwas Interessantes zu finden, nicht um darüber nachzudenken, wie gut und liebevoll die Beziehung der beiden gewesen war.

Auf dem Weg durchs Wohnzimmer in den Übungsraum hörte sie, wie Hermann die Treppe hinaufging. Bisher lief alles besser, als sie zu hoffen gewagt hatte. Wenn sie alleine Mariannes Musikraum durchsuchen durfte, musste sie sich keine Mühe geben, das möglichst unauffällig zu tun.

Sie begann mit den Noten auf dem Flügel – nichts Besonderes, ein paar einfache Etüden ohne spezielle Markierungen,

Notizzettel oder ähnliche Dinge. Auch das Klavier selbst lieferte ihr keine neue Erkenntnis.

Sie hatte einmal im Fernsehen gesehen, dass jemand im Flügel selbst etwas versteckt hatte, das nur entdeckt wurde, weil eine der Tasten einen merkwürdigen Klang erzeugte. Vorsichtshalber spielte sie alle Tasten von den tiefsten bis zu den höchsten Tönen durch – nichts. Das Klavier war perfekt gestimmt. Einen Moment lang gönnte sich Luisa einen Anflug von Bedauern, dass sie momentan überhaupt keine Klavierschüler hatte und daher selbst seit Monaten fast nur noch Keyboard spielte, dann riss sie sich zusammen und sah sich um.

Wo mochte Marianne etwas abgelegt haben, was sie nicht wegwerfen und gleichzeitig niemandem zeigen wollte? Hatte sie vielleicht einen Drohbrief bekommen oder eine Verabredung mit jemandem getroffen, von dem ihr Mann – und damit auch die Polizei – nichts wusste?

Luisa betrachtete flüchtig das Regal mit den Notenbüchern und Heftern, in denen offensichtlich Partituren für mehrere Instrumente aufbewahrt wurden. Nichts davon wirkte auf sie besonders auffällig. Hier schien Marianne einfach alles gesammelt zu haben, was sie jemals gespielt hatte, geordnet nach Komponisten und, bei den Sammelbänden, nach Stilrichtungen. Luisa spürte einen Stich im Magen, als ihr auffiel, dass Stücke wie *Homenaje* von Manuel de Falla und *Asturias* von Isaac Albéniz, bei denen sie selbst trotz allen Übens an ihre Grenzen gestoßen war, hier noch zu den leichteren Stücken gehörten. Marianne hatte einfach in einer anderen Liga gespielt.

Unabhängig davon aber war in diesen Noten nichts Auffälliges zu finden. Keine Briefe, achtlos dazwischensortiert, keine versteckten Zettel mit heimlichen Botschaften – in diesem Regal gab es nichts außer Noten.

Wo hatte Marianne denn die aktuellen Notenhefte aufbewahrt, nach denen sie gerade spielte … Luisa ging zu der Ecke, in der Marianne gerne gesessen hatte, wenn sie sich zum Proben getroffen hatten. Auf dem schweren hölzernen Notenständer vor einem der Hocker, wo auch der für klassische Gitarristen typische Fußschemel stand, war ein Notenheft aufgeklappt. Luisa kannte das Stück nicht, doch es handelte sich offenbar um ein Duett für Querflöte und Gitarre.

Sie nickte. Ja, das sah so aus, als hätte Marianne zuletzt mit der Querflötistin für das Landesgartenschau-Konzert geübt, noch nach ihrem Termin mit Luisa. Vielleicht wusste diese mehr? Möglicherweise hatten sich die beiden am Samstag noch getroffen, vor der Nacht, in der Marianne gestorben war?

Oder war in den Noten etwas zu entdecken? Luisa blätterte das Heft vorsichtig durch. Die wenigen Notizen bezogen sich allesamt auf Korrekturen zu den Stücken, Unterstreichungen der betonten Noten, Atemzeichen, wie man sie von Flöten kannte – vielleicht hatte sie sich sogar markiert, wann ihre Duettpartnerin atmete und dadurch möglicherweise einen Sekundenbruchteil später den nächsten Ton spielte. Marianne hatte offensichtlich nichts dem Zufall überlassen.

Auf dem Sideboard hinter Mariannes Hocker lagen weitere Noten. Luisa erkannte sofort die Mozart-Duette, die sie gemeinsam hatten spielen wollen, daneben ein Gitarrenstück mit Klavierbegleitung, sicherlich auch für die Landesgartenschau geplant. Einige modernere Noten, wie *Bellefleur* von Pieter van der Staak und *Dos Temas populares cubanos* von Leo Brouwer, das Luisa überhaupt nicht kannte, lagen neben der *Suite h-Moll* von Robert de Visée und Stücken von Tarrega. Luisa blätterte die Noten vorsichtig durch. Wieder nur Notizen, die sich auf die Stücke bezogen, Anmerkungen zur Lautstärke, manchmal Zeichen, die Luisa nicht kannte –

vermutlich hatte Marianne eigene Zeichen entwickelt, wo standardisierte fehlten.

Und dann, im letzten Heft, fiel ihr ein Zettel in die Hand, der darin offenbar als eine Art Lesezeichen gelegen hatte. Wieder Noten von Pieter van der Staak, diesmal die *Five exotic dances*, die Luisa auch schon gespielt hatte – eigentlich fast zu leicht für Marianne, aber die Stücke machten Eindruck und waren sicherlich gut für ein Konzert geeignet, wenn man nicht nur Fachpublikum, sondern auch ganz normale Zuhörer begeistern wollte.

»Philip 18 Uhr« stand auf dem Zettel, sonst nichts – kein Datum, keine Adresse, keine Telefonnummer. Sie hielt den Notizzettel gegen das Licht – offensichtlich hatte sich auch nichts durchgedrückt, was ihr mehr verraten konnte.

Wer war Philip?

Ein Musiker, mit dem Marianne zusammen geprobt hatte? Weshalb lag der Zettel dann nicht in den Noten des entsprechenden Duettes? Und warum hatte sie ihn nicht einfach in ihrem Kalender notiert?

Als Luisa aufging, dass sie den Zettel mit den bloßen Fingern angefasst hatte, statt sich vorher die genau aus diesem Grund mitgebrachten Handschuhe anzuziehen, schüttelte sie seufzend den Kopf. Sie war einfach keine Kriminalistin. Andererseits – konnte man auf Papier überhaupt Fingerabdrücke erkennen?

Vorsichtshalber packte sie den Zettel, den sie nur noch am Rand anfasste, in eine der Tiefkühltüten. Dann sah sie sich auf dem Schreibtisch um. Ja, dort lag ein Notizblock im gleichen Design wie der Zettel mit dem Namen »Philip«. Offenbar hatte Marianne den Namen hier in diesem Raum notiert, vermutlich nach einem Anruf. Die Schrift, fiel ihr auf, wirkte etwas krakelig, ungelenk – vermutlich hatte sie keine feste Unterlage gehabt, als sie die Notiz gemacht hatte.

Oder sie war einfach müde oder in Eile gewesen. Das hatte sicher nichts zu bedeuten.

Ob es noch weitere Hinweise gab? Luisa warf einen Blick in die Schreibtischschubladen, aber darin stapelten sich nur Büromaterialien und mehrere leere Notenhefte. Wahrscheinlich hatte sie selbst komponiert, auch wenn Luisa noch kein eigenes Stück von Marianne gehört hatte.

Ein Wochenkalender fehlte auf dem Schreibtisch – ob die Polizei ihn mitgenommen hatte? Oder hatte Marianne nur einen elektronischen Kalender geführt? Sie war viel unterwegs gewesen, da war es nicht unwahrscheinlich, dass sie alles Wichtige in ihrem Smartphone gespeichert hatte, das sie immer dabei hatte.

Luisa sah sich suchend um. Irgendwie wurde sie das Gefühl nicht los, dass sie noch etwas übersehen hatte. Vorsichtig nahm sie die Konzertgitarre, die offen neben Mariannes Sitzplatz stand, aus dem Ständer und setzte sich auf einen der anderen Hocker. Sie griff einen C-Dur-Akkord und strich mit der Rechten sanft über die Saiten. Die Gitarre war leicht verstimmt, nachdem sie inzwischen einige Tage nicht mehr gespielt worden war; dennoch ließ ihr Klang Luisa unwillkürlich aufseufzen. Ein solches Instrument …

»Nein, damit wäre ich auch nicht besser«, murmelte sie, als ihr bewusst wurde, was sie gerade gedacht hatte. Natürlich war ein gutes Instrument wichtig, aber auch die beste Gitarre konnte aus einer mittelmäßigen Musikerin wie ihr keine zweite Marianne Schneider-Winterthur machen.

Dennoch – ob sie vielleicht ein einziges Stück … *Yesterday* kam ihr als Erstes in den Sinn, das konnte sie auswendig, und es war nicht allzu schwierig. Sie griff die ersten Töne, schlug die Saiten so leise wie möglich an, damit Hermann nicht mitbekam, was sie hier tat. Doch schon nach wenigen Takten stutzte sie. Die tiefe E-Saite war um mehr als einen

Ganzton verstimmt – das konnte eigentlich nicht sein. Sie betrachtete die Saiten. Alle sahen gleich neu aus, nichts wies darauf hin, dass die tiefste Saite gerade frisch gewechselt worden wäre und sich deshalb besonders stark verstimmt hatte.

Vermutlich hatte Marianne auf dieser Gitarre die tiefste Saite tatsächlich einen Ton tiefer, auf D, gestimmt. Das war nicht ungewöhnlich, manche Stücke erforderten das.

Nachdenklich blickte sie zu den aufgeschlagenen Noten auf dem Notenständer. Auf den ersten Blick entdeckte sie darin kein tiefes D … Weshalb hatte Marianne dann die Gitarre umgestimmt?

Oder …

Luisa stellte die Gitarre vorsichtig beiseite und sah die aufgeschlagenen Noten noch einmal gründlich durch. Nein, hier gab es tatsächlich nirgends einen Grund, die tiefste Saite auf D zu stimmen. Gitarre und Noten passten nicht zusammen. Hatte Marianne zuletzt nach anderen Noten gespielt? War jemand hier eingedrungen und hatte aus irgendwelchen Gründen die Noten vertauscht? Vielleicht hatte Marianne wertvolle Originale besessen, die ein Einbrecher gestohlen hatte? Aber weshalb hätte er anschließend Marianne vergiften sollen?

Oder hatte jemand die Gitarren vertauscht? Nachdenklich betrachtete sie die vier Gitarrenkoffer in dem Regal hinter den Übungshockern. Die drei schwarzen Koffer waren mit Zahlenschlössern versehen, die jedoch alle geöffnet waren; der weiße – oder genau genommen hellgraue, soweit sie das im Schatten des Regals erkennen konnte – trug stattdessen einige alte Aufkleber.

Luisa begann mit den schwarzen Koffern. Im ersten fand sie zu ihrem Erstaunen eine halbakustische Gitarre – sie hatte gar nicht gewusst, dass Marianne auch darauf gespielt hatte. Aber natürlich war es nicht unsinnig, auch ein solches Instrument zu besitzen, je nachdem, welche Stilrichtung man gerade bevorzugte oder für das nächste Konzert benötigte.

Der zweite schwarze Koffer war leer, darin hatte vermutlich die Gitarre gelegen, die nun in dem Ständer ruhte. Im dritten entdeckte Luisa ein klassisches Instrument mit einem wundervollen, leicht rötlich schimmernden Korpus, der ihr einen Seufzer entlockte, ehe sie sich wieder zusammenriss.

Neugierig öffnete sie den weißen Koffer, in der Erwartung, darin vielleicht eine Flamenco-Gitarre oder ein anderes ungewöhnlicheres Instrument zu finden – doch der Koffer war leer.

Verwirrt blickte Luisa sich in dem Raum um. Nein, hier war nirgends eine weitere Gitarre zu sehen. Wo steckte dieses Instrument? Und welche Art Gitarre suchte sie überhaupt?

Luisa spürte, wie sie zu schwitzen begann. Ging es bei Mariannes Tod in Wahrheit um einen Gitarrendiebstahl? Sie wusste, dass die Instrumente von Hermann Hauser oder Antonio Torres Preise im sechsstelligen Bereich erzielten. Aber hätte Marianne ein solches Instrument in diesem weißen Koffer verstaut? Dazu wirkte dieser einfach nicht ausreichend gepolstert.

Sie nahm die Gitarre, die sie eben probegespielt hatte, und legte sie versuchsweise in den Koffer. Nein, das passte nicht, die Innenpolster hatten eine andere Form. In den leeren schwarzen Koffer passte diese Gitarre dagegen perfekt.

Luisa stellte sie wieder zurück. Was war hier los? Wenn sie das, was sie sah, richtig deutete, dann hatte Marianne das verschwundene Instrument offen abgestellt. Jemand hatte später die Gitarre aus dem weißen Koffer mitgenommen, merkwürdigerweise ohne Hülle – vielleicht in einer dunklen Ledertasche, die man sich auf dem Fahrrad leicht auf den Rücken schnallen konnte und die weniger auffiel als der weiße Koffer? Und dieser Jemand hatte dann offenbar eine andere

Gitarre aus einem der geschlossenen Koffer genommen und auf den Ständer gestellt, damit der Diebstahl nicht so rasch entdeckt wurde. Oder lag sie mit dieser Deutung völlig falsch?

Nachdenklich blickte Luisa in den weißen Koffer. Sie musste die Innenmaße genau notieren, um mit deren Hilfe vielleicht einen Anhaltspunkt zu bekommen, was für eine Gitarre …

»Was tust du an dem Koffer?« Hermanns Stimme klang schärfer als vorhin.

Luisa zuckte unwillkürlich zurück. »Ich? Nichts … hier ist nur … hier fehlt eine Gitarre.« Vielleicht wusste er ja, wo sie war. Möglicherweise war alles ganz harmlos, und Marianne hatte das vierte Instrument nur zum Gitarrenbauer gebracht, um es dort wieder auf Vordermann bringen zu lassen – wer so viel spielte wie sie, musste sicherlich regelmäßig die Bünde abrichten und andere Kleinigkeiten korrigieren lassen.

»Das kann nicht sein.« Mit großen Schritten kam er näher, warf einen kurzen Blick in den offenen weißen Koffer. »Da ist sie doch.« Er deutete auf den Gitarrenständer.

Luisa schüttelte den Kopf. »Nein, diese Gitarre passt hier nicht hinein.« Sie öffnete den ebenfalls leeren schwarzen Kasten. »Das hier ist der richtige für die Gitarre, die dort steht. Das vierte Instrument, das aus dem weißen Koffer, fehlt einfach. Und wenn Marianne es zur Inspektion gebracht hätte«, fiel ihr jetzt ein, »dann hätte sie es ja nicht ohne Hülle transportiert. Hältst du es für möglich, dass hier jemand eingebrochen ist und diese Gitarre gestohlen hat?«

Hermann betrachtete sie nachdenklich. »Eingebrochen … nein, eigentlich nicht. Aber gestohlen … jetzt, wo du es sagst … Warte doch bitte noch einen Moment, ich muss etwas nachprüfen.«

»Kein Problem.« Luisa setzte sich auf einen der Hocker, bis Hermann den Raum verlassen hatte, und stand dann rasch wieder auf, um in Mariannes Noten nach einem passenden Heft zu suchen. Schließlich zog sie *Choros No. 1* von Heitor Villa-Lobos heraus – das gehörte zumindest zu den Stücken, die Luisa tatsächlich halbwegs spielen konnte. Nur für den Fall, dass Hermann spontan misstrauisch wurde und auf die Idee kam, einen Beweis dafür zu fordern, dass diese Noten wirklich Luisa gehörten – was sie natürlich nicht taten.

Sie blickte auf die Uhr. Kurz vor zehn, sie hatte fast eine Stunde lang hier gesucht. Kein Wunder, dass Hermann in der Zwischenzeit ungeduldig geworden war und mal nachgeschaut hatte, was sie so machte.

Während sie auf ihn wartete, sah sie noch einmal die Noten in dem Regal durch. Die meisten Stücke kannte sie gar nicht, vermutlich stammten sie von zeitgenössischen Komponisten, von denen Luisa nur wenig gespielt hatte. Auch für den Gitarrenunterricht bevorzugte sie die alten Meister – neben Pop-Songs, Jazz- und Blues-Stücken und allem, was ihre Schüler sonst gerne spielten, natürlich.

Als sie die Türklingel hörte, blickte Luisa sich rasch um. Vermutlich nur Besuch für Hermann, dachte sie. Und wenn nicht … gab es irgendjemanden, der sie hier nicht sehen sollte? Sie tat nichts Verbotenes – genau genommen hatte Müllerjan sie sogar zum Schnüffeln aufgefordert. Wenn auch nicht wörtlich, aber doch indirekt. Hatte er von ihr nicht Namen von verdächtigen Personen hören wollen? Die konnte sie schwerlich liefern, wenn sie nicht selber ihre Nachforschungen anstellen durfte.

Es dauerte einen Augenblick, bis Hermann die Tür zum Musikzimmer wieder öffnete. Ihm folgten zwei uniformierte Polizisten. Luisa atmete auf. Offenbar hatte der Witwer ihren Verdacht ernst genommen und gleich die Polizei gerufen –

und dann auch noch das Glück gehabt, dass entweder der Bezirksdienst am Markt gerade besetzt oder ein Streifenwagen zufällig in der Nähe war; so schnell wären die Polizisten aus Euskirchen jedenfalls nicht hier gewesen. »Gut, dass Sie kommen«, sagte sie. »Ich habe hier leider schon einiges angefasst, ehe mir auffiel, dass die Gitarre vermutlich gestohlen wurde – sicher brauchen Sie meine Fingerabdrücke zum Abgleich. Und dann wäre es gut, wenn Sie die Innenmaße des leeren Gitarrenkoffers nehmen würden – oder macht das die Spurensicherung? Ich habe hier leider kein Maßband gefunden, sonst hätte ich …«

Verwirrt brach Luisa ab und blickte den jüngeren der beiden Uniformierten an, der nun zielstrebig auf sie zukam. »Das können Sie uns alles noch auf dem Revier erzählen«, entgegnete er, griff nach ihrer Schulter und ihrem rechten Arm und schob sie zur Tür. »Ich würde Ihnen nur raten, sich bis dahin eine bessere Geschichte auszudenken – wer soll Ihnen denn glauben, dass Sie auf der Suche nach irgendwelchen Noten zufällig entdecken, dass ein teures Instrument fehlt? Davon abgesehen haben Sie das Recht …«

»Moment mal!« Luisa blieb abrupt stehen. »Sind Sie denn jetzt völlig wahnsinnig geworden?«

Sie blickte Hermann hilflos an, doch der trat einen Schritt zurück und schüttelte mit traurigen Augen den Kopf. »Wie konntest du das nur tun, Luisa«, sagte er mit belegter Stimme. »Meine Trauer so ausnutzen …«

Luisa schnappte nach Luft. Das konnte doch wohl nicht wahr sein! »Willst du allen Ernstes behaupten, ich hätte diese Gitarre geklaut?«, entgegnete sie. Ihre Stimme kiekste unkontrolliert, wie sie am Rande wahrnahm; eine natürliche Reaktion bei Panik. Dafür war alles andere hier völlig unnatürlich. »Wie hätte ich das denn machen sollen? Glaubst du etwa, ich habe sie hier in meinem Rucksack verstaut?«

Die uniformierten Beamten wechselten einen Blick, dann griff der ältere der beiden nach dem Rucksack und öffnete ihn. »Fehlen Ihnen auch …« Er zog den Altflötenkoffer heraus und musterte ihn. »Flauto … irgendwas?«

»Nein, nur die Gitarre – soweit ich das momentan überblicken kann«, antwortete Hermann. Er klang noch immer so enttäuscht, dass Luisa sich in Grund und Boden schämte, auch wenn sie mit dem vermutlichen Diebstahl überhaupt nichts zu tun hatte.

»Wo soll die Gitarre denn sein, verdammt?«, fragte sie nach. »So ein Instrument ist doch viel zu groß, um es aus dem Haus zu schmuggeln!«

»Du hast sie natürlich in der Zwischenzeit hinausgebracht. Zeit genug hattest du ja. Und von oben, aus meinem Arbeitszimmer, hätte ich sicherlich nicht gehört, wenn du die Haustür geöffnet, die Gitarre draußen in den Kofferraum deines Wagens gelegt hättest und wieder reingekommen wärst, als sei nichts gewesen.« Er klang so müde, wie Luisa ihn noch nie erlebt hatte. So, als hätte sie ihm gerade das Herz gebrochen, ein weiteres Mal, nachdem er den Tod seiner Frau noch längst nicht verkraftet hatte.

»Ich bin zu Fuß hier!«, entgegnete Luisa scharf.

Zum ersten Mal glaubte sie einen Funken Unsicherheit in Hermanns Gesicht zu sehen. Die Polizisten hatten den kleinen Wortwechsel interessiert beobachtet, offensichtlich in der Hoffnung, dass Luisa gleich vor Ort ein Geständnis ablegen würde. Jetzt straffte sich der jüngere wieder; vermutlich hatte er begriffen, dass die Situation festgefahren war.

»Rufen Sie Kommissar Müllerjan vom KK 11 an!«, herrschte Luisa ihn an. Normalerweise war sie immer darauf bedacht, jedem Streit und jedem lauten Wort aus dem Weg zu gehen – aber hier und jetzt war es ihr egal, was die Polizisten von ihr denken mochten. Hermann durfte einfach nicht so schlecht von ihr denken. Außerdem wollte sie nicht mit aufs Präsidium, und sie wollte erst recht nicht vor den Augen der Nachbarn in einen Polizeiwagen einsteigen – diese Geschichte wäre durch halb Zülpich gewandert, ehe Luisa in Euskirchen angekommen wäre. Das konnte sie sich als Freiberuflerin beim besten Willen nicht erlauben. »Der wird Ihnen bestätigen, dass ich keine Diebin bin, sondern ihn im Gegenteil ... berate«, fügte sie etwas leiser hinzu. Auf diese Aussage in Hermanns Gegenwart hätte sie gerne verzichtet. Der Mann war nicht dumm; er würde irgendwann begreifen, dass sie nur zum Schnüffeln hierhergekommen war.

Wieder wechselten die beiden Uniformierten einen Blick. Der ältere zog schließlich ein Handy aus der Tasche, wählte und ließ sich zu Müllerjan durchstellen. Zum Glück war der Kommissar in seinem Büro. »Langenfeld hier«, meldete sich der Streifenbeamte. »Herr Kommissar, kennen Sie eine Frau Weinstrauß?« Er lauschte eine Weile, nickte ab und an. »Ja, genau«, sagte er schließlich. »Herr Winterthur beschuldigt Frau Weinstrauß des Diebstahls einer Gitarre ...« Er lauschte und nickte wieder, dann legte er auf.

»Herr Winterthur, der Kommissar schickt Ihnen gleich die Spurensicherung noch einmal vorbei, um den Diebstahl zu untersuchen«, sagte er, ehe er sich an Luisa wandte. »Und Sie – Sie möchten sich direkt bei ihm melden, wenn Sie wieder zu Hause sind. Nicht erst heute Abend, darauf hat er Wert gelegt. Dürfen wir Sie nach Hause fahren?«

Luisa schüttelte verdattert den Kopf. »Danke, es ist nicht so weit ...« Sie konnte kaum glauben, dass Müllerjan sie gerettet hatte.

Dafür hatte er etwas gut bei ihr.

Und Hermann ... Der Witwer starrte sie noch immer traurig an. »Wie kannst du mir das nur antun«, murmelte er, die Enttäuschung noch immer in sein Gesicht geschrieben, als sie den Rucksack und den danebenliegenden Blockflötenkasten griff und an ihm vorbei aus dem Raum floh.

Luisa holte erst wieder Luft, als sie die Haustür hinter sich ins Schloss fallen hörte. Sie wollte nur noch weg hier – von Hermann, der ihre Absicht so furchtbar missverstanden hatte, und von dem Streifenwagen, der wie ein Mahnmal vor dem Haus stand und sie wieder daran erinnerte, wie knapp und mit wie viel Glück sie der Verhaftung entkommen war.

Fünftes Kapitel

Eine Tafel Schokolade … oder doch lieber eine große Portion Milchreis? Luisa stellte den Rucksack mit den Flöten darin auf den Esstisch und ging weiter in die Küche. Sie riss die Kühlschranktür auf. Milchreis. Hatte sie es doch gewusst, dass sie noch etwas davon übrig hatte. Normalerweise kochte sie alles andere als gerne, aber nachdem sie dieses Jahr reichlich rote Johannisbeeren geerntet und eingefroren hatte, machte sie sich ab und an eine Schüssel Milchreis mit den sauren Früchten darunter.

Milchreis half gegen alles Mögliche – auch gegen halluzinierende Witwer und ihre Anschuldigungen. Dabei kannten sie sich doch! Sie hätte nie gedacht, dass er in seiner Trauer auf die Idee kommen würde, sie habe ihn bestohlen.

Noch in der Küche schob sie sich einen Löffel mit der kalten, leicht säuerlichen Masse in den Mund, ehe sie langsam wieder zu Atem kam, ein Platzdeckchen auf den Esstisch nebenan legte und sich mit der Schüssel daransetzte. Einige Minuten lang schaufelte sie langsam, aber beharrlich den Milchreis in ihren Mund, bis ihr Magen signalisierte, dass es nun wirklich gut war. Dann erst richtete sie ihren Blick vom Fenster, durch das sie hindurchgeblickt hatte, ohne etwas wahrzunehmen, auf den Tisch. Die Schüssel war fast leer. Und auf den Rest hatte sie mit einem Mal keinen Appetit mehr.

Luisa schob die Schüssel ein Stück von sich und ließ sich im Stuhl zurücksinken. Wo war sie da nur wieder hineingeraten? Immerhin hatte Müllerjan sie beschützt – aber das war auch das einzig Gute an der Geschichte. Und natürlich hatte sie herausgefunden, dass vermutlich eine Gitarre gestohlen worden war. Die Maße dieses Instruments würde sie sicherlich demnächst von Müllerjan bekommen; zumindest hoffte sie, dass die Spurensicherung die Innenmaße des weißen Koffers nehmen würde. Aber wenn sie ehrlich war, würde sie anhand dieser Maße keinen Schritt weiterkommen. Sie kannte sich viel zu wenig mit Gitarren aus, um aus diesen Angaben auf einen bestimmten Gitarrenbauer schließen zu können. Und dass offenbar eine klassische Gitarre ohne irgendwelche Besonderheiten in der äußeren Gestalt vermisst wurde, wusste sie auch jetzt schon.

Was hatte sie noch? Den Namen Philip auf dem Zettel, den die Streifenpolizisten zum Glück nicht aus ihrem Rucksack gezogen hatten. Sie holte die Blockflötenkästen und dann auch den Gefrierbeutel, in den sie den Zettel gepackt hatte, heraus. Er war inzwischen etwas verknüsselt, offensichtlich hatte sie die Altblockflöte zu unachtsam zurück in den Rucksack gestopft, als sie aus dem Winterthur-Haus geflohen war. Und natürlich offenbarte er keine weiteren Geheimnisse, nur den Namen und die Uhrzeit. Nur, überlegte Luisa, während sie den Beutel mit dem Zettel auf den Tisch legte und ihn vergeblich glattzustreichen versuchte, die ungewöhnlich krakelige Handschrift. Das war untypisch für Marianne. Andererseits war unübersehbar, dass sie den Namen selbst notiert hatte; das geschwungene große »P« war Luisa schon auf der Karte aufgefallen, mit der die Gitarristin vor einem halben Jahr mit ihr Kontakt aufgenommen hatte, weil sie Luisas Nummer nicht im Telefonbuch fand.

Vermutlich hatte sie den Namen wirklich in großer Eile oder ohne passende Unterlage, möglicherweise auf den Oberschenkeln, geschrieben.

Wer mochte dieser Philip sein?

Schüler hatte Marianne nicht, soweit Luisa wusste. Der Pianist, mit dem sie zusammen bei der Landesgartenschau hatte spielen wollen, hieß Ralf. Ob Philip … Luisa wehrte sich einen Augenblick gegen diesen Gedanken, ehe sie ihn dann doch zuließ. Ob er ihr Liebhaber gewesen war? Das würde die hastige, unordentliche Notiz erklären und vor allem das Verstecken des Zettels. Denn dass der Notizzettel nicht für Hermann gedacht gewesen war, daran zweifelte Luisa keinen Moment.

Aber war es möglich, dass die Gitarristin ihren Mann tatsächlich betrogen hatte? Eigentlich konnte Luisa sich nicht vorstellen, dass die akkurate, zielstrebige Marianne ein solches Risiko eingegangen wäre. Damit hätte sie ihre Karriere ausbremsen, vielleicht gar zerstören können. Für die Boulevard-Blätter wäre eine solche Affäre doch ein gefundenes Fressen gewesen, das sie sicherlich genüsslich ausgeschlachtet hätten. Luisa konnte sich gut vorstellen, dass Marianne dann für etliche Konzertveranstalter nicht mehr tragbar gewesen wäre. Weshalb hätte sie freiwillig alles, was sie sich bisher aufgebaut hatte, aufs Spiel setzen sollen? Vermutlich war die verschwundene Gitarre die bessere Spur.

Luisa warf einen Blick auf die Uhr. Langsam wurde es Zeit, Müllerjan anzurufen. Immerhin hatte sie nach dem Milchreis und der kurzen Atempause nicht mehr das Gefühl, dass sich ihre Gedanken nur im Kreis drehten.

Sie holte einen Block und das Mobilteil vom Telefontischchen, machte sich ein paar Notizen zu den Themen, die sie ansprechen wollte, und drückte dann so lange auf die Wahlwiederholungstaste, bis sie seine Büronummer sah.

»Müllerjan, KK 11«, meldete er sich wie immer.

»Weinstrauß hier«, antwortete sie. »Zuerst einmal danke für Ihre Unterstützung …«

»Die Sie nicht gebraucht hätten, wenn Sie Ihre Nase nicht wieder in Dinge gesteckt hätten, die Sie nichts angehen«, unterbrach er sie scharf. »Ich hatte Sie gebeten, mir

Namen von Konkurrenten und anderen möglichen Tätern zu geben – und nicht, dem Witwer auf die Nerven zu fallen!«

Luisa schluckte. Aber nein, dieser Schuh passte ihr nicht. »Sie wollten Namen, also habe ich versucht, Ihnen welche zu liefern!«, entgegnete sie. »Das kann ich bestimmt nicht, indem ich zu Hause im stillen Kämmerlein sitze und nachdenke. Dazu brauche ich schon mehr Informationen! Und wie auch Ihnen bewusst sein dürfte, habe ich heute durchaus etwas entdeckt, was die Spurensicherung übersehen hat.«

Sie hörte ein leises Seufzen am anderen Ende der Leitung. »Ja, das haben Sie«, antwortete er schließlich. »Die Spurensicherung hat auf ihrer Liste zwar auch nur drei Gitarren bei vier Gitarrenkoffern aufgeführt, sich aber offensichtlich nichts dabei gedacht. Und was genau fehlt jetzt? Was wollten Sie da mit irgendwelchen Maßen wissen?«

Luisa erläuterte ihm, weshalb sie glaubte, dass Marianne zuletzt auf der verschwundenen Gitarre gespielt hatte, und dass vermutlich jemand das Instrument aus dem weißen Koffer gestohlen und eine beliebige andere Gitarre auf den Ständer gestellt hatte, damit der Diebstahl nicht sofort auffiele. »Und aus den Innenmaßen des weißen Koffers lassen sich vielleicht Rückschlüsse auf die fehlende Gitarre ziehen«, beendete sie ihre Erklärung.

Müllerjan schwieg einen Moment. »Sie glauben wirklich, jemand hat Frau Schneider-Winterthur wegen einer Gitarre ermordet?«, fragte er dann.

»Zumindest könnten beide Fälle zusammenhängen«, schränkte Luisa ein. »Wenn Marianne aufgefallen wäre, dass die Gitarre fehlt, hätte sie ja schon längst Anzeige erstattet. Da Sie nichts dergleichen erwähnt haben, hat sie das nicht getan. Also ist die Gitarre frühestens am Samstagabend verschwunden, als Marianne nicht mehr geübt hat. Oder vielleicht auch erst nach ihrem Tod – aber in der Nacht von

Samstag auf Sonntag war ja schon die Spurensicherung in dem Haus, und vorher der Notarzt. Vermutlich ist die Gitarre also zwischen acht Uhr am Samstagabend und etwa halb drei in der Nacht zum Sonntag weggekommen. Klingt das für Sie nicht nach einem Zusammenhang?«

»Möglich wäre es«, gab Müllerjan zu. »Dennoch – erklären Sie mir bitte, wie Sie sich den Verlauf des Samstagabends vorstellen. Diebe brechen in das Haus der Winterthurs ein, stehlen die Gitarre, versuchen dies zu vertuschen, indem sie ein anderes Instrument aus seiner Hülle nehmen und offen aufstellen ... und dann werden sie erwischt. Und vergiften Frau Schneider-Winterthur, statt sie zu erschlagen, erstechen oder was weiß ich wie umzubringen? Weil sie zufällig ein passendes Gift dabeihatten? Und anstatt die Polizei zu rufen und den Einbruch anzuzeigen – und vor allem den Notarzt zu alarmieren –, wartet das Opfer dann erst mal einige Stunden, bis die Vergiftungserscheinungen so stark sind, dass auch garantiert jede Hilfe zu spät kommt?«

Luisa verdrehte die Augen. »Ihren Sarkasmus können Sie sich sparen«, entgegnete sie schärfer als beabsichtigt. »Ich weiß doch auch nicht, was dort geschehen ist. Vielleicht hat Marianne den oder die Einbrecher eben nicht entdeckt? Vielleicht sollte das Gift nur dazu dienen, dass sie ein paar Tage lang außer Gefecht gesetzt ist und den Diebstahl daher nicht entdecken kann, um den Tätern einen Vorsprung zu verschaffen?«

»Sie meinen, es handelt sich um eine Körperverletzung mit Todesfolge, und wir haben es weder mit Mord noch mit Suizid zu tun?«, antwortete Müllerjan nachdenklich. »Ja, das wäre denkbar ...« Luisa glaubte zu hören, wie sein Notizbuch raschelte; vermutlich notierte er sich diesen Gedanken gerade.

»Was steht denn eigentlich auf den Aufklebern auf dem weißen Koffer?«, fiel Luisa ein, als sie noch einmal an die

Situation in dem Musikraum zurückdachte. »Ich erinnere mich an einen Aachen-Aufkleber, die anderen habe ich mir gar nicht genau ansehen können, ehe der Witwer mit den Streifenpolizisten zurückkam.« Genau genommen hatte sie einfach zwischen seinem ersten Eintreffen im Übungsraum und der Rückkehr gemeinsam mit den uniformierten Beamten völlig vergessen, sich diese Aufkleber noch einmal anzuschauen. Sie hatte den Deckel nicht wieder heruntergeklappt, daher waren sie ihr nicht mehr ins Auge gefallen, während sie über die Innenmaße des Koffers nachgedacht hatte.

»Das sind nur Reiseandenken«, antwortete Müllerjan prompt. »Nichts Spannendes. London, Lyon, Essen, Maastricht, Paris … und natürlich Aachen. Aber da hat sie ja auch studiert, das zählt wohl nicht als Urlaubsreise.«

»Essen auch nicht«, entgegnete Luisa nachdenklich. Lyon – da klingelte etwas bei ihr. Was war noch gleich in Lyon? Und weshalb Essen? Was gab es in Essen Spannendes zu sehen, außer der Villa Hügel, dem Grugapark und ein paar Museen, deren Namen Luisa längst vergessen hatte?

Dann fiel es ihr endlich ein. Die Folkwang-Universität der Künste lag in Essen! Natürlich, dort hätte Marianne ebenfalls studieren können, wenn sie nicht nach Aachen gegangen wäre. Vielleicht hatte sie sich auch dort beworben? Und in Lyon befand sich eine Musikhochschule mit dem Schwerpunkt Gitarre, Maastricht besaß ein großes Konservatorium. Dass es in London und Paris ebenfalls Musikhochschulen gab, daran zweifelte Luisa nicht. Aber dann wäre der Koffer schon sehr alt, und vielleicht auch die Gitarre darin. Und das verschwundene Instrument musste entweder ein großzügiges Geschenk, vielleicht von ihren Eltern, gewesen sein, oder es war nicht so wertvoll, wie Luisa vermutet hatte. Hatten die Diebe die falsche Gitarre gestohlen? Oder ging es ihnen um etwas ganz anderes?

»Der Gitarrenkoffer könnte schon etwas älter sein, vielleicht hatte sie ihn schon zu Beginn des Studiums«, sagte sie und erklärte Müllerjan, wie sie auf diese Idee kam.

»Aber wer besitzt zu Beginn des Studiums bereits ein derart wertvolles Instrument, dass sich dafür ein Diebstahl – und vielleicht sogar mehr – lohnen würde?«, überlegte der. »Stammt Frau Schneider-Winterthur denn aus einer sehr wohlhabenden Familie?«

»Das weiß ich nicht«, antwortete Luisa. »Ich hatte eigentlich immer das Gefühl, dass sie zwar inzwischen gut von ihren Einnahmen leben kann, das Haus aber erst durch seine Firma bezahlbar wurde. Es ist natürlich auch durchaus möglich, dass sie damals beispielsweise etwas geerbt hat und das Geld komplett für eine Gitarre ausgegeben hat – dann könnte sie tatsächlich damals schon ein sehr wertvolles Stück besessen haben.«

»Was bedeutet *wertvoll* in Hinblick auf eine Gitarre?«, hakte er nach.

»Fünf- bis sechsstellige Summen«, antwortete Luisa prompt.

Müllerjan schnappte nach Luft. »Unglaublich…«, murmelte er schließlich. »Ja verdammt, dafür lohnt sich nicht nur ein Diebstahl, sondern auch eine Körperverletzung … und meinetwegen sogar ein Mord.«

Luisa nickte und konnte sich ein Grinsen nicht verkneifen. Immerhin hielt er ihre Theorie jetzt nicht mehr für völlig an den Haaren herbeigezogen. Aber es waren noch andere Fragen offen. Sie blickte auf den Notizzettel vor sich. »Was mir noch eingefallen war«, sagte sie, »vielleicht hat sie sich doch zufällig bei der Gartenarbeit vergiftet, als sie einen Blauen Eisenhut nicht geschnitten, sondern ausgegraben hat. Hat die Spurensicherung in der braunen Tonne nachgeschaut, ob darin eine passende Pflanze lag?«

Müllerjan pfiff leise. »Gute Idee«, sagte er. Luisa hörte ihn blättern, vermutlich im Bericht der Spurensicherung. »Die braune Tonne war leer bis auf einen verwelkten Blumenstrauß«, sagte er schließlich.

Luisa runzelte die Stirn. »Dann hat sie also am Freitag nichts mehr ausgegraben«, murmelte sie nachdenklich. Irgendwie hoffte sie immer noch, Mariannes Tod würde sich als Unfall herausstellen …

»Oder die Tonne wurde am Samstag geleert«, warf Müllerjan ein.

»Mittwochs«, widersprach Luisa sofort. »Die Seegärten zählen mit zum Zülpicher Stadtgebiet, und hier werden die braunen Tonnen mittwochs geleert.«

»Also keine zufällige Vergiftung im Garten«, fasste Müllerjan zusammen. »Schade …«

»Sie mögen wohl keine Mordfälle«, bemerkte Luisa lakonisch. Bei einem Kommissar der Mordkommission hätte sie eine andere Einstellung erwartet.

»Jeder Mord ist einer zu viel«, entgegnete er nüchtern. »Aber das ist genau genommen auch bei jedem tödlichen Unfall so. Nichtsdestotrotz ist ein Mord in meinen Augen noch viel sinnloser als ein Unfall – zumal er normalerweise mehr als ein Leben zerstört.«

»Das stimmt natürlich«, antwortete Luisa rasch. Selbstverständlich hatte er recht. Ihre Bemerkung war unüberlegt gewesen. »Also war das Gift vermutlich im Essen«, fuhr sie rasch fort, um nicht weiter darüber nachdenken zu müssen. »Gibt es dazu inzwischen Neues aus der Rechtsmedizin?«

»Noch nichts wirklich Sicheres«, antwortete Müllerjan. »Ich hoffe, dass ich diese Information morgen bekomme.«

»Weiß man denn, was Marianne zuletzt gegessen hat, und wann das war?«, erkundigte sich Luisa. Wieder hörte sie Müllerjan blättern.

»Einen Salat«, sagte er schließlich. »Rohkost mit Hüttenkäse, Pinienkernen und Kräuterdressing.«

Luisa wurde hellhörig. »Ist noch etwas von dem Dressing im Kühlschrank gefunden worden?«

»Ja, darin befand sich kein Gift.« Diesmal hatte er nicht nachlesen müssen.

»Und gab es im Küchenmülleimer Abfälle von dem Salat?«, hakte sie nach.

»Nein, den scheint sie vollständig aufgegessen zu haben«, antwortete er.

»Was ist mit dem Geschirr, von dem sie gegessen hat, und der Gabel?«, beharrte Luisa. Irgendwo musste es doch noch Reste von dieser Mahlzeit geben!

»Alles bereits gespült«, antwortete Müllerjan prompt.

Luisa kniff verwundert die Augen zusammen. »Marianne hat noch gespült, als es ihr schon schlecht ging?«, fragte sie ungläubig nach.

»Sie hatte durchaus noch eine Weile Zeit, bis die Symptome bedrohlich wurden«, erinnerte Müllerjan sie. »Und denken Sie daran, die Vergiftung beginnt mit Herzrasen und erhöhter Aktivität – es gibt keinen Grund anzunehmen, dass sie in dieser Phase nicht noch die Spülmaschine eingeräumt haben sollte.«

»Verrückt«, murmelte Luisa. »Wenn es mir schlecht ginge, hätte ich doch Besseres zu tun, als mich um das schmutzige Geschirr zu kümmern …«

»Bevor Sie sich in etwas verrennen«, unterbrach Müllerjan ihre Gedanken, »es gibt keinen Hinweis darauf, dass sich zu dieser Zeit noch eine andere Person im Haus aufhielt.«

»Irgendwie passt das alles nicht zusammen«, überlegte Luisa laut. »Angenommen, Marianne hat bis acht Uhr geübt. Danach ist sie meinetwegen in den Garten gegangen, um die Blumen zu gießen, so dass ein Einbrecher freie Bahn hatte. Er stiehlt die Gitarre, stellt eine andere offen auf, um uns an der Nase herumzuführen, vergiftet Mariannes Salat, verlässt das Haus. Und dann kommt er später noch einmal wieder, um die Geschirrspülmaschine anzuwerfen? Das Risiko wäre doch viel zu groß. Zumal er ja gar nicht wissen konnte, wann genau Marianne den Salat essen würde … und wie lange danach sie noch bei Bewusstsein wäre.«

»Nein, eigentlich nicht«, antwortete Müllerjan. »Wenn er beim ersten Mal so leicht ins Haus gelangt, schafft er das auch ein zweites Mal. Eine Alarmanlage haben die Winterthurs nicht, um die er sich Sorgen machen müsste. Der Ehemann ist offensichtlich nicht zu Hause, der Frau muss es zwei bis drei Stunden nach dem Abendessen schon ziemlich schlecht gehen – sie stellt keine Gefahr mehr dar. Er geht in die Küche, räumt den Teller und die Gabel, die mit dem Gift in Berührung gekommen sind, in die Spülmaschine und schaltet sie ein. Was spricht gegen dieses Szenario?«

»Dass Marianne gleich nebenan im Wohnzimmer auf der Couch lag und den Täter hätte sehen können«, entgegnete Luisa sofort. »Wenn die Spülmaschine nicht mehr lief, als der Notarzt eintraf, dann musste Marianne zu der Zeit, als die Maschine eingeschaltet wurde, noch in der Lage gewesen sein, ein Telefon zu bedienen – sie hätte bestimmt die Polizei gerufen. Und damit hätte der Täter genau das Gegenteil von dem erreicht, was er eigentlich vorhatte.«

»Also hat Frau Schneider-Winterthur die Spülmaschine selbst eingeschaltet, und der Täter hatte einfach Glück, dass dadurch die Spuren auf dem Geschirr vernichtet wurden«, folgerte Müllerjan.

»Oder jemand kannte Marianne gut genug, um zu ahnen, dass sie unter allen Umständen noch spülen würde«, sagte Luisa nachdenklich. Das sprach weder für einen Dieb noch für die Ehefrau eines eventuellen Liebhabers – es sei denn, das andere Ehepaar war mit Marianne und Hermann befreundet.

»Oder das Gift war überhaupt nicht im Essen«, ergänzte Müllerjan. Er seufzte leise. »Irgendwie drehen wir uns nur im Kreis. Oder sehen Sie irgendwo eine neue Spur?«

Luisa überlegte einen Moment. »Bisher nicht«, antwortete sie schließlich. »Aber vielleicht nähern wir uns der Lösung auch aus der falschen Richtung. Die Frage ist doch, wer weiß überhaupt, dass Aconitin giftig ist, und wer kommt an die Substanz heran?«

»Apotheker«, sagte Müllerjan sofort. »Haben wir schon überprüft – in ihrem Bekanntenkreis gibt es keine Apotheker.«

»Was ist mit Ärzten?«, hakte Luisa nach. »Oder Gärtnern?«

»Ärzte gibt es nicht, Gärtner … stimmt, danach wurde die Liste noch nicht abgeglichen. Wer fällt Ihnen noch ein?«

»Landschaftsarchitekten, Floristen …« Luisa überlegte und schüttelte schließlich den Kopf. »Sie werden ja sehen, wenn jemand einen halbwegs passenden Beruf hat. Oder einen schönen, gepflegten Garten.«

Müllerjan lachte leise. »Soll ich mir etwa alle Gärten sämtlicher Personen aus Frau Schneider-Winterthurs Bekanntenkreis ansehen?«, sagte er. »Und die jeweilige Dame des Hauses verhaften, wenn ein Garten allzu perfekt aussieht?«

Luisa spürte, wie sie rot anlief. Dabei war ihr die Idee zunächst gar nicht so dumm vorgekommen. »Auch Hobbygärtner werden wissen, wie giftig der Blaue Eisenhut ist«, beharrte sie.

Dann fiel ihr auf, was sie bisher völlig vergessen hatte zu erwähnen. »Gibt es in Mariannes Bekanntenkreis eigentlich auch einen Philip?«, fragte sie. »Ich habe in ihren Noten eine Notiz gefunden …«

»Und das fällt Ihnen jetzt erst ein?«, warf Müllerjan ein. Mit einem Mal klang er genauso unfreundlich wie sein früherer Chef. »Warum haben Sie die Notiz nicht den beiden Polizisten mitgegeben? Dann hätte ich sie längst untersuchen lassen können.«

»Weil ich in Hermanns Haus zufällig damit beschäftigt war, mich nicht verhaften zu lassen!«, entgegnete Luisa scharf. »Außerdem ist es nur ein Zettel – ‚Philip 18 Uhr' steht darauf. Sonst nichts.«

»Und natürlich haben Sie ihn ohne Handschuhe angefasst«, ergänzte Müllerjan und atmete hart aus. »Mensch, Sie wissen doch, dass solche Beweismittel nicht in die Hände von Laien gehören.«

»Wenn es ein Beweismittel ist, weshalb hat die Spurensicherung es dann nicht mitgenommen?«, schnappte Luisa zurück. Am liebsten hätte sie einfach aufgelegt. Sollte dieser Kommissar doch schauen, wo er ohne sie blieb! Andererseits – war sie es Marianne nicht schuldig, dass sie ihn unterstützte? »Ich konnte ja nicht ahnen, dass sich in einem der Notenhefte ein möglicherweise interessanter Zettel befinden würde«, fügte sie beschwichtigend hinzu. »Auf alle Fälle habe ich ihn nur an den Rändern angefasst. Und anschließend gleich in einer Tüte verpackt.«

»Diese Tüte geben Sie bitte den beiden uniformierten Kollegen mit, die Sie gleich besuchen werden«, antwortete Müllerjan. Er klang jetzt wieder so müde, dass Luisa sich fragte, ob er den richtigen Job hatte.

»Das mache ich«, versprach Luisa. Dass der Zettel beim Transport in ihrem Rucksack ziemlich verknüllt worden war, wollte sie jetzt nicht unbedingt erwähnen. Das würde Müllerjan noch früh genug feststellen. Und auch nach dem Namen Philip fragte sie lieber nicht mehr. Wenn es tatsächlich in Mariannes Umgebung jemanden gab, der diesen Namen trug, dann würde der Kommissar es ihr schon verraten. Zumindest hoffte sie das. Sie wies ihn noch darauf hin, dass

Marianne offensichtlich zuletzt gemeinsam mit der Querflötistin geprobt hatte, die damit vielleicht auch eine wichtige Zeugin war, dann legten sie auf.

Luisa betrachtete noch einmal den Notizzettel in der durchsichtigen Tüte. Wenn Marianne wirklich ein Verhältnis mit diesem Philip gehabt hatte, wäre es wichtig herauszufinden, ob er – oder seine Frau oder Freundin, falls er ebenfalls in einer festen Beziehung lebte – vielleicht Arzt, Apotheker oder Gärtner war. Vielleicht war das ja die Spur, nach der sie suchten. Nur – wohin war dann die vierte Gitarre verschwunden? Gab es dafür vielleicht eine ganz harmlose Erklärung?

Als eine knappe halbe Stunde später, wie angekündigt, zwei Streifenpolizisten klingelten, hatte Luisa den Zettel abfotografiert und danach noch eine ganze Weile angestarrt, in der Hoffnung, dadurch auf eine neue Idee gebracht zu werden – doch die wollte sich nicht einstellen. Momentan sah es für sie nach zwei möglichen Motiven für einen Mord aus: zur Verdeckung eines Diebstahls oder aus Eifersucht. Und eine kleine Stimme wisperte ihr zwischendurch zu, dass auch ein Selbstmord immer noch nicht völlig ausgeschlossen werden konnte, auch wenn sie sich das bei Marianne einfach nicht vorstellen konnte.

Mittags machte sich Luisa nur ein Brot, heute hatte sie keine Lust zu kochen – und eigentlich auch keine Zeit. Ihr blieben gerade noch zehn Minuten, um die Blumen im Haus zu gießen, dann musste sie schon los zur ersten Keyboard-Stunde.

Kevin begrüßte sie zur Abwechslung selbst an der Haustür. »Moin, Luisa, meine Mutter ist zum Einkaufen«, sagte er und reichte ihr die Hand. »Magst du was trinken? Kann ich dir einen Kaffee machen?«

»Solche Angebote bedeuten normalerweise, dass du nicht geübt hast«, bemerkte Luisa schmunzelnd.

Kevin winkte ab. »Ach, du weißt doch, das Leben ist hart, und an unserer Schule erst recht«, behauptete er. »Da bleibt vor lauter Verpflichtungen sooo wenig Zeit zum Üben …«

»Die Verpflichtungen nennen sich ‚Hausaufgaben' und gehören nun mal zum Schulalltag dazu«, entgegnete Luisa grinsend. »Die gab es zu meiner Zeit auch schon. Und ich hatte nebenbei immer Zeit für die *wichtigen* Dinge im Leben.«

»So wie Sport, meinst du?«, flachste er zurück. »Hey, und vergiss nicht, der Selbstverteidigungskurs für Mädchen, den ich leite, hat gerade wieder begonnen. Da muss ich mich auch drauf vorbereiten!«

»Das ist natürlich ebenfalls wichtig«, stimmte Luisa ihm zu. Kevin war nicht nur seit einigen Jahren fest entschlossen, Sozialarbeit zu studieren, und seitdem in der Schule deutlich besser geworden; er kümmerte sich auch um mehrere Projekte für Kinder. Und gerade Selbstverteidigung für Mädchen – oder Kinder allgemein – war heute sicher sehr wichtig.

»Aber geübt habe ich dennoch ein wenig«, fuhr er in leicht gönnerhaftem Ton fort und musste dann doch grinsen. »Aber was anderes als das, was du mir aufgegeben hattest. Pass auf, ich kann *Bridge over troubled water* schon fast richtig spielen …«

Tatsächlich machte er das gar nicht schlecht, stellte Luisa fest, während sie neben seinem Keyboard saß und beobachtete, wie er die Töne und Akkorde griff. Obwohl sie das Stück vorher nicht durchgesprochen hatten, waren keine unnötigen Verrenkungen dabei, seine Finger bewegten sich fließend über die Tasten. Alles war in Ordnung. Zumindest hier.

Ihre Gedanken glitten wieder zu Marianne. Wenn der Rechtsmediziner sich nur endlich festlegen würde … Wenn sie zumindest wüsste, ob es tatsächlich Mord oder doch Suizid war …

»Vorsicht, das Kreuzchen ist hier aufgehoben«, bemerkte sie. »Ausnahmsweise ist das ein D statt Dis.«

»Und ich habe mich schon gewundert«, antwortete Kevin und spielte die Stelle noch einmal mit der richtigen Note. »Irgendwie klang das verkehrt.«

»Und jetzt weißt du auch, weshalb«, grinste Luisa. Eigentlich genoss sie es zu unterrichten, gerade bei solchen jungen Leuten, die einerseits Lust hatten, ein Instrument zu spielen, sich andererseits aber immer gerne vom Musizieren abhalten ließen. Bei ihren erwachsenen Schülern erwartete sie, dass diese fleißig übten und zügig vorankamen; bei den Kindern und Jugendlichen dagegen konnte sie sich über kleine Erfolge viel mehr freuen. Andererseits konnte sie die Gedanken an Marianne heute einfach nicht verdrängen. Auch bei den nächsten Schülern war sie unkonzentrierter als sonst. Sie hoffte nur, dass niemand merkte, dass sie manchmal nur noch körperlich anwesend war.

Als Luisa nach dem letzten Musikschüler entlang der Landesburg, der Streuobstwiese und dem Weinberg zurück nach Hause ging, klingelte ihr Handy. »Weinstrauß?«, meldete sie sich hastig.

»Müllerjan«, antwortete er. »Wie ich Sie kenne, möchten Sie die neuesten Ergebnisse aus der Rechtsmedizin hören.«

»Natürlich!«, sagte sie, ohne darüber nachzudenken. Dabei wollte sie eigentlich gar nicht, dass er sie für so interessiert hielt. Sonst kam er womöglich doch wieder auf die Idee, sie könne etwas mit dem Fall zu tun haben.

»Fangen wir mit einem anderen Thema an«, sie hörte ihn blättern, »dem Notizzettel. Darauf befanden sich nur die Fingerabdrücke von Frau Schneider-Winterthur – und Ihre natürlich, die hatten wir ja schon mal gespeichert und konnten sie so aussortieren. Und feinste Spuren von schwarzen Wollfasern.«

»Wolle?« Luisa blieb verblüfft stehen. »Ich habe Marianne nie in einem Wollpullover oder einer Wolljacke gesehen. Das wäre bei dem Wetter der letzten Woche doch auch viel zu warm.«

»Die Spurensicherung hat in ihrem Kleiderschrank auch kein passendes Kleidungsstück gefunden«, ergänzte Müllerjan. »Das ist schon ein wenig ungewöhnlich – aber vielleicht gibt es dafür eine ganz einfache Erklärung.«

»Und was sagt die Rechtsmedizin nun?«, fragte Luisa nach.

»Dass das Gift tatsächlich über den Magen aufgenommen wurde. Und dass es bei der Toten keinerlei Anzeichen für eine rheumatische Erkrankung gab.«

»Was war denn mit dem anderen Anwendungsgebiet – Entzündungen der Atemwege, sagten Sie, glaube ich?«, erkundigte sie sich.

»Das ist natürlich eine Möglichkeit«, antwortete Müllerjan. »Eine Lungenentzündung oder Bronchitis könnte ja längst ausgeheilt sein. Aber was machen wir dann mit der Rheumasalbe?«

»Die könnte doch ihrem Mann gehören«, schlug Luisa vor. »Oder sie hat sie einfach genutzt, um ihre Fingergelenke noch geschmeidiger zu machen.«

»Die Eheleute hatten getrennte Medizinschränkchen«, entgegnete Müllerjan. »Außerdem hat er bestritten, dass ihm diese Medikamente gehören. Übrigens behauptet er auch, dass seine verstorbene Frau nicht an Rheuma gelitten haben kann – er meint, das wäre ihm aufgefallen. Was die prophylaktische Anwendung der Salbe angeht – nun, das mag eine Erklärung sein.«

Dennoch schien er davon nicht wirklich überzeugt zu sein – genauso wenig wie Luisa. Es gab so viele Merkwürdigkeiten in diesem Fall – und mit jedem neuen Detail, das auftauchte, hatte sie das Gefühl, Marianne weniger gekannt zu haben. Und auch weniger zu verstehen, was mit ihr geschehen war. Weshalb sie hatte sterben müssen. Hatte sie sich vielleicht eingebildet, an Rheuma zu leiden, einfach weil ihre Finger in ihrem Alter nicht mehr ganz so flink waren wie vor zwanzig Jahren? Hatte sie deshalb die Salbe und das homöopathische Mittel genommen? Und als es nicht besser wurde, hatte das vielleicht als Grund genügt, freiwillig aus dem Leben zu scheiden? Aber weshalb hätte sie dann Luisa noch um Hilfe bitten sollen, als sie spürte, dass es zu Ende ging? Und warum hatte sie nicht gekämpft, wie sie es ihr Leben lang getan hatte? War sie einfach zu müde dazu gewesen?

Oder war sie doch ermordet worden? Steckte vielleicht etwas ganz anderes dahinter – hatte sie sich einen Fertigsalat geholt von einer Firma, die erpresst wurde? War ein Teil einer Eisenhut-Pflanze zufällig in einen Kopfsalat gelangt, und sie hatte den Salat nicht gründlich genug gewaschen und dadurch den tödlichen Zusatz mitgegessen? Luisa wusste es einfach nicht. Es gab zu viele Möglichkeiten, die alle gleich wahrscheinlich oder unwahrscheinlich klangen. Morgen, beschloss sie, würde sie sich erst einmal um die Spur kümmern, die ihr als Musikerin am nächsten lag – die verschwundene Gitarre.

Sechstes Kapitel

Am nächsten Tag erwachte Luisa aus einem wirren Traum von Gitarren, die Arme und Beine bekamen und sich aus ihren Koffern erhoben, um aus Mariannes Musikzimmer zu flüchten. Im Traum hatte sie geglaubt, fast erkennen zu können, vor wem die Instrumente davonliefen – ob das auch der Mörder war? Oder wollte ihr der Traum etwas anderes sagen, das sie nur noch nicht verstand? Im Zweifelsfalle, entschied sie endlich, war es einfach nur ein alberner Traum.

Kurzerhand machte sie sich ein Käsebrot zum Frühstück, holte ihren Laptop aus dem Arbeitszimmer und setzte sich mit beidem an den Esszimmertisch. Zuerst gab sie in die Suchmaschine »Marianne Schneider Gitarre« ein, fand darüber etliche Nachberichte zu verschiedenen Konzerten, Mariannes CDs bei verschiedenen Anbietern und witzigerweise eine weitere Gitarristin mit gleichem Namen, die allerdings in Freiburg lebte. Sie schaltete auf Bildersuche um. Fotos von den letzten Konzerten, die Cover der CDs …

Luisa betrachtete die Bilder genauer. Bei den Konzerten schien Marianne häufiger die halbakustische Gitarre eingesetzt zu haben, manchmal auch die mit dem rötlich schimmernden Holz. Auf den CD-Covern dagegen war immer das dunklere Instrument abgebildet, dessen tiefe E-Saite momentan auf D gestimmt war. Ein viertes Instrument entdeckte sie nicht.

Sie suchte noch eine Weile weiter und achtete dabei auf die Daten, an denen die Bilder entstanden waren. Soweit sie diese Angabe fand, war keines der Fotos älter als zehn bis zwölf Jahre – das genügte nicht. Vermutlich suchte sie ein Instrument, das Marianne schon länger besessen hatte. Wann hatte diese ihr Studium beendet? Vor etwa drei-, vierundzwanzig Jahren? Wenn Luisa die Aufkleber auf dem weißen Koffer richtig deutete, dann musste Marianne die verschwundene Gitarre schon vor fast dreißig Jahren besessen haben. Natürlich bestand auch die Möglichkeit, dass sie den Koffer nacheinander für zwei verschiedene Gitarren genutzt hatte, dann war diese Theorie hinfällig. Aber dennoch – wenn es bei den neueren Fotos, die im Internet zu finden waren, offensichtlich keines von der vierten Gitarre gab, dann musste Luisa sowieso tiefer in der Vergangenheit wühlen.

Kurz entschlossen suchte sie auf der Website der Aachener Nachrichten die Telefonnummer des Zentralarchivs heraus und erkundigte sich, ob sie dort nach Artikeln über Konzerte suchen dürfe. »Ich bin selbst Musikerin und arbeite gerade an einer Biografie der bekannten Gitarristin Marianne Schneider-Winterthur«, hörte sie sich zu ihrem eigenen Erstaunen ohne jedes Stottern erklären, »und mir fehlen noch Informationen zu den frühen Konzerten.«

»Na ja, also hier oben in der Redaktion dürfen Sie wohl suchen, unten im Keller natürlich nicht«, erklärte der Mann am anderen Ende der Leitung in aller Ruhe.

»Und welche Zeitungen finde ich da oben bei Ihnen?«, erkundigte sich Luisa.

»Die Aachener Zeitung ab 1990. Die älteren Ausgaben und die kompletten Aachener Nachrichten werden unten im Keller archiviert«, antwortete er.

Luisa überlegte kurz. 1990 – das müsste reichen. Auch wenn sie davon ausging, dass Marianne das verschwundene Instrument schon einige Jahre vorher besessen hatte, hatte die Gitarristin es sicherlich auch Anfang der Neunzigerjahre noch auf Konzerten genutzt. »Das sollte genügen«, antwortete sie. »Wann darf ich bei Ihnen vorbeikommen?«

»Wann Sie wollen, wir sind hier«, entgegnete der Mann. »Im ersten Stock, im Archivraum. Das finden Sie schon.«

Luisa seufzte leise, als sie aufgelegt hatte. Ja, den richtigen Raum würde sie sicherlich finden – aber es war schon kurz nach acht, um zwei hatte sie den ersten Musikschüler … und mit Bus und Bahn war der Weg von Zülpich nach Aachen alles andere als nah.

Kurzerhand wählte sie die Nummer einer Bekannten, die zwei Häuser weiter wohnte, passenderweise ebenfalls Marianne hieß und auf deren Hund sie ab und an aufpasste. »Guten Morgen, Luisa hier«, begrüßte sie die Nachbarin, als die sich meldete. »Sag mal, brauchst du heute Vormittag deinen Wagen?«

»Du müsstest nur tanken, falls du eine längere Fahrt planst«, antwortete die Nachbarin. »Und heute Abend will ich nach Kerpen, bis dahin brauche ich den Wagen zurück.«

»Kein Problem«, behauptete Luisa. So lange würde sie sich wohl nicht im Archiv vergraben – zumal sie zwischendurch ja noch ein wenig unterrichten musste.

So war es nicht einmal neun Uhr, als sie vor dem großen Gebäude des Aachener Zeitungsverlags an der Dresdener Straße in Aachen parkte. Auch den Archivraum im ersten Stock fand sie auf Anhieb.

Praktischerweise waren die alten Zeitungen nicht, wie sie befürchtet hatte, zu dicken Wälzern gebunden, sondern auf Mikrofiche archiviert. So konnte sie die einzelnen Blätter relativ zügig durchsehen. Eigentlich interessierten sie ja nur die Fotos – und die wenigen Bilder von verschiedenen Konzerten ließen sich auch in einer relativ kleinen Ansicht deutlich von den Fotos von Politikern, Taubenzüchtern oder Sportlern unterscheiden, die sonst den Lokalteil bevölkerten.

Als sie das erste Mal auf die Uhr sah, war es erst halb zehn, dabei brannten ihre Augen schon, als hätte sie bereits stundenlang angestrengt auf den Monitor gestarrt. Und noch immer hatte sie erst wenige Monate des Jahres 1990 durchgesehen. Wenn sie nur genau wüsste, was sie suchte … und vor allem wo. Ob das Foto, das sie brauchte, wohl im Regionalteil zu finden war? Oder auf der Kulturseite? Oder war die Einteilung damals, vor rund zwanzig Jahren, noch ganz anders gewesen?

Es half nichts, Luisa sah die Zeitungsausgaben weiter komplett durch. Immerhin war sie inzwischen im April angekommen. Anfang Mai lehnte sie sich zurück und drückte den schmerzenden Rücken durch. Offenbar saß sie viel zu verkrampft vor dem Monitor. Ende desselben Monats suchte sie in ihrer Hosentasche nach einem Bonbon, um die aufkommende Unruhe etwas zu besänftigen. Wie sollte sie es nur schaffen, in diesem Wust aus Bildern das richtige zu entdecken?

Und dann, mitten im Juni, fand sie es. Marianne mit einer Klarinettistin, die Luisa nicht kannte, bei einem Konzert im Aachener Couven-Museum.

Beide Musikerinnen trugen elegante Kleider, Marianne damals noch lange, lockige Haare, die ihr auf dem Bild verspielt über die rechte Schulter fielen. Sie wirkte konzentriert, vielleicht sogar angespannt – natürlich, sie hatte damals gerade erst ihr Studium beendet und sicherlich noch nicht geahnt, wohin ihr Weg sie führen würde.

Und die Gitarre … Luisa zoomte etwas näher heran. Diese Gitarre kannte sie tatsächlich noch nicht. Sie kniff die Augen zusammen. War da eine starke Maserung im Holz? Und war das Instrument nicht auch ungewöhnlich dunkel oder bildete sie sich das nur ein? War es eher rötlich oder doch braun gefärbt? Denn ein Muster war definitiv darin zu erkennen. Nicht die normale Maserung des Holzes, auch kein großes Bild, wie man es auf modernen Gitarren manchmal fand – ein durchlaufendes, zartes Muster, wie von einer Spitzengardine. Was war das?

Luisa zweifelte nicht daran, dass sie nach genau dieser Gitarre suchte. Das war auf alle Fälle ein besonderes Instrument. Auch wenn das Foto natürlich nichts über den Klang aussagen konnte – optisch musste es aufgefallen sein. Ob es hier wohl irgendwo noch das Originalfoto – in Farbe – gab?

Sie drehte sich zu dem Archivmitarbeiter um, der hinter ihr saß. »Sagen Sie«, begann sie zögernd, »dieses Foto hier … könnte es das noch im Original geben?«

Er schob seinen Stuhl neben sie und zoomte in die Bildunterschrift. »Hm, das war ein freier Fotograf … zu dem haben wir keinen Kontakt mehr. Aber warten Sie mal …«

Er stand auf und verließ den Raum. Luisa blickte ihm eine Weile hinterher, dann nahm sie den Mikrofiche heraus, legte ihn separat beiseite und schob den nächsten Film ins Lesegerät. Vielleicht fand sie ja noch weitere Bilder, auf denen die Musterung besser zu erkennen war …

Sie war bereits im September angekommen, als jemand ihr auf die Schulter tippte und sie erschrocken hochfuhr. »Keine Panik, junge Frau«, beruhigte sie der Mann, der sich vorhin auf die Suche nach dem Foto gemacht hatte. Dass er mindestens zehn Jahre jünger war als sie, schien ihn bei dieser Anrede nicht zu stören. »Hier haben Sie das Foto. Ist eine Farbkopie, die können Sie behalten.«

Verblüfft starrte Luisa auf das Bild, das er ihr reichte. »Grün«, murmelte sie. Die Gitarre war grün gemustert! Kein Wunder, dass sie auf dem Schwarz-Weiß-Foto in der Zeitung nicht hatte erkennen können, welche Farbe das Instrument hatte. Mit so einer ausgefallenen Lackierung hatte sie nicht gerechnet. Jetzt konnte sie auch das Muster besser sehen – große, hellgrüne Blüten vor einem dunkelgrünen Hintergrund, die Blätter grün-weiß schattiert. Mit dem eleganten schwarzen Kleid und Mariannes rötlich schimmernden Locken ergab das einen fantastischen Effekt – sie musste umwerfend ausgesehen haben mit dieser Gitarre. Warum hatte sie das Instrument in den letzten Jahren nicht mehr gespielt? War sie einfach aus dem Alter heraus gewesen, wo sie auf solche optischen Effekte setzte, um ihrem Auftritt eine besondere Note zu verleihen? Vielleicht passte diese Gitarre einfach nicht mehr zu ihrem Image der ernst zu nehmenden klassischen Musikerin.

Luisa seufzte leise. Welch ein ungewöhnliches Instrument – sie hätte es gerne in echt gesehen. Einmal in den Händen gehalten, darauf gespielt …

»Das hilft mir sehr, vielen Dank«, sagte sie, als ihr auffiel, dass ihr Gegenüber sie noch immer fragend ansah. »Darf ich mir noch rasch den Original-Artikel kopieren?«

»Machen Sie das. Dann haben Sie auch den Namen des Fotografen, falls Sie das Bild verwenden wollen – Sie wissen ja, dass Sie ihn wegen der Rechte fragen müssen?«

»Selbstverständlich«, antwortete Luisa rasch. So weit hatte sie gar nicht gedacht – sie hatte ja nicht wirklich vorgehabt, das Foto in irgendeiner Form zu veröffentlichen. Nur herumzeigen wollte sie es – wenn sie auch noch nicht wusste, wo.

Als sie wieder im Auto saß und überlegte, wo sie sich weiter nach dieser Gitarre erkundigen konnte, klingelte ihr Handy. »Hallo, Luisa, Miriam Voller hier«, meldete sich ihre erste Schülerin an diesem Nachmittag. »Du, es tut mir leid, aber wir können heute nicht … Mama hat gestern Abend gekocht und heute ist uns beiden immer noch schlecht …«

Luisa musste grinsen. Über Frau Vollers Kochkünste hatte sie schon das ein oder andere gehört – diese schienen noch geringer ausgeprägt zu sein als ihre eigenen. Und das wollte schon etwas heißen. »Kein Problem. Dann wünsche ich euch gute Besserung, und wir sehen uns nächste Woche.«

Damit musste sie erst um vier Uhr wieder in Zülpich sein, fiel ihr nach dem Auflegen ein. Das war ein Zeichen, beschloss sie – offensichtlich sollte sie hier in Aachen noch weiter ermitteln. In dem Artikel war leider kein Veranstalter zu dem Konzert genannt, und ob die damalige Duett-Partnerin Luisa etwas über die grüne Gitarre erzählen konnte, erschien ihr auch mehr als fraglich. Marianne stammte ursprünglich aus Franken, wenn sie sich recht entsann – wenn ihre Eltern noch lebten, dann vermutlich dort. Aber sie hatte doch hier in Aachen studiert – musste es nicht an der hiesigen Musikhochschule jemanden geben, der sich an sie und diese Gitarre erinnerte?

Vielleicht ein früherer Lehrer oder ein Kommilitone, der dort nun arbeitete?

Auf dem Weg in die Innenstadt, der selbst jetzt, am späten Vormittag, schon gut mit Autos gefüllt war, überlegte sie weiter, was sie eigentlich über diese Gitarre wissen wollte. War sie wertvoll? Das war sicherlich die wichtigste Frage. Vielleicht konnte sie auch in Erfahrung bringen, wer die Gitarre gebaut hatte, und dort weitere Informationen bekommen. Und schließlich wäre es auch nicht uninteressant, mehr über den Verbleib dieser Gitarre zu erfahren. Hatte Marianne sie überhaupt noch besessen? Oder hatte sie in dem weißen Koffer inzwischen eine ganz andere Gitarre aufbewahrt?

Nachdem Luisa sich an den Umbaumaßnahmen am Kaiserplatz entlanggequält und schließlich das Parkhaus an der Borngasse erreicht hatte, fiel ihr auf, dass sie die letzte Frage vielleicht auch jetzt schon beantworten konnte.

Nachdem sie das Parkhaus verlassen hatte und am IHK-Gebäude vorbei zur Theaterstraße ging, wählte sie Müllerjans Nummer. »Weinstrauß hier«, meldete sie sich, als sie seine Stimme hörte. »Wir haben doch gestern über die Innenmaße des weißen – oder eigentlich hellgrauen – Gitarrenkoffers gesprochen. Können Sie mir ein Foto von dem Koffer aufs Handy schicken, am besten mit allen wichtigen Maßen?«

Müllerjan schwieg einen Moment. »Wo sind Sie, und wen wollen Sie als Nächstes unter Vorspiegelung falscher Tatsachen befragen?«, entgegnete er schließlich trocken.

»In Aachen, und ich habe es nicht nötig, jemandem etwas vorzumachen«, antwortete Luisa prompt. Zumindest in der Musikhochschule war das sicher nicht nötig. Und Müllerjan hatte schließlich nicht gefragt, was sie an diesem Morgen schon unternommen hatte.

»Und in Aachen brauchen Sie die Innenmaße des Koffers«, wiederholte Müllerjan. »Dann wollen Sie mir doch sicher zuerst verraten, mit welcher Gitarre Sie diese Maße vergleichen wollen.«

»Mit einer grünen«, antwortete Luisa prompt.

Wieder schwieg der junge Kommissar. »Soso … nun, das erscheint mir nicht wirklich hilfreich«, seufzte er schließlich. »Dann werde ich Sie wohl noch weiter nachforschen lassen müssen. Ich schicke Ihnen gleich ein Bild zu.«

Tatsächlich dauerte es nur wenige Minuten, bis Luisas Handy piepste. Sie setzte sich auf die Treppe vor dem neuen Eingang zur Musikhochschule und rief Müllerjans E-Mail ab. Es dauerte quälend lange, bis sich das angehängte Bild aufgebaut hatte. Währenddessen zog sie die Farbkopie aus ihrem Rucksack, legte ein kariertes Blatt daneben und maß damit grob das Verhältnis der Gesamtlänge zur Breite des Korpus an den beiden bauchigen Stellen und in der Einschnürung dazwischen. Dann berechnete sie die Werte ebenfalls für das Bild des Gitarrenkoffers, das in der Zwischenzeit vollständig geladen war. Es könnte hinkommen … Aber sie hatte keine Chance herauszufinden, welche genauen Maße die Gitarre auf dem Foto hatte. Nur weil ihre Form prinzipiell passte, hieß das nicht, dass sie nicht insgesamt etwas zu groß oder zu klein war, um genau in den weißen Koffer zu passen. Marianne hatte relativ kleine Hände gehabt, vielleicht hatte die grüne Gitarre eine etwas kürzere Seitenlänge als die üblichen 65 cm, vielleicht war der Hals etwas schmaler als bei einer Standard-Konzertgitarre … Es gab auf der Farbkopie einfach kein absolutes Maß, auf das sie alle anderen Längen und Breiten beziehen konnte. Immerhin hatte sich die Chance, dass die verschwundene Gitarre tatsächlich das grüne Instrument von dem Foto war, etwas erhöht.

Ehe sie die Musikhochschule betrat, ging sie ein paar Schritte weiter in Richtung Theater, drehte sich um und betrachtete das mächtige Gebäude. »Hochschule für Musik und Tanz« stand in großen Buchstaben über den drei Glastüren. Damals war der Eingang noch an der Seite gewesen, an der sie gerade vorbeigekommen war; jetzt sah alles anders aus als vor einem Vierteljahrhundert. Während ihres Studiums war sie einige Male hier gewesen, um Konzerte zu besuchen und ein- oder zweimal auch selbst im Konzertsaal zu spielen. Sie erinnerte sich kaum noch daran. Es war eine andere Zeit gewesen.

Sobald sie die Tür des Gebäudes öffnete, merkte sie, wie lange ihr letzter Besuch her war. Früher war ihr alles ganz anders vorgekommen, ehrfurchtgebietend, aber auch von der Patina der Jahre überdeckt. Jetzt wirkte das Gebäude wie frisch renoviert. Im Eingangsbereich viel Glas, moderne Lampen, viel Weiß, dazwischen farbige Sitzgelegenheiten. Eine Dreier-Sitzgruppe auf Rädern fiel ihr auf, die man im Kreis drehen konnte. Zu ihrem Erstaunen sah sie keinen einzigen Studenten hier sitzen – bis ihr einfiel, dass es Anfang September war und das neue Semester vermutlich noch nicht begonnen hatte.

Als Luisa merkte, dass der Mann an der Information sie ansah, riss sie sich zusammen und ging zu ihm. »Guten Morgen, Weinstrauß mein Name«, sagte sie. »Ich bin auf der Suche nach Informationen über eine bestimmte Gitarre …«

»Fragen Sie mal Frau Kahlen, die weiß alles«, wurde ihr geantwortet. »Gehen Sie hier den Gang runter, Raum 21a, Studentensekretariat.«

»Besten Dank«, nickte Luisa und machte sich auf die Suche nach dem genannten Raum.

Nachdem sie auch Frau Kahlen ihren Namen genannt hatte, stellte Luisa ihre Frage erneut: »Ich suche nach einer bestimmten Gitarre, die vor etwa fünfundzwanzig Jahren von einer Studentin hier gespielt wurde. Gibt es unter den Gitarrenprofessoren einen, der zu dieser Zeit schon hier war?«

»Nicht als Professor«, antwortete die Frau prompt. »Aber fragen Sie mal Professor Huppertz, der war damals schon Assistent von Professor Sasaki. Und andere Professoren für Gitarre gibt es hier sowieso nicht.«

Luisa runzelte die Stirn, als sie dem beschriebenen Weg zu Professor Huppertz' Büro im ersten Stock folgte. Nur ein Professor für Gitarre? War die Kölner Abteilung der Hochschule größer? Oder gab es einfach mehr Lehrende im Bereich Klavier?

Immerhin war der Professor tatsächlich in seinem Büro anzutreffen und bat sie sofort herein, als sie klopfte. »Guten Tag, Weinstrauß mein Name«, stellte sie sich vor. »Ich bin auf der Suche nach einer Gitarre, die eine Studentin hier vor etwa fünfundzwanzig Jahren besessen haben muss …«

Er schmunzelte und reichte ihr die Hand. »Das klingt nach einer sehr speziellen Gitarre. Setzen Sie sich doch, dann schauen wir mal, was ich für Sie tun kann.«

Luisa zog die Farbkopie des Zeitungsfotos aus ihrer Tasche. »Es geht um diese grüne Gitarre hier«, sagte sie und legte das Bild auf seinen Schreibtisch. »Können Sie sich zufällig daran erinnern?«

Jetzt lächelte er noch breiter. »Wer könnte das nicht? Marianne hatte immer schon einen ausgeprägten Sinn für

Effekte – Marianne Schneider heißt die Gitarristin«, fügte er erklärend hinzu. »Jetzt Schneider-Winterthur. Wir treffen uns immer noch ab und an auf Gitarrenfestivals, und natürlich regelmäßig hier in Aachen zum *AquisGranGuitarra*, wo sie immer mal wieder aufgetreten ist. Kennen Sie sie?«

Luisa nickte und atmete tief ein und aus. »Marianne ist tot«, sagte sie dann. »Und diese Gitarre scheint verschwunden zu sein – vielleicht gestohlen.«

Er schüttelte ungläubig den Kopf. »Marianne tot … Davon wusste ich nichts. Wie ist sie gestorben?«

»Sie wurde vergiftet«, erklärte Luisa. »Genaueres weiß die Polizei auch noch nicht. Deshalb versuche ich jetzt, mehr über diese grüne Gitarre herauszufinden.«

Professor Huppertz sah sie nachdenklich an. »Ein Mord wegen dieser Gitarre?« Er schüttelte den Kopf. »Mariannes andere Instrumente sind viel wertvoller. Sie hatte eine *Manuel Ramirez* und eine *Ignacio Fleta* – beide kosten mindestens zehnmal so viel wie diese hier.«

»Vielleicht hatte der Dieb irgendeine persönliche Verbindung zu dem Instrument«, überlegte Luisa. »Gab es jemanden, der ihr die grüne Gitarre während des Studiums neidete?«

»Da hatte sie diese noch nicht«, antwortete er ohne nachzudenken. »Die habe ich bei ihrem Abschlusskonzert das erste Mal gesehen. Ich glaube, sie hat sich dieses Instrument zum Konzertexamen gegönnt.«

»Wissen Sie zufällig, wer die Gitarre gebaut hat?«

Professor Huppertz überlegte einen Moment. »Kraushaar, glaube ich«, sagte er dann. »Der müsste damals gerade ganz frisch seine Werkstatt eröffnet haben. Das war ungefähr 1990, vielleicht ein Jahr früher … ja, das müsste passen.«

»Kraushaar«, wiederholte Luisa, während sie den Namen auf die Rückseite des Ausdrucks kritzelte. »Wissen Sie zufällig, wo ich den finde?«

»In Aachen-Haaren, soweit ich weiß«, antwortete er. »Aber jetzt sagen Sie mir doch bitte, weshalb Marianne sterben musste – und was das mit ihrer Gitarre zu tun hat.«

Luisa erklärte ihm grob, was geschehen war – soweit sie das bisher überhaupt wusste. »Und momentan ist diese Gitarre eigentlich die heißeste Spur«, schloss sie ihren Bericht.

Professor Huppertz schüttelte entschieden den Kopf. »Wenn ich mich recht entsinne und diese Gitarre von Kraushaar gebaut wurde, dann kann ich mir nicht vorstellen, dass jemand ihretwegen einen Mord begeht – dazu ist sie einfach nicht teuer genug«, wiederholte er seine Bemerkung von vorhin. »Zumal Mariannes andere Instrumente viel wertvoller sind. Ich vermute eher, dass sie inzwischen in diesem Koffer eine andere Gitarre aufbewahrt hat – war sie finanziell gut gestellt? Konnte sie sich zum Beispiel ein Meisterinstrument von Hermann Hauser leisten? Dafür würde sich eine Straftat wirklich lohnen. Aber doch nicht für eine Gitarre, die nur einige tausend Euro kostet.«

Luisa zog die Augenbrauen hoch. »Es sind schon Menschen für weniger Geld getötet worden«, gab sie zu bedenken.

Wieder schüttelte er den Kopf. »Aber nicht für so auffällige Gitarren, die man doch überhaupt nicht weiterverkaufen kann. Und ein Gitarrensammler, der es wirklich genau auf dieses eine Instrument abgesehen hat, hätte ihr einfach einen guten Preis dafür gemacht. Oder wäre zu Kraushaar gegangen und hätte sich das gleiche Instrument bauen lassen. Ich fürchte, Sie sind da auf der falschen Spur.«

Langsam beschlich Luisa der Verdacht, dass er damit recht hatte. »Ich danke Ihnen trotzdem für Ihre Unterstützung«, sagte sie und stand auf. »Wenn ich weitere Fragen habe, dürfte ich Sie dann noch mal anrufen?«

»Aber natürlich«, er erhob sich ebenfalls, reichte ihr eine Visitenkarte und gab ihr zum Abschied die Hand, »und bitte lassen Sie es mich wissen, wenn Sie mehr herausfinden – ich möchte zumindest wissen, weshalb die Kollegin sterben musste.«

Als Luisa die Hochschule verließ, warf sie einen Blick auf die Uhr. Gerade halb zwölf. Sie hatte noch immer einen Wagen zur Verfügung. Und Haaren lag irgendwie fast auf dem Weg zur Autobahn … Auch wenn Professor Huppertz der Meinung war, die grüne Gitarre habe nichts mit dem Fall zu tun – dass sie verschwunden war, erschien Luisa noch immer merkwürdig.

Auf der Website des Gitarrenbauers fand sie seine Adresse, gab diese ins Navigationsgerät ein und ließ sich aus der Innenstadt über die obligatorischen verschlungenen Gassen nach Haaren führen. Die Werkstatt für Gitarrenbau stellte sich als großes, altes Backsteingebäude heraus, auf dem sie das Türschild beim ersten Vorbeifahren völlig übersah.

Als der Geselle sie in den Ausstellungsraum führte, entfuhr ihr unwillkürlich ein leiser Seufzer. So viele Gitarren … manche der Instrumente, die dort an der Wand hingen, waren akustische Gitarren, daneben sah sie auch halbakustische und E-Gitarren. Einige der akustischen Instrumente hatten eine ungewöhnliche Form, mit versetztem Schallloch, wie Luisa es noch nicht bewusst bei anderen Gitarren gesehen hatte. Wie diese Instrumente wohl klingen mochten?

»Und welche Art Gitarre suchen Sie?«, erkundigte sich der Geselle.

Luisa riss ihren Blick von den ausgestellten Instrumenten los. »Eigentlich brauche ich selbst keine neue Gitarre«, gab sie zu. »Ich habe eine Frage zu einem ganz bestimmten Instrument, das hier vor rund zwanzig Jahren gebaut worden ist.«

Der Geselle grinste. »So lange bin ich noch nicht hier. Dann kommen Sie doch mal mit in die Werkstatt, zu meinem Chef.«

Luisa folgte ihm in den benachbarten Raum, vorbei an halbfertigen Gitarren, deren Holz sich wohl eine Weile an seine neue Form gewöhnen musste, ehe es weiter bearbeitet werden konnte. Überall sah sie Hölzer in den verschiedensten Formen, vermutlich manche für den Hals und andere für den Korpus gedacht, Einzelteile, Werkzeuge ... Am liebsten wäre sie schon wieder stehengeblieben und hätte alles im Detail betrachtet. Aber deshalb war sie nicht hier.

»Weinstrauß, guten Tag, Herr Kraushaar«, sie gab dem Meister die Hand, »vielleicht erinnern Sie sich noch an diese Gitarre ...« Luisa zog die inzwischen schon leicht zerknüllte Farbkopie aus ihrer Tasche und reichte sie dem Mann, der langsam nickte.

»Natürlich«, sagte er. »Mit dieser Musterung habe ich damals einige Gitarren hergestellt – und ich überlege gerade, mir selbst eine ähnliche Gitarre zu bauen. Allerdings in dezenteren Farben. Aber ich erinnere mich natürlich an die Gitarristin. Frau Schneider war damals schon nicht ganz unbekannt, und dass sie diese Gitarre für ihr Abschlusskonzert haben wollte, hat mich schon ein bisschen stolz gemacht. Zumal sie danach erzählte, wie neidisch ihre Kolleginnen und Kollegen auf diese Gitarre waren. Ab und zu bringt sie uns das Instrument wieder, um die Bünde abrichten zu lassen – meistens im Winter. Letzten Winter war sie auch mit der Gitarre hier.«

»Also hat sie dieses Instrument noch immer genutzt«, folgerte Luisa. »Können Sie sich vorstellen, dass sie es inzwischen verkauft hat?«

Kraushaar schüttelte den Kopf. »Nein, das war die erste Gitarre, die speziell für sie, nach ihren Wünschen, angefertigt war. Ich kann mir nicht vorstellen, dass sie die einfach so verkauft. Ich glaube, sie hing immer noch an dem Instrument – auch wenn sie es nur zum Üben und nicht bei ihren Konzerten genutzt zu haben scheint.«

»Weil es zu auffällig war?«, hakte Luisa nach.

Er zuckte mit den Schultern. »Sie war inzwischen ja auch älter geworden. Vielleicht glaubte sie, mit einer weniger ungewöhnlichen Lackierung ernster genommen zu werden. Dabei passte die Farbe so gut zu ihren Haaren. Wenn sie drüben im Ausstellungsraum auf dem Schemel saß und uns ein paar Stücke vorgespielt hat … das machte nicht nur akustisch etwas her.«

Luisa nickte. »Ja, das kann ich mir vorstellen«, sagte sie. Jetzt, wo sie über die Gitarre sprachen, hätte sie diese selbst zu gerne einmal in der Hand gehabt. Vielleicht bekam sie irgendwann die Gelegenheit dazu – vorausgesetzt, sie fand heraus, wohin das Instrument verschwunden war.

»Möchten Sie sich noch ein wenig hier umsehen?«, erkundigte sich der Meister, der ihren in die Ferne schweifenden Blick offenbar richtig interpretiert hatte.

»Gerne«, stimmte sie sofort zu. Selbst wenn die erste Doppelstunde nicht abgesagt worden wäre, hätte sie noch ein wenig Zeit gehabt. »Eine Frage noch – können Sie mir sagen, wann Sie diese Gitarre gebaut haben?«

»Das muss ganz zu Anfang meiner Zeit hier gewesen sein«, überlegte Kraushaar. »1990, vielleicht auch schon 1989 – später sicher nicht.«

Während Luisa dem Gesellen durch die riesige Werkstatt folgte und sich von ihm die Gitarren in den verschiedenen Fertigungsstadien zeigen ließ, ging sie im Kopf wieder und wieder die Informationen durch, die die beiden Männer ihr heute genannt hatten.

Wenn Marianne die Gitarre wirklich erst 1990 oder frühestens 1989 bekommen hatte, dann war das tatsächlich ungefähr zur Zeit ihres Abschlusskonzertes gewesen. Vermutlich hatte sie die grüne Gitarre bei dieser Gelegenheit das erste Mal öffentlich gespielt. Aber weshalb trug der weiße Gitarrenkoffer dann die Aufkleber von Städten, in denen sie hätte studieren können?

Erst als sie wieder im Wagen saß und ihre Gedanken langsam von den Eindrücken lösen konnte, die sie in der Werkstatt überflutet hatten, fiel es ihr ein. An Musikhochschulen konnte man nicht nur studieren, sondern auch unterrichten. Hatte Marianne damals vielleicht überlegt, sich an einer Musikhochschule als Assistentin eines Professors zu bewerben? Hatte sie gar nicht immer ein Leben als Konzertgitarristin angestrebt? Und wenn dem so war – hatte diese Erkenntnis irgendetwas mit ihrem Tod zu tun?

Dann fiel ihr wieder ein, was der Meister über Mariannes neidische Kollegen gesagt hatte. Wenn einer ihrer damaligen Kommilitonen die Gitarre gestohlen hätte, würde das erklären, weshalb es gerade dieses Instrument sein musste – und nicht eines der anderen, die nach der Aussage von Professor Huppertz ja viel wertvoller waren. Aber weshalb gerade jetzt? Hatte Marianne mit einem Bekannten aus ihrer Studienzeit wieder Kontakt aufgenommen und diesen dadurch erst auf die Idee gebracht, die grüne Gitarre zu stehlen? Und war Neid wirklich ein Motiv, einen Menschen zu töten? Vermutlich ja, gestand sie sich ein. Gerade solche alten, tief sitzenden Gefühle mochten einen Menschen so quälen, dass er das Schlimmste Verbrechen beging, das es gab – eine andere Person zu töten.

Sie griff nach dem Handy, zog die Visitenkarte von Professor Huppertz aus ihrem Portemonnaie und wählte seine Nummer. »Weinstrauß hier, entschuldigen Sie, dass ich Sie noch mal stören muss«, sagte sie, als er sich gemeldet hatte. »Aber mir ist etwas eingefallen, was ich vergessen hatte zu fragen. Können Sie mir die Namen von Mariannes früheren Kommilitonen nennen? Wer war im gleichen Semester wie sie oder vielleicht ein Jahr darunter und hatte viel mit ihr zu tun? Möglicherweise können diese Personen mir auch weiterhelfen.« Dass sie diese Leute für potentielle Verdächtige hielt, erwähnte Luisa lieber nicht – andernfalls hätte der Professor ihr vermutlich keinen Namen genannt.

»Im gleichen Jahr war nur Hans Wiedemann«, antwortete er sofort, »der unterrichtet, glaube ich, an einer Musikschule im Kreis Düren. Lassen Sie mich überlegen ... Ein Jahr später hat Beate Müringhaus ihren Abschluss gemacht, die habe ich oft mit Marianne zusammen gesehen. Was aus ihr geworden ist, weiß ich nicht. Und noch ein Jahr jünger ist Stefan Dahmen – von dem habe ich mal eine Karte aus Kalifornien bekommen. Ich glaube, er ist dorthin ausgewandert.«

Luisa schrieb fleißig mit. Ausgewandert – das klang auf den ersten Blick völlig unverdächtig. Aber was, wenn dieser Stefan Dahmen vor Kurzem nach Deutschland zurückgekehrt war? Das würde erklären, weshalb die Gitarre gerade jetzt gestohlen worden war – und nicht schon vor etlichen Jahren.

Und die anderen ... nun, alle drei mochten sie ein Motiv haben. »Wissen Sie rein zufällig auch, ob die drei bei Mariannes Abschlusskonzert anwesend waren?«, erkundigte sie sich.

Professor Huppertz lachte leise. »Nein, darauf habe ich wirklich nicht geachtet.«

»Also müssen sie die grüne Gitarre nicht gekannt haben«, überlegte Luisa laut.

»Doch, das haben sie mit Sicherheit«, entgegnete der Professor. »Marianne war damals häufig in den lokalen Zeitungen – diese Gitarre hat die Fotografen definitiv angesprochen. Und da sie auch in verschiedenen Musikzeitschriften mit ihrer Gitarre abgebildet war, gehe ich davon aus, dass zumindest ihre früheren Kommilitonen dieses Instrument durchaus kannten.«

Also gab es tatsächlich drei Verdächtige mehr, überlegte Luisa, nachdem sie sich verabschiedet hatte. Sie warf einen Blick auf die Uhr des Wagens. Es war kurz nach eins, und sie musste noch nach Zülpich fahren, das Auto zurückgeben und zumindest ein Käsebrot essen, ehe sie sich auf den Weg zu ihren ersten Musikschülern machte. Es half nichts – die weiteren Ermittlungen mussten wohl bis morgen warten.

Siebtes Kapitel

»Hans Wiedemann, Musikschule im Kreis Düren«, las Luisa laut in ihren Notizen und griff nach ihrer Kaffeetasse. Ihr obligatorisches morgendliches Käsebrot wollte heute einfach nicht schmecken, dafür hatte sie schon fast zwei Tassen Kaffee geleert. »Beate Müringhaus, Verbleib unbekannt. Und Stefan Dahmen, Kalifornien.« Mit wem sollte sie anfangen? Keiner der Namen ließ etwas in ihr klingeln. Zumindest hatte sie keinen davon bewusst gehört. Vermutlich hatte sie alle drei schon einmal gesehen, damals, vor mehr als zwanzig Jahren. Aber auch Mariannes Namen hatte sie nur gekannt, weil die Gitarristin immer wieder in der Zeitung stand – und weil sie, ebenso wie Luisa, aus Zülpich stammte.

»Düren zuerst«, beschloss sie, während sie ihr Brot mit Käse belegte, und holte den Laptop aus dem Büro. Eigentlich arbeitete sie nicht gerne beim Frühstück, aber heute würden nicht wieder Musikschüler absagen, nur damit sie mehr Zeit zum Ermitteln bekam. Und Müllerjan wartete immer noch auf einen Namen. Wenn sie das Ausbleiben seines Anrufs am gestrigen Abend richtig deutete, dann hatte er vermutlich auch keine neue Spur. Außerdem spürte Luisa, wie ihre Ungeduld wuchs. Sie wollte endlich wissen, was Marianne zugestoßen war – und warum.

Luisa brauchte eine ganze Weile, bis sie den Mann im Internet fand. Die Kombination »Wiedemann Düren« brachte keine sinnvollen Treffer, über »Wiedemann Gitarre« fand sie einen anderen Konzertgitarristen, der offensichtlich ziemlich bekannt war, auch wenn Luisa seinen Namen noch nie bewusst wahrgenommen hatte. Erst als sie die Städte und Gemeinden im Kreis Düren einzeln mit dem Namen kombinierte, wurde sie fündig. Ein Hans Wiedemann unterrichtete tatsächlich an der Musikschule Niederzier klassische Gitarre. Das musste er sein. Jetzt, wo sie wusste, wonach sie suchen musste, ging es rasch weiter. Der Mann hatte eine eigene Website, in deren Impressum eine Telefonnummer stand. Dieser Seite nach zu urteilen, schien er überhaupt keine Konzerte zu geben – wollte er nicht oder fand er nur keine Auftrittsmöglichkeiten?

Luisa schrieb die Nummer auf einen Notizzettel und warf einen Blick auf die Uhr. Kurz vor acht – nein, um diese Zeit konnte sie ihn noch nicht anrufen. Frühestens um neun. Bis dahin würde sie nach den anderen beiden Namen suchen.

Zu ihrem Erstaunen fand sie bei dem zweiten Namen, Beate Müringhaus, sofort einen passenden Treffer. Es schien überhaupt nur eine Frau dieses Namens zu geben – und die hatte lediglich eine private Facebook-Seite, keine Website, auch sonst nichts. Luisa klickte den angegebenen Link an. Fotos von Kindern, Fotos von Tieren, Fotos vom Garten … nichts, was an Gitarrenmusik erinnerte. Kurzerhand loggte sie sich ein und schrieb der Frau eine Nachricht: »Guten Morgen, für einen kurzen Nachruf zum Tode Marianne Schneiders benötige ich noch Informationen. Sind Sie die Beate Müringhaus, die mit ihr zusammen in Aachen studiert hat? Gruß, Luisa Weinstrauß.«

Als sie die Nachricht abgeschickt hatte, spürte sie für einen Moment einen Stich im Magen. Was war nur in sie gefahren, dass sie so locker fremde Menschen anlog? Andererseits … eigentlich war das ja eine Notlüge, befand sie. Sie hatte nicht vor, diese Frau Müringhaus damit zu verletzen – es sei denn, die hatte irgendetwas mit Mariannes Tod zu tun.

Jetzt blieb noch Stefan Dahmen. In Kalifornien. Praktischerweise entdeckte sie in der Neuss Grevenbroicher Zeitung einen Bericht über einen Auswanderer, der in Kalifornien eine Bar eröffnet hatte – und seine Gäste an manchen Tagen mit fröhlichen Stücken auf dem Klavier oder der Gitarre erfreute. Das klang passend. Zumal die Bar »AIXquisite« hieß – für jemanden, der in Aachen studiert hatte, mochte es naheliegen, die französische Bezeichnung der Stadt »Aix-la-Chapelle« im Namen einer eigenen Bar zu integrieren. Auch wenn diese Bar auf der anderen Seite der Welt lag.

Rasch suchte Luisa im Netz nach der Umrechnung der Zeitzonen. Wenn es hier in Deutschland acht Uhr morgens war, dann war es in Kalifornien jetzt … neun Stunden früher, also elf Uhr nachts. Um diese Uhrzeit konnte sie unmöglich jemanden anrufen. Andererseits – der Mann hatte eine Bar, und die war mit Sicherheit noch geöffnet. Sie hatte sowieso nur die Telefonnummer dieser Bar, keine private.

Kurzerhand holte sie das Mobilteil ihres Festnetztelefons und wählte die angegebene Rufnummer. »Hi, AIXquisite, Carmen talking«, hörte sie eine helle Frauenstimme aus einem Gewirr von Gesprächen und Musik.

»Hello, Luisa speaking, from Germany«, meldete sie sich. »I'd like to talk to Stefan Dahmen – is he available at the moment?«

»Just a minute«, glaubte sie zu verstehen, ehe der Hörer offensichtlich beiseitegelegt wurde.

Es dauerte einige Minuten, ehe sich eine Männerstimme meldete: »Stefan hier, wer da?«

»Hallo, Herr Dahmen, Luisa Weinstrauß hier«, antwortete sie schnell. »Entschuldigen Sie die Störung … Vielleicht haben Sie schon gehört, dass Ihre frühere Kommilitonin Marianne Schneider vor einigen Tagen verstorben ist …«

Er schwieg eine Weile. »Marianne Schneider …«, wiederholte er dann nachdenklich. »Warte mal einen Moment.«

Luisa hörte, wie die Hintergrundgeräusche wechselten, schließlich leiser wurden und fast ganz verschwanden. »So, hier ist's leiser«, sagte er. Dem darauffolgenden Knarzen nach zu urteilen, setzte er sich auf seinen Schreibtischstuhl – oder auch in einen Korbsessel. Für einen Schreibtisch klang der Mann eigentlich zu entspannt. »Jetzt sag noch mal – Marianne Schneider?«

»Ja, genau«, bestätigte Luisa. »Ihr habt zusammen in Aachen studiert.«

»Mag sein«, überlegte er. »Warte mal, Marianne ... war das nicht die coole Rothaarige mit dieser geilen grünen Gitarre? Doch, jetzt erinnere ich mich. Und die ist tot? Schade drum. War eine tolle Frau. Allerdings zu alt für mich.«

»Kanntest du sie näher?«, erkundigte sich Luisa. »Ich suche nämlich für einen Nachruf noch Informationen über sie. Was war das zum Beispiel mit dieser Gitarre?«

»Die war auch toll. Und grün«, antwortete er. »Schickes Teil. Hätte ich mir auch bauen lassen, wenn ich die Kohle dafür gehabt hätte. Wobei ich ja eigentlich immer eine mit Totenköpfen haben wollte. Ganz schwarz, mit grauen Totenköpfen ... Kannst du dir das vorstellen, wie geil das aussähe?«

»Bestimmt ganz toll«, stimmte Luisa ihm zu. »Ja, was würde man nicht alles tun für so eine Gitarre ...« Gespannt wartete sie auf seine Antwort.

Aber die brachte sie nicht weiter. »Ja, dafür hätte ich ziemlich lange gekellnert«, seufzte er. In seiner Stimme klang jetzt leise Wehmut mit. Vermutlich dachte er an die guten alten Zeiten. »Aber jetzt, wo du's sagst – warum mach ich das eigentlich nicht? Die Kohle hab ich gegenwärtig doch locker. Was fändest du denn cooler – so eine Gitarre, wie Marianne sie hatte, oder eine mit Totenköpfen?«

»Mit Totenköpfen«, antwortete Luisa sofort. Dieser Mann klang so, als könnte er eine so ausgefallene Gitarre vertragen.

»Ach ja, was war denn jetzt eigentlich mit Marianne? Weshalb hattest du noch gleich angerufen?«

»Wegen einiger Informationen über sie für den Nachruf«, wiederholte sie. Hier machte ihr die Lüge wirklich nichts aus. Dieser Stefan Dahmen hatte weder eine persönliche Beziehung zu Marianne gehabt, noch würde er von Kalifornien aus jemals erfahren, ob Luisa tatsächlich irgendwo einen Nachruf auf die Musikerin veröffentlicht hatte.

»Hm …« Er schwieg wieder eine Weile. »Ihre Haare hatten eine tolle Farbe«, sagte er schließlich. »Und sie hat gut gespielt – aber das weißt du vermutlich selbst. Ansonsten … keine Ahnung, ich bin ja seit mehr als zwanzig Jahren hier und bekomme wenig mit von der alten Heimat …«

»Kein Problem, du hast mir auf alle Fälle weitergeholfen«, antwortete Luisa. Als sie aufgelegt hatten, warf sie einen Blick auf die Uhr. Fast zehn Minuten hatte sie telefoniert – das würde sich auf der monatlichen Abrechnung nicht gut machen. Aber es war notwendig gewesen. Jetzt wusste sie zumindest, dass dieser Stefan Dahmen nicht zu den Verdächtigen gehörte. Natürlich hätte er sie genauso anschwindeln können wie sie ihn, und in Wahrheit hatte er gar kein Geld, sich eine ähnliche Gitarre zu leisten, und war auch nicht so entspannt, wie er klang, sondern zerfressen vom Neid auf Marianne und ihren Erfolg … Aber wenn sie diesem Mann solche Schauspielkünste zutraute, dann konnte sie genauso gut Müllerjan verdächtigen, dass seine geheime Leidenschaft der Gitarrenmusik galt und er unbedingt die grüne Gitarre hatte besitzen müssen. Es passte einfach nicht. Nichtsdestotrotz, nahm sie sich vor, würde sie auch diesen Namen an Müllerjan weitergeben. Der konnte leicht überprüfen, ob Stefan Dahmen in der letzten Woche nach Deutschland und zurück in die USA geflogen war.

Nachdem Luisa ihr Brot endlich zu Ende gegessen, den Kaffee ausgetrunken und alles in die Küche geräumt hatte, warf sie noch einen Blick auf den Monitor ihres Laptops.

Gerade rechtzeitig sah sie das Blinken des Browser-Symbols, das ihr den Eingang einer neuen Nachricht verkündete.

Beate Müringhaus saß offensichtlich auch gerade am Computer. »Marianne ist tot? Das ist ja schrecklich – wie ist das passiert?«, hatte sie auf Luisas Nachricht geantwortet.

Luisa setzte sich wieder. Sie wusste nichts über ihr Gegenüber, konnte nicht einmal versuchen, die Körpersprache und Mimik von Beate Müringhaus zu deuten, solange sie deren Antworten nur auf dem Monitor angezeigt bekam. Ein Telefonat oder ein persönliches Gespräch wäre ihr lieber gewesen. »Ja, leider«, schrieb sie zurück. »Können wir telefonieren oder uns treffen, um über Marianne zu sprechen?«

»Treffen ist schwierig, mein Mann arbeitet lange, nachmittags sind die Jüngsten zurück von der Schule, und morgens passe ich auf die Enkel auf«, antwortete Beate Müringhaus fast sofort. »Moment, Kind ruft …« Es dauerte einige Minuten, bis sie sich wieder meldete. »Telefonieren in zehn Minuten, meine Tochter kommt gerade rein«, schlug sie vor.

Luisa konnte sich ein Grinsen nicht verkneifen. Vermutlich durfte die Tochter jetzt einen Moment auf ihre Kinder aufpassen, damit Beate ungestört telefonieren konnte. Sie schickte der anderen Frau ihre Telefonnummer und spülte das Geschirr vom Morgen und dem Abend davor, um die Zeit zu überbrücken. Tatsächlich dauerte es nur gut sieben Minuten, bis das Telefon klingelte.

»Müringhaus hier, guten Morgen«, meldete sich die Anruferin.

»Hallo, Frau Müringhaus, Weinstrauß mein Name«, antwortete Luisa. »Vielen Dank, dass Sie sich melden.«

»Ich will ja wissen, was Marianne zugestoßen ist«, antwortete die andere prompt. »Sie schrieben, sie sei tot?«

»Ja, leider.« Luisa lehnte sich in ihrem Stuhl zurück. »Sie ist am Wochenende verstorben.«

»Und dabei war sie doch noch so jung …«, seufzte Beate Müringhaus. »Was war es denn, ein Herzinfarkt? Sie war ja immer schon ein Workaholic …«

»Ein Herzstillstand«, antwortete Luisa. Dass der durch Gift hervorgerufen worden war, wollte sie jetzt nicht unbedingt erwähnen. Zumal sie nicht einmal die Frage beantworten könnte, ob es tatsächlich Mord oder doch Suizid – oder ein ganz dummer Unfall – gewesen war. Das würde sich wohl auch nur dann klären lassen, wenn jemand gestand, sie vergiftet zu haben.

»Ach je …« Beate Müringhaus schwieg einen Moment. »Die Arme … Aber was wollen Sie denn jetzt wissen?«

»Sie haben doch zusammen mit ihr studiert«, begann Luisa. »Vielleicht erinnern Sie sich noch an etwas, was ich für den Nachruf verwenden kann – sind Sie danach zum Beispiel mal gemeinsam aufgetreten, ihr bei Gitarrenfestivals begegnet …«

Sie hörte ein leises Lachen. »Nein, ich war schon hochschwanger, als ich ein Jahr später meinen Abschluss gemacht habe. Inzwischen hat meine Älteste selbst schon zwei Kinder. Und zwischendurch habe ich noch drei weitere bekommen. Sie sehen, da blieb wenig Zeit für die Karriere.«

»Das heißt, Sie haben Marianne vermutlich bei deren Abschlusskonzert zum letzten Mal gesehen«, fasste Luisa zusammen. »Können Sie sich denn daran noch erinnern?«

»Ja, natürlich«, antwortete Beate Müringhaus sofort. »Da hatte sie zum ersten Mal diese auffällige grüne Gitarre. Reine Effekthascherei, wenn Sie mich fragen. Aber gut, es hat gewirkt – sie hat ja ihren Weg gemacht, soweit ich das in der Zeitung mitverfolgt habe.«

»Ja, das hat sie«, antwortete Luisa. »Frau Müringhaus, ich danke Ihnen, dass Sie sich die Zeit für ein Gespräch genommen haben.«

Nachdem sie aufgelegt hatten, legte Luisa das Mobilteil nachdenklich auf den Tisch. Beate Müringhaus schien ebenso wenig ein Motiv für den Diebstahl der Gitarre gehabt zu haben wie Stefan Dahmen. Und dass Marianne tot war, hatte sie offensichtlich überrascht, fast schockiert – oder war sie einfach eine gute Schauspielerin, die genau wusste, worauf Luisas Fragen abzielten, und entsprechend möglichst unverfängliche Antworten gegeben hatte?

Auf alle Fälle würde Luisa auch diesen Namen an Kommissar Müllerjan weitergeben. Er hatte nun einmal bessere Möglichkeiten, Menschen zu durchleuchten – vielleicht fand er etwas, was Luisa nicht entdecken konnte.

Sie warf einen Blick auf die Uhr. Kurz vor neun. Wenn sie erst noch die Blumen im ganzen Haus goss, konnte sie anschließend den Dritten im Bunde anrufen, der an der Musikschule Niederzier arbeitete.

Als sie gerade den Notizzettel mit der Nummer zu sich heranzog und nach dem Mobilteil griff, klingelte das Telefon. Müllerjan? Gab es etwas Neues?

»Weinstrauß«, meldete sie sich knapp.

»Guten Morgen, Frau Weinstrauß, Wergen mein Name«, meldete sich eine unbekannte Männerstimme. »Ich organisiere die Veranstaltungen während der Landesgartenschau.«

Luisas Herz machte einen kleinen Sprung. Würde der Mann anrufen, nur um das Selbstverständliche zu verkünden, dass das geplante Konzert ausfiel?

Oder …

»Sicher haben Sie schon erfahren, dass Frau Schneider-Winterthur leider verstorben ist«, fuhr er fort. »Glücklicherweise konnten wir einen Ersatz für Ihr gemeinsames Konzert finden, nachdem inzwischen erste Ankündigungen in der Presse standen. Frau Helene Zimmermann hat sich bereit erklärt, als Gitarristin dieses Konzert zu bestreiten.«

»Helene«, murmelte Luisa. Sie kannte eine Gitarristin dieses Namens aus der Musikhochschule in Köln – Helene war ein oder zwei Jahre jünger als sie. Im gleichen Moment schoss ihr die Frage durch den Kopf, ob Helene auch Marianne gekannt hatte – und deren grüne Gitarre.

»Ah, Sie kennen sich – umso besser«, bemerkte Herr Wergen. »Dann steht einem erfolgreichen Konzert ja nichts im Weg. Ich gebe Ihnen mal Frau Zimmermanns Telefonnummer, dann können Sie sie kontaktieren.«

Luisa notierte die Nummer gleich unter die des Musikschullehrers. Nachdem sie aufgelegt hatten, betrachtete sie den Zettel nachdenklich. Helene – doch, sie erinnerte sich an Helene Zimmermann. Eine große, schlanke, fast hagere Frau, die in Luisas Erinnerung ständig üben musste und daher nie Zeit hatte, mal mit ihren Kommilitonen in die Stadt zu gehen. In der Schule hätte man sie wohl als Streberin bezeichnet.

Nach dem Studium hatte Luisa nichts mehr von ihr gehört. Ob sie auch eine Familie gegründet hatte, so wie Beate Müringhaus? Oder unterrichtete sie irgendwo? Weshalb waren sie sich dann nie über den Weg gelaufen? Oder lebte sie vielleicht nicht mehr in Zülpich und kehrte nur für das Konzert zurück? Kurz entschlossen wählte Luisa zuerst Helenes Nummer.

»Musikunterricht Zimmermann«, meldete sie sich. Damit waren zumindest einige Fragen schon beantwortet.

»Hallo, Helene, Luisa Weinstrauß hier«, antwortete sie. »Ich habe deine Nummer von einem Herrn Wergen von der Landesgartenschau-Gesellschaft.«

Helene schwieg einen Moment. »Luisa, Mensch, das ist aber schön, dass du mit zu den Musikern gehörst, die das Konzert bestreiten«, sagte sie dann in ehrlicher Freude. »Herr Wergen hatte mir gar nicht verraten, wer sonst noch mit dabei ist. Mit den anderen beiden hatte ich gestern schon telefoniert, die kenne ich nicht. Wie geht es dir denn? Was machst du?«

»Ich unterrichte, verschiedene Instrumente«, sagte Luisa. »Vor allem in der Zülpicher Innenstadt.«

»Ah, du arbeitest freiberuflich«, folgerte Helene. »Dazu habe ich mich auch entschieden. An der Musikschule ist man ja doch etwas eingeengter. Und als Freiberuflerin kann man sich seine Schüler aussuchen, kann Unterricht in verschiedenen Instrumenten anbieten, sich mal freinehmen, wenn ein Konzert bevorsteht ...«

Luisa schluckte. »Ja, das ist sehr praktisch«, entgegnete sie und räusperte sich, als sie hörte, wie belegt ihre Stimme klang. Für ein Konzert freinehmen – das war in den letzten zwanzig Jahren nicht nötig gewesen. »Und wo wohnst du?«, fuhr sie fort, um das Gespräch wieder auf sichereres Terrain zu lenken.

»In Schwerfen«, antwortete Helene. »Ich unterrichte auch größtenteils hier und nebenan in Sinzenich, in Zülpich habe ich gar keine Schüler. Kein Wunder, dass wir uns so lange nicht gesehen haben.«

»Aber das wird sich jetzt ja bald ändern«, bemerkte Luisa.

»Ja, wir sollten uns wirklich möglichst bald treffen, um schon mal ganz grob zu planen, wie wir das Konzert und vor allem die Proben vorher organisieren. Hättest du nicht Lust, heute Abend vorbeizukommen? Vielleicht gegen halb sieben? Ich mache uns eine große Schüssel Salat, dann können wir über vergangene Zeiten reden – und über die nächste Zukunft.«

»Gerne«, stimmte Luisa zu. Auch wenn eine große Schüssel Salat nicht ganz das war, was sie unter einem ordentlichen Abendessen verstand, war sie einfach neugierig auf Helene. Und nachdem es jetzt mit einem Mal wieder so aussah, als fände das Konzert tatsächlich statt – wenn auch ohne den Star, der alle anderen mitziehen sollte –, konnte sie es, wenn sie ehrlich war, kaum noch erwarten, darüber zu sprechen, den Auftritt zu planen. Mit jeder Probe würde dieses Konzert näher rücken, realer werden, greifbarer. Außerdem, beruhigte sie ihr schlechtes Gewissen, konnte sie im Gespräch mit Helene sicher auch etwas Neues über Marianne und deren grüne Gitarre erfahren. So war der Abend zumindest nicht ganz vertan, was die Aufklärung dieses Falles anging.

Helene diktierte Luisa ihre Adresse, dann verabschiedete sie sich erwartungsgemäß mit der Bemerkung, sie müsse noch üben. Daran zumindest hatte sich offensichtlich nichts geändert.

Luisa warf einen Blick auf die Uhr. Kurz nach neun. Blieb noch der Anruf bei Hans Wiedemann. Sie atmete tief durch und wählte seine Nummer. »Wiedemann, guten Tag«, meldete sich eine Frauenstimme.

»Guten Morgen, Weinstrauß mein Name«, antwortete Luisa. »Ich würde gerne mit Herrn Hans Wiedemann sprechen. Es geht um einen Nachruf auf die kürzlich verstorbene Gitarristin Marianne Schneider-Winterthur.«

»Ja, er hatte davon gesprochen, dass eine frühere Kollegin verstorben ist«, sagte die Frau. »Warten Sie bitte einen Moment, mein Mann ist gerade beschäftigt …« Offensichtlich legte sie den Hörer beiseite, um ihn holen zu gehen, zumindest deutete Luisa das Knacksen im Hörer so.

Es dauerte eine Weile, bis wieder Geräusche ertönten. »Wiedemann«, meldete sich jetzt eine relativ hohe Männerstimme. Luisa stellte sich diesen Musiker sofort als zierlichen, kleinen Menschen vor, mit feinen, langgliedrigen Fingern. Eigentlich untypisch für einen Gitarristen, überlegte sie.

»Guten Morgen, Herr Wiedemann, Luisa Weinstrauß mein Name«, stellte sie sich noch einmal vor. »Ihre Frau hat

Ihnen sicher schon erklärt, dass ich wegen eines Nachrufs auf Marianne Schneider-Winterthur anrufe.«

Hans Wiedemann entfuhr ein tiefer Seufzer. »Ach ja, ist das nicht furchtbar?«, sagte er. »Dabei war sie doch noch so jung … nun, zumindest kaum älter als ich. Und dann so etwas … Wie ist sie denn gestorben? In der Zeitung stand das gar nicht.«

Luisa wurde hellhörig. War das normale Neugier, die der Mann an den Tag legte, oder versuchte er ihr gerade Informationen zu entlocken, die ihm aus anderen Gründen helfen konnten?

Sie konzentrierte sich wieder auf das Gespräch. »Sie wurde am Wochenende in ihrer Wohnung tot aufgefunden«, erklärte sie möglichst nichtssagend.

»Aber warum hat sie es denn getan?«, hakte der Mann nach. »Litt sie unter einer Krankheit, von der niemand wusste? Oder hatte sie Probleme in ihrer Ehe? Gibt es denn keinen Abschiedsbrief, der ein wenig Licht ins Dunkel bringt?«

Luisa war einen Moment lang sprachlos. »Wie kommen Sie denn darauf, dass Marianne sich selbst das Leben genommen hat?«, erkundigte sie sich schließlich vorsichtig.

»Ach, das ist doch klar«, antwortete er sofort. »Bei einem natürlichen Todesfall oder einem Verkehrsunfall steht in der Zeitung immer was von ‚kurzer schwerer Krankheit' oder ‚tragischem Unfall'. Das stand da aber nicht. Also bleibt ja wohl nur Suizid.«

Luisa nickte langsam. Er hatte nicht einmal unrecht mit dieser Beweisführung. »Es stimmt, Marianne ist keines natürlichen Todes gestorben«, gab sie zu. »Aber Genaueres weiß man noch nicht.« Dass sie selbst und Kommissar Müllerjan zur Zeit eher an einen Mord oder Totschlag glaubten, brauchte sie dem Mann ja nicht auf die Nase zu binden. »Können Sie mir denn ein paar Informationen über Marianne geben, aus

Ihrer gemeinsamen Zeit an der Musikhochschule?«, lenkte sie das Gespräch wieder in passendere Bahnen.

»Ja … sie stand immer schon im Mittelpunkt«, begann er zögernd.

Luisa musste schmunzeln. Wiedemann sprach so zurückhaltend, dass er selbst sicher ein eher unauffälliger Typ war. »Und welche Hobbies hatte sie, außer der Musik? Welche besonderen Erlebnisse verbinden Sie mit ihr? Waren Sie zum Beispiel auf ihrem Abschlusskonzert?«

»Ja, natürlich«, pflichtete er ihr sofort bei. »Das Abschlusskonzert. Das war wirklich gut. Sie ist dann ja auch ziemlich schnell durchgestartet – so schnell gelingt das nur den Wenigsten.«

»Ich habe gehört, sie soll auf ihrem Abschlusskonzert eine besondere Gitarre gespielt haben«, versuchte Luisa das Gespräch wieder in die gewünschte Richtung zu drehen.

»Diese grüne Gitarre … Ja, wie gesagt«, er klang so, als wolle er auf keinen Fall etwas Negatives über Marianne sagen, »sie stand immer schon im Mittelpunkt.«

»Und haben Sie diese Gitarre jemals selbst ausprobiert? Spielte sie sich besonders gut?«, hakte Luisa nach.

»Nein, Marianne hat sie nicht verliehen«, antwortete er nüchtern. Entweder war er ein guter Schauspieler, oder diese Gitarre interessierte ihn wirklich nicht.

So kamen sie nicht weiter. »Auf alle Fälle vielen Dank, Herr Wiedemann«, sagte sie. »Sie haben mir sehr dabei geholfen, mir ein besseres Bild von Marianne Schneider-Winterthur machen zu können.«

»Ach, das freut mich«, antwortete er. »Und wenn Sie mögen, kommen Sie doch zum nächsten Konzert unserer Musikschule. Ich habe einige so talentierte Schüler, da macht das Zuhören einfach Freude.«

Luisa versprach ihm, darüber nachzudenken, und legte auf.

Nein, auch diesem Mann traute sie weder den Gitarrendiebstahl zu noch den Mord an Marianne. Aber das hieß nicht, dass er von der Liste der Verdächtigen gestrichen wurde. Schließlich bestand diese Liste momentan nur aus den drei Musikern, mit denen sie heute schon gesprochen hatte – und die nach Luisas Bauchgefühl alle nicht als Täter in Frage kamen.

Trotzdem wählte sie Müllerjans Nummer, die noch im Telefon gespeichert war. »Lütten«, meldete sich eine junge Frauenstimme.

»Guten Morgen, Weinstrauß mein Name, ich würde gern Kommissar Müllerjan sprechen«, antwortete Luisa. Ob Frau Lütten ebenfalls Kommissarin war? Teilten sich die beiden ein Büro? Wenn dem so war, weshalb hatte Müllerjan dann Luisa gebeten, ihn mit ihrer weiblichen Intuition zu unterstützen? Oder hatte er eine Sekretärin? War das in Polizeikommissariaten üblich?

»Der ist gerade nicht im Büro«, antwortete Frau Lütten. »Kann ich ihm etwas ausrichten?«

Luisa überlegte einen Moment. Eigentlich genügte es, Müllerjan erst einmal die Namen zu nennen und kurz zu erklären, was es mit diesen drei Personen auf sich hatte. »Ich schicke ihm einfach eine E-Mail«, antwortete sie schließlich. »Das dürfte schneller gehen, als Ihnen jetzt alles zu diktieren.«

»Ist in Ordnung, machen Sie das«, sagte Frau Lütten. »Auf Wiedersehen.«

Neugierig war die Dame jedenfalls nicht, befand Luisa, während sie die E-Mail an Müllerjan tippte. Sie umriss in wenigen Sätzen, wie sie an die drei Namen gekommen war und was ihr Mariannes frühere Kommilitonen geantwortet hatten. Alles andere musste er selbst herausfinden.

Dann ging sie erst einmal einkaufen, zupfte im Garten eine Weile das Unkraut aus dem Rasen und packte schließlich ihren Rucksack mit Noten und der Tenorblockflöte. Die anderen Instrumente wurden entweder heute nicht benötigt oder waren zu groß zum Mitnehmen.

Luisas Musikschüler schienen sich heute gegen sie verschworen zu haben – keiner von ihnen hatte so viel geübt, wie sie es sich vorgestellt hatte. Sabine verspielte sich noch immer an genau der gleichen Stelle wie letzte Woche, Manuel konnte auf der Blockflöte immer noch kein zweigestrichenes D spielen und Marlene weigerte sich weiterhin, ihre Lesebrille aufzusetzen, um den Unterschied zwischen Kreuzchen und Aufhebungszeichen zu erkennen.

Als sie um halb sechs endlich wieder auf dem Heimweg war, freute Luisa sich schon richtig auf das Treffen mit Helene. Endlich mal wieder ein Mensch, der Üben nicht für völlig überbewertet hielt!

Um kurz nach sechs ging sie zur Haltestelle Friedhof und setzte sich in den Bus nach Schwerfen. Jetzt erst fiel ihr auf, dass der Zeitpunkt des Treffens, um halb sieben, ideal zu der nicht allzu häufig verkehrenden Busverbindung zwischen den Ortschaften passte – ein Zufall, oder hatte Helene auch dies genau geplant?

Trotz des obligatorischen kleinen Schlenkers der Linie 811 von Zülpich-Hoven über Merzenich nach Sinzenich, von wo aus sie schließlich geradeaus weiter nach Schwerfen fuhren, dauerte die Fahrt nur gut zehn Minuten, in denen Luisa ihren Blick über die Felder ringsherum schweifen ließ. Die zweite Chance, die sie gerade erhalten hatte, spukte durch ihren Kopf und wirbelte die Gedanken um Mariannes Tod durcheinander, bis Luisa endlich angekommen war.

Praktischerweise wohnte die Kollegin ganz in der Nähe der Haltestelle Beuelstraße. Luisa brauchte nicht lange, bis sie das richtige Haus gefunden hatte. Es war offensichtlich schon älter, und aus der Tatsache, dass es drei Klingeln mit verschiedenen Namen gab, schloss sie, dass Helene zur Miete wohnte. Kein Wunder; Luisa hätte sich auch kein eigenes Haus leisten können, wenn ihre Eltern es ihr nicht überlassen hätten, als sie in ihre Seniorenresidenz in Thailand gezogen waren. Als freiberuflicher Musiklehrer hatte man nun mal nicht das gleiche Gehalt wie viele Angestellte in ruhigen Schreibtischjobs – und zudem das Problem, dass man nie wusste, wie lange man seinen Beruf ausüben konnte. Auch wenn sie immer noch nicht glaubte, dass Marianne tatsächlich an den ersten Anzeichen einer rheumatischen Erkrankung gelitten hatte – wer sagte denn, dass Luisa selbst nicht später einmal die gleichen Schwierigkeiten haben würde? Die immer stärker werdende Arthritis ihres Vaters in mehreren Gelenken, die ihm vor allem in der kalten Jahreszeit Beschwerden bereitete, war schließlich einer der Gründe dafür gewesen, dass ihre Eltern Deutschland verlassen hatten. Eigentlich gab es keinen Grund zu glauben, dass sie noch zwanzig Jahre lang davon verschont bleiben würde, um zumindest bis zum Renteneintrittsalter weiterarbeiten zu können.

Aber jetzt war nicht die Zeit, sich darüber Sorgen zu machen. Sie drückte auf die Klingel neben dem Namen »Zimmermann«, und als hätte Helene schon auf sie gewartete, ertönte sofort das Summen des Türöffners.

Die Kollegin wohnte ganz oben, in der zweiten Etage. Luisa erkannte sie gleich wieder, obwohl sie die Haare jetzt kurz trug. Helene war immer noch groß und hager, und auch wenn sie dadurch kränklich wirkte, glänzten ihre Augen, als sie Luisa begrüßte. »Mensch, wie schön, dich wiederzusehen!«, sagte sie und umarmte Luisa kurzerhand. »Gut siehst du aus. Wie geht es dir?«

Bei dem angekündigten Salat – immerhin mit Hüttenkäse, so dass Luisa nach einem großen Teller nicht das Gefühl hatte, immer noch hungrig zu sein – plauderten sie über die letzten rund zwanzig Jahre, seit sie sich aus den Augen verloren hatten. Irgendwann kam das Gespräch unweigerlich auch auf Marianne. »Furchtbar, dass sie so jung sterben musste«, sagte Helene und schüttelte den Kopf. »Wenn man sich überlegt, dass wir alle im selben Alter sind … Und sie hatte doch noch so viel vor …«

»Ja, das ist wirklich schlimm«, stimmte Luisa ihr zu. »Hattet ihr denn in letzter Zeit Kontakt?«

»Nur flüchtig, ab und an mal«, winkte Helene ab. »Wie man sich unter Kollegen eben so trifft – mal auf einem Gitarrenfestival, mal bei einem Konzert in der näheren Umgebung. Dich habe ich bei ihren Konzerten aber nie bemerkt.«

»Ich … habe wohl meist hinten gesessen«, antwortete Luisa ausweichend. Wie viele Konzerte von Marianne hatte sie in den letzten Jahren besucht? Eins? Vielleicht zwei? Nein, wenn sie ehrlich war, nur eines, und das auch nur, weil es wirklich direkt in der Nähe stattgefunden hatte. Aber Marianne hatte ihre Unterstützung auch nicht gebraucht – oder doch?

»Wie geht es denn jetzt mit unserem Konzert zur Landesgartenschau weiter?«, wechselte sie schnell das Thema.

»Ja, darüber sollten wir wirklich langsam reden, deshalb sind wir ja hier«, stimmte Helene ihr zu. »Pass auf, ich habe da mal einen Zeitplan gemacht …«

Wenn Luisa Marianne für penibel gehalten hatte, wurde sie jetzt eines Besseren belehrt. Offenbar war Helene so sehr bemüht, alles richtig zu machen, dass sie akribisch notiert hatte, welche Stücke sie mit ihren Begleitmusikern bis zu welchem Zeitpunkt wie gut können musste. Während Mariannes Zeitplan nur Monate beinhaltet hatte, hatte Helene wochenweise geplant. »Der zehnte Mai ist nicht mehr weit«, sagte sie. »Wir müssen jetzt wirklich zügig mit den Proben beginnen.«

»Es sind noch acht Monate«, bemerkte Luisa.

Helene sah sie mit hochgezogenen Augenbrauen an. »Aber wir wollen doch alles perfekt aufführen, alleine schon, um Marianne würdig zu vertreten«, sagte sie.

Luisa nickte ergeben. Ja, dagegen ließ sich nichts einwenden. Und natürlich hatte Helene irgendwie recht – sie hatten alle wenig Erfahrung mit solch großen Konzerten, und sie würden die Zeit brauchen, die ihnen zur Vorbereitung zur Verfügung stand.

»Also treffen wir uns morgen Vormittag«, schlug Helene vor, »um keine Zeit zu vergeuden. Ich würde gerne mehrere Gitarren gemeinsam mit deiner Blockflöte testen – können wir uns wieder hier treffen? Später komme ich gerne auch zu dir.«

»Natürlich«, stimmte Luisa ihr zu. Eine einzige Gitarre mochte sich noch recht gut im Bus transportieren lassen, aber schon mit einem zweiten Gitarrenkoffer wurde es schwierig. »Meinst du, die Nachbarn unter dir ertragen den Flötenklang?« Im Gegensatz zu einer Gitarre ließ sich die Flöte schließlich nicht dämpfen oder leiser spielen – besonders die hohen Töne waren ziemlich weit zu hören.

»Das müssen sie wohl«, antwortete Helene und zuckte mit den Achseln. »Aber die dürften vormittags auch beide arbeiten gehen.«

»Gut, dann machen wir das so.« Luisa sah auf die Uhr. »Oh, so spät schon …«

Helene erhob sich sofort. »Natürlich, du willst dich sicher auch noch vorbereiten. Sollen wir uns um neun hier treffen? Dann können wir uns vorher in Ruhe einspielen.«

Luisa nickte. »Neun Uhr ist gut«, sagte sie und stand ebenfalls auf. Auch wenn sie nicht vorhatte, sich vorher einzuspielen. Es ging um eine Probe, nicht um ein Konzert! Man konnte es auch übertreiben. Außerdem war Helene wohl eher diejenige, die momentan viel üben musste, um alle Melodien für das geplante Konzert zu lernen. Selbst wenn Helene zufällig einige der Stücke kannte oder die ihr unbekannten ersetzt hatte, blieben immer noch die Duette – die hatte sie sicherlich nicht alle schon gespielt.

Auf dem Rückweg im Bus merkte Luisa, dass ihr Magen leise grollte. War sie etwa nervös, nur weil sie in acht Monaten bei einem Konzert mitwirken sollte? Oder lag das eher daran, dass sie das Gefühl hatte, bei den Nachforschungen zu Mariannes Tod noch keinen Schritt weiter gekommen zu sein?

Achtes Kapitel

Die Woche war fast vorüber, fiel Luisa auf, als sie am nächsten Morgen am Frühstückstisch saß. Morgen begann das Wochenende – dann war Marianne schon eine Woche lang tot. Und was hatte Luisa bisher erreicht? Wie war sie eigentlich überhaupt auf die Idee gekommen, Müllerjan bei den Ermittlungen unterstützen zu können? Bisher hatte sie ihm zumindest keine ernsthaft Verdächtigen nennen können. An die drei früheren Kommilitonen glaubte sie jedenfalls nicht wirklich. Und wenn einer von denen Müllerjans Verdacht geweckt haben sollte, hätte der Kommissar sie bestimmt inzwischen darüber informiert. Oder hatte er das vielleicht schon getan?

Erst als sie den Laptop geholt hatte, um ihre Mails zu kontrollieren, und wieder in ihr Käsebrot biss, fiel ihr auf, wie süchtig sie nach Informationen in diesem Fall war. Das war mehr als reine Neugier. Wenn sie ehrlich war, hungerte sie nach einem Beweis dafür, dass Marianne wegen ihrer grünen Gitarre – oder aus einem anderen Grund – sterben musste und sich nicht selbst das Leben genommen hatte. Denn dann würde Luisa sich immer fragen müssen, ob sie nichts hätte merken müssen, ob sie nicht etwas hätte tun können, um Marianne zu helfen.

Um sich von diesen Gedanken zumindest während des Frühstücks freizumachen, schob sie den Laptop wieder beiseite – Müllerjan hatte erwartungsgemäß noch nicht geantwortet – und vertiefte sich in die Kölnische Rundschau. Im Regionalteil stieß Luisa auf den Hinweis, dass am Sonntagnachmittag die Baustellenführung durch das Seeparkgelände stattfinden würde – daran hatte sie eigentlich teilnehmen wollen. Alleine schon, um mal aus der Nähe einen Blick auf die Bühne zu werfen, auf der viele Veranstaltungen während der Landesgartenschau stattfinden sollten. Auch wenn für das Konzert, bei dem sie mitwirken sollte, die Burgbühne vorgesehen war, die das wunderbare Ambiente mit einer sehr guten Akustik verbinden würde …

Energisch schob sie den Stuhl zurück und stand auf. Es half nichts, heute bekam sie die Gedanken an Marianne einfach nicht aus dem Kopf. Im Stehen aß sie den letzten Bissen Brot, räumte den Esstisch ab, spülte und packte schließlich ihre Tasche mit zwei Flöten und den Noten, die sie für die Duette brauchte. Eigentlich war es etwas zu früh, um aufzubrechen, aber an der Bushaltestelle fiel es ihr leichter, ihre Gedanken treiben zu lassen, als in der Ruhe ihres Hauses.

Erst im Bus gelang es ihr, sich auf die Probe mit Helene zu freuen. Und dennoch hatte sie immer noch das merkwürdige Gefühl, Marianne gerade zu verraten. Wäre es nicht viel wichtiger gewesen, weiter nach Spuren der grünen Gitarre zu suchen, deren Dieb schließlich bisher nicht gefasst war? Und was war mit diesem Philip – ob Müllerjan inzwischen einen Anhaltspunkt dafür hatte, um wen es sich handelte? Hatte Marianne wirklich einen Geliebten gehabt? Auch wenn Luisa sich das nicht vorstellen konnte – das musste ja nichts heißen. Wären diese Fragen jetzt nicht viel wichtiger gewesen, als für das Konzert zu proben?

Aber es half nichts, die Gewissensbisse kamen zu spät. In Schwerfen stieg Luisa aus und ging die paar Schritte zu Helenes Wohnung. Auch diesmal hatte sie wieder das Gefühl, gerade den Klingelknopf berührt zu haben, als der Türöffner schon summte – vermutlich hatte Helene bereits auf sie gewartet.

»Schön, dass du so pünktlich bist«, begrüßte die Gitarristin sie. »Sicher magst du deine Flöte nach der Busfahrt erst einmal einspielen.«

»Zuerst mag ich mal die Jacke ausziehen«, kommentierte Luisa mit leisem Spott. So eilig hatten sie es nun wirklich nicht.

»Und wenn wir gut durchkommen, gönnen wir uns zwischendurch eine Tasse Kaffee«, fuhr Helene fort, ohne auf Luisas Bemerkung einzugehen.

Diese verkniff sich einen weiteren Kommentar. Eigentlich war es ja schön zu sehen, wie eifrig Helene bei der Sache war. Auf deren Schultern lastete jetzt eine große Verantwortung – sie musste Teile des Konzertes ganz alleine tragen, und auch bei den Stücken, die sie im Duett mit Luisa und den anderen beiden Gastmusikern spielte, konnte sie sich nicht ausruhen. Die Gitarre war in keinem der Stücke, von denen Luisa wusste, ein reines Begleitinstrument, sondern immer ein mindestens gleichwertiger Partner.

Sie setzte ihre Altblockflöte zusammen, spielte zuerst einige ruhige Tonleitern und dann die ersten Stücke für das Konzert alleine, um sich einzuspielen. Merkwürdigerweise spürte sie, dass sie in Helenes Gegenwart nervöser war, als das bei Marianne jemals der Fall gewesen war. Die verstorbene Gitarristin hatte es immer geschafft, einen Teil ihrer eigenen Ruhe an ihre Umgebung auszustrahlen. Helene dagegen wirkte, obwohl sie still auf ihrem Stuhl saß und ihrer Kollegin wortlos zuhörte, so ungeduldig, dass Luisa sich davon anstecken ließ.

»Nun gut, dann wollen wir mal«, sagte sie schließlich. Beim nächsten Mal würde sie sich doch vorher zu Hause einspielen, dann bräuchte sie sich nicht ganz so unvorbereitet zu fühlen.

»Fangen wir mit den Mozart-Stücken an?«, schlug Helene vor. »Zuerst das Allegro.«

Sie begannen mit einem langsameren Takt, um sich aneinander zu gewöhnen, doch schon nach wenigen Durchgängen konnten sie das Tempo steigern. Luisa bemerkte verwundert, wie gut das Zusammenspiel mit Helene funktionierte – mit Marianne hätte es nicht besser sein können. Sie hatte nicht erwartet, dass Helene sich schon so intensiv mit dem Stück beschäftigt hatte – schließlich hatte sie dazu nicht mal eine Woche Zeit gehabt. Wann hatte sie eigentlich erfahren, dass sie für Marianne einspringen sollte?

»Jetzt mal das erste Menuett«, schlug Helene vor. Dabei musste Luisa sich wirklich konzentrieren. Besonders die höchsten Töne fand sie immer schwer zu erkennen; in ihren Noten hatte sie diese daher schon mit den entsprechenden Buchstaben markiert, um nicht jedes Mal ins Schwimmen zu geraten, wenn die Töne auf der dritten oder vierten Oberlinie saßen. Vielleicht musste sie doch noch mal über eine Lesebrille nachdenken … jetzt aber blieb keine Zeit für diese Gedanken.

Nach einer Weile wechselten sie zum zweiten und schließlich zum dritten Menuett; die anderen Stücke aus diesem Kompositionszyklus hatte Marianne nicht ausgewählt. Diese beiden waren wieder leichter zu spielen, zumindest für Flötisten. Helene schien mit dem Gitarrenpart eigentlich nirgendwo Probleme zu haben. Aber das würde sich beim nächsten Stück ändern, wie Luisa von den Proben mit Marianne wusste.

»Und jetzt Opus 2 Nummer 2 von Marcello«, schlug Helene tatsächlich vor.

Luisa nickte. Auch wenn ihr Part hierbei alles andere als leicht war – diesmal hatte die Gitarre den deutlich schwierigeren Teil zu spielen. Selbst Marianne hatte damit immer wieder gekämpft, und die war viel vertrauter mit dem Stück gewesen, als Helene es jetzt schon sein konnte.

Wieder begannen sie relativ langsam. Luisa hatte sich vorgenommen, ihren Part durchzuspielen, wie sie es auch in den

Proben mit Marianne immer getan hatte, um es Helene zu ermöglichen, zur Not ein paar Griffe auszulassen und dann wieder mit einzusteigen. Doch das war gar nicht nötig. Die Gitarristin spielte das Adagio auf Anhieb fast fehlerfrei, das Allegro gelang sofort, das Largo sowieso. Nach dem zweiten und letzten Allegro, das wieder im ersten Durchgang fast problemlos funktionierte, setzte Luisa die Flöte ab. Sie fühlte sich mit einem Mal etwas schwindelig, als sie langsam zu verstehen begann, was hier nicht stimmte.

»Das klappt ja schon sehr gut«, bemerkte sie im Plauderton. »Seit wann übst du die Stücke eigentlich?«

»Oh, die kenne ich noch von früher«, antwortete Helene ausweichend. »Was meinst du, haben wir uns schon einen Kaffee verdient, oder sollen wir erst noch weitermachen?«

»Selbst wenn du die Stücke von früher kennst – kein Mensch kann das alles nach wenigen Tagen so gut spielen«, beharrte Luisa. »Du übst seit Wochen, vielleicht seit Monaten genau diese Stücke.«

»Und wenn schon«, entgegnete Helene unwirsch. »Mag ja sein, dass ich etwas länger brauche. Ich heiße nun mal nicht Marianne Schneider.«

»Auch eine Marianne Schneider hätte länger als ein paar Tage gebraucht, um diese Stücke spielen zu können«, entgegnete Luisa. »Darum geht es nicht. Die Frage ist nur, woher du schon vor langer Zeit wusstest, dass du Mariannes Konzert übernehmen würdest.«

Helene sah sie an und schüttelte langsam den Kopf. »Das verstehst du nicht«, sagte sie schließlich.

Luisa schnaubte leise. »Ich glaube, ich verstehe gerade einiges«, entgegnete sie. Sie legte die Altblockflöte vorsichtig beiseite und setzte sich Helene gegenüber auf einen Stuhl. »Du konntest es nicht ertragen, dass Marianne nicht einmal das Konzert zum Zülpicher Bürgertag dir überlassen hat, obwohl du doch immer hier in der Heimat geblieben bist, während sie durch die ganze Welt gereist ist und überall Konzerte gegeben hat. Sie hätte alles haben können – und hat dir trotzdem die einzige Möglichkeit genommen, dich als Konzertgitarristin wieder ins Gespräch zu bringen. Und sie hat es sogar gewagt, zu Hause auf ihrer grünen Gitarre zu üben, auf die du immer schon neidisch warst, seit du sie das erste Mal gesehen hast. Das konntest du nicht durchgehen lassen, nicht wahr? Du hast die Gitarre gestohlen und bei der Gelegenheit dafür gesorgt, dass Marianne das Konzert zur Landesgartenschau nicht mehr bestreiten konnte. Vielleicht wolltest du sie ja gar nicht töten, vielleicht sollte sie nur einen Denkzettel bekommen und sich daraufhin freiwillig zurückziehen und dir ihren Platz überlassen …«

Helene starrte Luisa schweigend an. Sie atmete schwer und immer deutlicher hörbar, je länger Luisa auf eine Reaktion der Gitarristin wartete. Dann griff sie mit einem Mal ihre Gitarre, die sie noch immer in der typischen Haltung auf dem Schoß liegen hatte, mit beiden Händen am Hals, hob sie hoch über den Kopf …

Mit einem entsetzten Schrei stürzte Luisa sich auf Helene und hielte ihre Arme fest. »Bist du wahnsinnig!«, rief sie.

Die Gitarre schwang kraftlos gegen Helenes Oberschenkel. Als Luisa spürte, wie Helenes Hände ihren Griff um den Gitarrenhals lockerten, zog sie das Instrument langsam an sich, bis Helene es losließ, und legte es dann vorsichtig auf den Boden hinter sich. »Du kannst doch nicht deine Gitarre zerstören!«, sagte sie fassungslos. »Oder wolltest du mich damit etwa erschlagen?«

In Helenes Augen glitzerten Tränen. »Immer diese beschissene grüne Gitarre«, murmelte sie. »Die hat damals schon alles zerstört. Wir hatten ein gemeinsames Konzert in Düsseldorf, mit Presse und allem, was dazugehörte. Wir waren ein Duo, verstehst du? Dabei sind beide Musiker gleichberechtigt. Nicht einer der Star und einer der Fußabtreter. Aber mit dieser grünen Gitarre war alles anders. Die Presse wollte nur sie fotografieren, ich war bloß am Rande zu sehen. Dabei war das Instrument gar nichts Besonderes, es machte einfach auf den Fotos mehr her. Sie haben auch nur Marianne interviewt. Und natürlich war sie danach plötzlich der Star – und ich war raus aus dem Spiel. Sie hat mir die einzige Chance genommen, es jemals auf die großen Bühnen zu schaffen. Und das alles nur wegen dieser Gitarre. Und jetzt kommst du und erzählst so einen Dreck … Geh doch, lass mich in Ruhe.« Sie starrte den Boden an, regungslos.

Mit einem Mal tat sie Luisa leid. Was auch immer sie getan hatte – Helene hatte mehr als zwanzig Jahre lang einer verpassten Chance hinterhergetrauert. Das entschuldigte nichts, erklärte aber vieles.

Kurzerhand zog sie ihr Handy aus der Tasche und wählte Müllerjans Nummer. »Sie wollten doch einen Namen hören«, meldete sie sich, als er den Hörer abnahm. »Kommen Sie bitte sofort zu Helene Zimmermann nach Schwerfen, ehe sie mir – oder ihrer Gitarre – doch noch etwas antut.« Sie gab ihm die Adresse durch, dann betrachtete sie Helene wieder. Aber die machte keinerlei Anstalten, zu fliehen oder Luisa anzugreifen. Sie saß wie ein Häufchen Elend auf ihrem Hocker, starrte auf den Boden und bewegte sich erst wieder, als es an der Tür klingelte. »Ich gehe schon«, sagte sie und ließ Müllerjan, gefolgt von zwei uniformierten Kollegen, herein.

»Frau Zimmermann wusste schon lange vor Mariannes Tod, dass sie den Gitarrenpart bei dem Konzert übernehmen würde«, klärte Luisa den Kommissar rasch auf. »Außerdem hat sie gerade zugegeben, dass sie Marianne ihre verschwundene grüne Gitarre neidete und dieses Instrument dafür verantwortlich macht, dass Mariannes Karriere nach einem gemeinsamen Konzert der beiden richtig begann, während Frau Zimmermann diesen Sprung ins Licht der Öffentlichkeit nie geschafft hat.«

Müllerjan zog die Augenbrauen hoch. »Na sieh mal einer an«, murmelte er. »Da haben Sie tatsächlich eine Spur gefunden, die uns bisher völlig unbekannt war. Gute Arbeit, Frau Weinstrauß. Und jetzt gehen Sie bitte wieder nach Hause und lassen uns unseren Job machen.«

Luisa schüttelte den Kopf. »Kommt gar nicht in Frage. Wenn Sie Frau Zimmermann befragen, brauchen Sie eine Musikspezialistin an Ihrer Seite, um die Antworten überhaupt richtig einordnen zu können.«

Müllerjan seufzte leise. »Sie wissen doch selbst, dass ich Sie nicht bei einem offiziellen Verhör neben mir sitzen lassen kann.«

»Dann verhören Sie sie eben hier, ganz inoffiziell«, schlug Luisa vor.

Müllerjan seufzte erneut. Er wandte sich Helene zu. »Frau Zimmermann, ich werde Ihnen jetzt einige Fragen stellen, den ungeklärten Tod von Frau Schneider-Winterthur und das Verschwinden einer Gitarre betreffend. Sie haben das Recht, einen Anwalt hinzuzuziehen. Außerdem können Sie …«

Sie winkte ab. »Brauche ich nicht. Gehen Sie. Oder wenn es sein muss, stellen Sie Ihre Fragen, und gehen Sie dann.« Sie hatte sich wieder auf ihren Gitarrenhocker gesetzt, zusammengesunken, den Blick auf den Boden gerichtet.

Müllerjan zog einen Stuhl heran und setzte sich ihr gegenüber, Luisa blieb ein Stück hinter ihm. Sie wollte den Kommissar gar nicht daran erinnern, dass sie auch noch da war – nicht, dass ihm doch noch einfiel, dass er sie lieber rauswerfen würde. »Frau Zimmermann, bitte erklären Sie mir, in welcher Beziehung Sie zu Frau Schneider-Winterthur standen«, begann Müllerjan mit ruhiger, ernster Stimme.

»Wir kannten uns von früher.« Helene sprach ein wenig verwaschen, so als erinnere sie sich an alte Zeiten. »Wir haben ungefähr gleichzeitig studiert – sie in Aachen, ich in Köln. Da begegnet man sich manchmal.«

Luisa nickte unbewusst. Ja, so hätte sie auch ihr eigenes Verhältnis zu Marianne beschrieben – bis die Gitarristin sie wegen des bevorstehenden Konzertes angerufen hatte.

»Sie kannten auch Frau Schneider-Winterthurs grüne Gitarre«, hakte Müllerjan nach.

Wieder nickte Luisa langsam. Der Kommissar ließ Helene keine Zeit für Smalltalk, er steuerte direkt auf den Diebstahl zu.

»Natürlich.« Jetzt klang Helene noch müder als zuvor. »Dieses auffällige Ding kannte jeder, der damals eines ihrer Konzerte gesehen hatte. Deshalb hat sie es ja so weit gebracht.«

»Bitte erklären Sie mir das genauer«, forderte Müllerjan sie auf. »Inwiefern hat diese grüne Gitarre Frau Schneider-Winterthurs Karriere beflügelt?«

»Ach, das ist doch klar«, winkte Helene unwirsch ab. »Reporter sind auch nur Menschen – die achten genauso auf Äußerlichkeiten wie jeder andere. Und wenn sie zum hundertsten Konzert fahren und zum hundertsten Mal schreiben sollen, wie toll das Gitarrenduo oder das Streichquartett oder was auch immer irgendwelche Stücke gespielt hat, die sie zum hundertsten Mal hören – da sind sie froh um alles, was aus dem üblichen Trott heraussticht. Und da die wenigsten Reporter ausgebildete Musiker sind, schreiben sie eben nicht über ein besonders elegant gespieltes Stück, über einen offensichtlich besonders begabten Musiker, sondern über das, was sie erkennen. Eine grüne Gitarre, noch dazu mit solch einer auffälligen Musterung – die war eine Offenbarung für die Reporter. Sie hätten sie sehen sollen, wie sie Marianne umschwirrten nach unserem gemeinsamen Konzert. Und nicht nur dort. Ich habe später noch einige Konzerte von ihr besucht, und immer stand Marianne mit ihrer grünen Gitarre im Mittelpunkt. Irgendwann brauchte sie das Instrument dann natürlich nicht mehr, da genügte ihr Name …«

»Weshalb haben Sie sich nicht auch eine solche Gitarre gekauft – oder eine noch viel auffälligere?«, fragte Müllerjan interessiert.

Helene schüttelte den Kopf. »Wissen Sie, was solche Instrumente kosten, wenn sie gut genug sein sollen für Konzerte? Einige tausend Euro. Woher hätte ich die denn nehmen sollen, direkt nach dem Studium, mit Schulden und ohne einen Job oder reiche Eltern? Hätte ich einfach ein halbes Jahr lang meine Miete nicht bezahlen oder nichts essen sollen, um so viel Geld zu sparen?«

»Sie hätten sich Frau Schneider-Winterthurs Gitarre leihen können«, schlug Müllerjan vor. »Zumindest manchmal, wenn sie sie selbst nicht benötigte.«

»Marianne hat nie ein Instrument verliehen«, knurrte Helene. »Weder an mich noch an andere Kollegen.«

Luisa nickte langsam. Was Helene offenbar als fast feindliche Geste verstanden hatte, war eigentlich normal – ein gutes Instrument würde sie selbst auch niemals verleihen. Die Instrumente, die sie ihren Schülern überließ, solange die noch nichts Eigenes gekauft hatten, waren allesamt relativ preiswert gewesen – und nach einigen Monaten in fremden Händen auch jedes Mal recht pflegebedürftig zu ihr zurückgekommen.

»Haben Sie in den letzten Jahren noch einmal daran gedacht, sich eine ähnliche Gitarre bauen zu lassen?«, hakte der Kommissar nach.

Helene sah ihn mit schräggelegtem Kopf an. »Wozu denn.« Es war mehr eine Aussage als eine Frage. »Um jetzt, mit fast fünfzig, noch mal eine Karriere als Konzertgitarristin zu beginnen? Außerdem fand ich die Gitarre immer schon albern. So etwas will ich gar nicht haben. Ich komme auch so zurecht.«

Müllerjan warf einen raschen Blick schräg nach hinten zu ihr, und Luisa begriff, dass er ja nur die halbe Geschichte kannte. »Wie kommt es denn, dass du alle unsere Duette für das Konzert bereits so gut spielen kannst, als würdest du seit Wochen, vielleicht Monaten dafür üben?«, warf sie ein.

Am neugierigen Hochziehen der Augenbrauen erkannte sie, dass der Kommissar sofort begriffen hatte, welchen Schluss Luisa aus dieser Tatsache gezogen hatte. »Ja, erklären Sie mir das bitte«, fügte er hinzu und betrachtete Helene interessiert.

»Das verstehen Sie sowieso nicht«, entgegnete Helene brüsk. »Wenn selbst du, Luisa, mir so abscheuliche Dinge zutraust, obwohl wir uns nun schon so lange kennen …«

Luisa merkte, wie sie rot wurde. »Erklär mir, wie du wissen konntest, dass Marianne das Konzert nicht mehr erleben würde«, forderte sie Helene dennoch auf. »Solange du das nicht tust – wie kannst du da erwarten, dass ich dir blind vertraue? Und sag bitte nicht, du hast so etwas geahnt und dich rein prophylaktisch mit den Stücken vertraut gemacht.«

»Sie hatte mich darum gebeten«, antwortete Helene leise.

Müllerjan warf einen verdutzten Blick zu Luisa, die verwirrt den Kopf schüttelte. »Marianne hat dich darum gebeten, dich vorsichtshalber ebenfalls auf das Konzert vorzubereiten, nur für den Fall, dass sie an dem Tag krank sein sollte?«, hakte sie nach. Das klang so verrückt, dass etwas Wahres daran sein konnte. Wäre die perfektionistische Marianne so weit gegangen, selbst dieses Szenario mit in ihre Planungen einzubeziehen? Aber dennoch, weshalb war Helene dann eben ausgerastet und hätte fast ihre eigene Gitarre zerstört? Benahm man sich so, wenn man unschuldig war?

»Nein.« Helene hatte sich jetzt etwas gerader auf den Hocker gesetzt und starrte zwischen Müllerjan und Luisa hindurch. »Nein, ich hätte nicht einspringen sollen. Das hätte ich nicht auf mich genommen, dafür so viel zu üben.«

»Aber das sagten Sie doch gerade«, beharrte Müllerjan. »Frau Schneider-Winterthur hatte Sie darum gebeten ...«

»... ihren Platz einzunehmen«, führte Helene den Satz fort. »Marianne hatte mich schon vor einigen Monaten gebeten, das Konzert zu übernehmen. Sie war überzeugt, in einem halben Jahr nicht mehr gut genug spielen zu können.«

Mit einem Mal begriff Luisa. »Weil sie glaubte, dass ...« Sie unterbrach sich, um Helene keine Aussage in den Mund zu legen.

»Marianne hat mir erklärt, ihr rasch fortschreitendes Rheuma würde es ihr im nächsten Jahr nicht mehr erlauben, in ihrer früheren Form aufzutreten«, sagte Helene, was Luisa schon geahnt hatte. »Und sie wollte nicht mehr auftreten, sobald ihr Spiel schlechter werden würde. Die Menschen sollten sich an sie erinnern, wie sie auf dem Höhepunkt ihrer Karriere war – eben ein strahlender Stern mit flinken Fingern. Sie wollte immer alles oder nichts – das weißt du doch, Luisa.«

Luisa nickte langsam. Ja, diese Erklärung konnte stimmen. »Hat sie dir die grüne Gitarre dafür geliehen?«, fragte sie.

Helene seufzte. »Immer dieses eine Instrument ... Ich habe dir doch eben schon erklärt, dass ich daran kein Interesse hatte. Damals ... das ist ein Vierteljahrhundert her! Wir sind doch alle erwachsener geworden. Selbst Marianne hat darauf nur noch zu Hause gespielt. Nein, sie wollte mir ihre *Ramirez* leihen. Ein wundervolles Instrument, mit einem weichen und dennoch volltönenden Klang ... und glücklicherweise nicht so auffällig wie die Grüne.«

Luisa erinnerte sich an die Gitarre, die sie selbst in die Hand genommen hatte. Ja, der Klang war beeindruckend gewesen. Ein würdiges Instrument für so ein großes Konzert. Aber dennoch stimmte etwas an der Geschichte nicht. »Wie kam Marianne denn darauf, dass sie an Rheuma litt?«, hakte sie nach.

Helene schüttelte verständnislos den Kopf. »Sie wird es wohl gespürt haben«, antwortete sie. »Das merkt man doch. Und wenn sie eine andere Krankheit gehabt hätte, hätte ihr Arzt ihr doch nicht spezielle Salben und Mittelchen gegen Rheuma gegeben.«

»Die Salben und Mittelchen waren nicht rezeptpflichtig«, warf Müllerjan ein. »Sie könnte sich selbst diagnostiziert und dann die vermeintlich benötigten Medikamente in der Apotheke geholt haben.«

Luisa atmete tief durch. Wenn Marianne wirklich geglaubt hatte, an Rheuma zu leiden, und davon so fest überzeugt gewesen war, dass sie Helene tatsächlich gebeten hatte, das Konzert während der Landesgartenschau zu übernehmen – wie hatte Luisa davon nichts merken können? Und weshalb hatte Marianne nicht gekämpft, wie sie es sonst immer getan hatte? Hätte sie wirklich so leicht aufgegeben, vor allem ohne einen wirklichen Beweis für ihre Krankheit?

»Auf alle Fälle litt Marianne an Rheuma und wollte das Konzert in diesem Zustand nicht mehr selbst bestreiten«, fasste Helene ihre Ausführungen zusammen.

Müllerjan blickte die beiden uniformierten Polizisten an, die schweigend vor der Wohnungstür stehengeblieben waren. »Nehmen Sie Frau Zimmermann bitte mit auf die Wache, da sind mir noch zu viele Fragen offen«, sagte er und blickte sich zu Luisa um. »Und Sie, Frau Weinstrauß, kommen bitte ebenfalls mit. Von Ihnen brauche ich auch eine Aussage.«

Luisa zuckte zurück. »Moment, ich muss gleich zu meinen Musikschülern!«, widersprach sie. »Es ist fast elf Uhr, und um halb zwei …«

»… sind Sie wieder zu Hause«, ergänzte der Kommissar und nickte ergeben. »Keine Sorge, ich lasse Sie heimbringen. Aber jetzt möchte ich keine Zeit vergeuden. Ich brauche noch einige Erklärungen von Ihnen.«

Auf dem Weg zum Polizeipräsidium in Euskirchen saßen sie zu dritt auf dem Rücksitz, der Kommissar zwischen den beiden Frauen eingekeilt. Zumindest musste Luisa so nicht mit Helene sprechen, die stumm aus dem Fenster starrte. Ob die Kollegin tatsächlich die Wahrheit gesagt hatte? Auch wenn Luisa nicht begreifen konnte, wie Marianne auf die Idee gekommen war, krank zu sein und bald nicht mehr auftreten zu können – wenn man das einmal hinnahm, dann ergab alles andere einen Sinn. Und dann war vielleicht auch Helene tatsächlich unschuldig. Nur – wohin war die Gitarre verschwunden? Hatte sie doch einer der drei anderen früheren Kommilitonen von Marianne gestohlen? Oder vielleicht geliehen? Aber dann wäre auch der Koffer nicht mehr dort gewesen. Nein, wenn die Gitarre mit Mariannes Einverständnis aus dem Haus gebracht worden wäre, dann sicherlich nicht ungeschützt. Das konnte sie sich einfach nicht vorstellen.

Während Luisa ihren Gedanken nachhing, flog draußen die Landschaft vorbei. Zwischen Schwerfen und Enzen sah sie die Bauern, die Strohballen stapelten oder die Rübenernte einbrachten. Nur die Kartoffeln mit ihren fast komplett verdorrten Blättern und der Mais standen noch unberührt auf den Feldern. Durch Wißkirchen und Euenheim fuhren sie in die Stadt hinein, bogen von der Kommerner Straße in die Gerberstraße ab und fuhren über den Europaplatz auf die Alleestraße, bis sie sich schließlich von den Bahngleisen entfernten und die Kölner Straße erreichten, an der das Polizeipräsidium lag. Als Luisa das letzte Mal in Euskirchen gewesen war, hatte sie beim Umsteigen den falschen Bus erwischt und sich völlig verfranzt – gut, dass sie diesmal nicht noch auf den richtigen Weg achten musste. Zumal ihre Gedanken sich um ganz andere Dinge drehten.

»Frau Zimmermann, Sie gehen bitte mit dem Kollegen schon mal hinein, ich komme gleich zu Ihnen«, sagte Müllerjan, als sie auf dem Parkplatz vor dem Polizeipräsidium aus dem Wagen stiegen. »Und Sie, Frau Weinstrauß«, er wandte sich Luisa zu, »folgen mir bitte. Wir brauchen sicher nicht so lange.«

Luisa war noch immer in Gedanken versunken, als sie hinter Müllerjan einen kleinen Besprechungsraum betrat. Der Kommissar deutete auf das Aufnahmegerät, das auf dem Tisch lag. »Darf ich? Wenn ich mitschreiben soll, dauert es viel länger.«

»Natürlich.« Dennoch fühlte Luisa sich unwohl, als er das Gerät einschaltete. Der Gedanke, dass er jedes ihrer Worte später noch einmal in Ruhe anhören könnte, trug nicht gerade dazu bei, sie zu beruhigen. Bloß gut, dass sie diesmal nicht verdächtigt wurde – zumindest konnte sie das nur hoffen.

»Fürs Protokoll bitte noch einmal«, sagte er und setzte sich ihr gegenüber, »wie sind Sie auf Frau Zimmermann gestoßen, und wie kamen Sie darauf, dass diese schon deutlich früher als alle anderen gewusst haben musste, dass Frau Schneider-Winterthur ihr Konzert nicht selbst bestreiten würde?«

Luisa berichtete von dem Anruf von der Landesgartenschau-Gesellschaft, ihrem gestrigen Treffen mit Helene und der heutigen Probe. Mit der Zeit sprach sie flüssiger, vergaß das Aufnahmegerät, begann sich zu entspannen.

»Wenn Frau Zimmermann recht hat und die Verstorbene tatsächlich geglaubt hatte, an Rheumatismus zu leiden«, überlegte Müllerjan, als Luisa ihre Erzählung beendet hatte, »dann würde das nicht nur erklären, weshalb unsere Verdächtige so früh begonnen hat, die Stücke für das Konzert zu üben …«

»… sondern auch, weshalb Marianne die Rheumamittel im Schrank hatte«, fuhr Luisa fort. »Und dennoch – Marianne war doch keine Idiotin. Sie muss die richtige Dosierung gekannt haben. Weshalb hätte sie etwas so Dummes tun sollen, wie eine dermaßen hohe Überdosis von den Tropfen zu nehmen? Hatten Sie nicht gesagt, der Rechtsmediziner hätte ausgerechnet, die tödliche Dosis liege bei etwa drei kompletten Flaschen – statt einiger Tropfen?«

»Um sich zu heilen«, antwortete Müllerjan prompt. »Darüber habe ich mir natürlich auch schon Gedanken gemacht und mich im Internet zu diesem Thema umgesehen. Es gibt tatsächlich Berichte von massiven Überdosierungen aconitinhaltiger Mittel, die angeblich zur vollständigen Heilung von Rheumakranken geführt haben. Allerdings wurde dabei meist ebenfalls erwähnt, wie extrem die Vergiftungserscheinungen bei den Betroffenen waren – und dass diese Behandlungen lebensgefährlich waren.«

Luisa ließ sich in ihrem Stuhl zurücksinken.

»Sie meinen, Marianne hat dieses Risiko auf sich genommen, weil sie ohne ihren Beruf sowieso nicht mehr leben wollte?«

»Sagen Sie es mir«, entgegnete Müllerjan und sah sie herausfordernd an. »Hätte Frau Schneider-Winterthur ihr Leben riskiert für eine winzige Chance, gesund zu werden?«

»Sie war ja nicht einmal krank«, warf Luisa ein.

»Aber sie glaubte es offensichtlich«, Müllerjan zuckte mit den Schultern. »Um so tragischer, wenn sie bei einem völlig unnötigen Versuch, sich zu heilen, ums Leben gekommen wäre. Noch einmal, Frau Weinstrauß – trauen Sie ihr diesen

Selbstheilungsversuch zu, von dem sie wissen musste, dass er tödlich enden konnte?«

Luisa schwieg einen Moment. Marianne war immer schon ehrgeizig gewesen, sie hatte gewusst, was sie wollte, und darauf mit aller Kraft hingearbeitet. Hätte es diese starke, unabhängige Frau so aus der Bahn geworfen, zu erfahren, dass sie schon bald nicht mehr würde auftreten können, dass sie mit ihrem Leben spielte?

»Nein, das kann ich mir nicht vorstellen«, sagte sie schließlich nachdenklich. »Marianne wäre dieses Risiko nicht eingegangen. Sie hätte stattdessen einen anderen Weg gesucht – zu einem anderen Ziel. Vielleicht hätte sie nur noch komponiert. Aber sie hätte nicht ihr Leben für eine winzige Chance aufs Spiel gesetzt.«

Müllerjan nickte. »Gut, dann gehen wir weiterhin von Fremdeinwirkung aus. Zumal ich diese Rheuma-Geschichte sowieso nicht begreife – wie kam sie überhaupt darauf?«

»Fragen Sie doch Ihren Arzt«, schlug Luisa vor. »Vielleicht weiß der mehr.«

»Der war bisher nicht zu erreichen; seine Mitarbeiterin meinte aber, morgen früh müsste er aus dem Urlaub zurück sein«, sagte Müllerjan. »Ja, ich denke auch, den werde ich als Nächstes befragen. Nach Frau Zimmermann, natürlich.«

»Und was geschieht jetzt mit Helene?«, hakte Luisa nach.

»Erst einmal werde ich sie offiziell vernehmen, und vor allem etwas ausführlicher, als das eben möglich war«, erklärte der Kommissar, schaltete das Aufnahmegerät aus und stand auf. »Und dann überlege ich mir, ob ich sie über Nacht hierbehalte. Ich denke, es kann nichts schaden – Sie hatten ja ihren Wutausbruch beim Erwähnen der grünen Gitarre geschildert; wer weiß, zu was sie noch in der Lage ist.«

»Also ist sie jetzt erst mal die Hauptverdächtige«, sagte Luisa nachdenklich.

Er nickte. »In Ermangelung anderer Verdächtiger würde ich das genauso sehen.« Der Kommissar musterte sie prüfend. »Oder sind Sie inzwischen anderer Meinung?«

»Nein, nein, ich denke schon, sie könnte es gewesen sein«, antwortete Luisa rasch.

Müllerjan stieß einen tiefen Seufzer aus. »Liebe Frau Weinstrauß, als ich Sie bat, mich mit ‚weiblicher Intuition' zu unterstützen, meinte ich damit nicht ‚weibliche Unentschlossenheit'. Ich für meinen Teil denke jedenfalls, Sie haben gute Arbeit geleistet; jetzt ist es mein Job, Frau Zimmermann ein Geständnis zu entlocken.« Er reichte Luisa die Hand. »Danke für Ihre Unterstützung, und wenn ich noch etwas zum Thema Musik wissen muss, melde ich mich bei Ihnen.«

»Und wenn Helene ein Geständnis ablegt oder Sie etwas anderes herausfinden«, warf Luisa ein.

Er nickte ergeben. »Dann auch. Ich wünsche Ihnen eine gute Heimfahrt. Warten Sie bitte hier, die Kollegin bringt Sie gleich nach Hause.«

Luisa sah ihm nach, als er den Raum verließ. »Ich wünsche Ihnen noch ein schönes Leben«, murmelte sie fast unhörbar. Eigentlich hatte sie nichts anderes erwarten können – kaum gab es eine heiße Spur, schon wurde sie abgeschoben. Dabei waren doch noch so viele Fragen offen …

Aber die konnten bis morgen warten. Heute waren ihre Musikschüler wichtiger. Auch wenn es ihr am Nachmittag genauso wenig gelang, sich auf den Unterricht zu konzentrieren, wie an den vorigen Tagen.

Neuntes Kapitel

Luisa erwachte davon, dass Schweißtropfen ihre Schläfe entlangliefen – gestern hatte sie vergessen, die Rollos im Schlafzimmer ab dem Mittag herunterzulassen, so dass die Hitze des Spätsommertages sich ungestört hereindrängen konnte. Als sie abends ins Bett gegangen war, war irgendwo draußen eine Party in vollem Gange gewesen, und sie hatte das Fenster nicht öffnen können. Jetzt war es bereits kurz nach sieben, viel Zeit zum Lüften blieb nicht mehr. Dennoch konnte sie sich nur mit Mühe überwinden aufzustehen. Helenes Verhaftung, die Gespräche mit ihr und Müllerjan – das alles war immer wieder durch ihre wirren Träume gegeistert. Und merkwürdigerweise hatte sie bei dem Gedanken an den gestrigen Tag ein immer schlechteres Gefühl. Dabei müsste es ihr doch eigentlich gut gehen, schließlich hatte sie den Kommissar auf eine heiße Spur gebracht – oder leitete diese sie in eine völlig falsche Richtung, und sie hatte nichts getan, als es sich mit Helene zu verscherzen und ihre letzte Chance auf einen kleinen Auftritt bei diesem Konzert endgültig zunichtezumachen?

Mühsam quälte sie sich aus dem Bett, riss die Fenster im oberen Stockwerk auf, kippte alle in der unteren Etage und zwang sich, ein Käsebrot zu essen. Noch zog ein angenehm kühler Luftzug durch die Wohnung und ließ sie manchmal frösteln, aber alleine der Gedanke an die für heute angesagten rund dreißig Grad nahm ihr jeden Appetit. Am liebsten hätte sie gleich zum Frühstück mit einem Eis begonnen.

Sie nutzte die morgendliche Kühle, um im Vorgarten eine Weile Unkraut zu zupfen und die verblühten Roten Spornblumen abzuschneiden. Die Blumen, die sie in der letzten

Woche gepflanzt hatte, in der Hoffnung, die große Hitze sei vorüber, ließen schon wieder den Kopf hängen und wurden kräftig getränkt.

Gegen halb zehn, als es bereits warm wurde und die Sonne auf ihren Schultern zu brennen begann, obwohl sie noch längst nicht die volle Höhe erreicht hatte, ging Luisa wieder hinein. Samstags hatte sie nur einen Musikschüler, der zu unregelmäßig Feierabend machte, um einen Termin unter der Woche nutzen zu können. Volker spielte ausgerechnet Gitarre, und natürlich gelang es Luisa nicht, die Gedanken an Marianne und Helene zu verdrängen, als sie mit ihrer eigenen Gitarre auf dem Rücken durch die inzwischen glühende Sonne in Richtung Sportplatz stapfte, wo der Mann schräg gegenüber wohnte.

»Morgen, warm ist's«, begrüßte er sie, als er ihr in Shorts und ärmellosem Shirt die Haustür öffnete. »Hast du schon gehört, unsere Stargitarristin ist tot – meinst du, jetzt werden die Stücke auf alle guten Zülpicher Gitarristen aufgeteilt? Mit einem halben Jahr Vorlauf müsste man das doch schaffen …«

Luisa zog belustigt die Augenbrauen hoch. »Volker – du spielst seit rund zwei Jahren. Marianne Schneider-Winterthur ungefähr zwanzigmal so lange. Du übst jeden Tag eine Viertelstunde. Marianne acht Stunden. Siehst du da nicht auch eine gewisse Diskrepanz?«

»Es gibt ja auch schöne leichte Stücke«, wandte er ein. »Das merkt das Publikum doch sowieso nicht. Meinst du nicht, ich sollte mich mal bei der Laga-Gesellschaft melden?«

»Wenn du auch verhaftet werden willst, mach das«, entgegnete Luisa trocken und folgte ihm ins Haus. Von dem Selbstbewusstsein dieses Mannes hätte sie auch gerne ein Stück abbekommen.

Immerhin hatte Volker offenbar mehr als sonst geübt – vermutlich motiviert durch die Vorstellung, er könne tatsächlich eine kleine Rolle in dem großen Konzert spielen. Dabei war seine Idee gar nicht so schlecht, überlegte Luisa, während sie ihm über die Klippen des *Rujero* von Gaspar Sanz hinweghalf. Ein Konzert mit vielen verschiedenen Musikern, nicht mit den ganz großen Namen, sondern all denjenigen, die in Zülpich lebten – das wäre ebenfalls eine schöne Idee für den Bürgertag gewesen.

»Welches Stück würde denn richtig was hermachen und ist dabei nicht zu schwer?«, erkundigte er sich, als Luisa endlich mit dem *Rujero* zufrieden war.

Sie blätterte in dem Notenheft ein paar Seiten weiter. »Hier, das *Andantino* von Carulli«, schlug sie vor. »Pass auf, ich spiele es dir mal vor.« Sie stimmte ihre Gitarre rasch durch und spielte das von Sechzehntelnoten durchzogene, aber tatsächlich recht einfache Stück zweimal. »Was meinst du?«

»Klingt gut«, stimmte Volker ihr zu und begann vorsichtig mit den ersten Tönen. Den Rest der Stunde verbrachten sie mit der üblichen Diskussion über Achtel- und Sechzehntelnoten, die er wie immer großzügig aneinander anglich, und darüber, wie lange die Bassnoten durchklingen sollten.

Immerhin, fiel Luisa auf, als sie sich wieder auf den Heimweg machte, hatte sie während des Unterrichts kaum an Marianne gedacht. Jetzt aber, während sie durch die inzwischen brennend heiße Sonne ging und spürte, wie sie auf dem Rücken zu schwitzen begann, wo die Gitarrenhülle sich gegen die dünne Bluse drückte, jetzt begannen ihre Gedanken wieder um die Geschehnisse des vorangegangenen Tages zu wirbeln.

Sie kannte sich gut genug, um zu wissen, dass das nicht von selbst aufhören würde. Am liebsten hätte sie Müllerjan angerufen, aber nachdem der es gestern mit einem Mal so eilig gehabt hatte, sie loszuwerden, hatte sie wenig Lust, sich bei ihm zu melden. Zumindest nicht, solange sie keine neuen Ideen hatte, wie man Helene überführen könnte – oder wer sonst noch für die Tat in Frage kam. Dennoch, sie musste mit irgendjemandem darüber reden.

Als sie in die Mersburdenstraße einbog, stieß sie fast mit Sandra König zusammen, die eilig mit dem Kinderwagen unterwegs war. »Hey, Luisa, schön, dich zu sehen«, begrüßte die junge Frau sie.

»Hallo, Sandra. Geht ihr spazieren?« Luisa warf einen Blick in den Kinderwagen. Der kleine Paul war ein umwerfend süßes Baby. Kein Wunder, Sandra war ein hübsches Mädchen, und ihr Verlobter, der vor einem halben Jahr ums Leben gekommen war, hatte ebenfalls sehr gut ausgesehen.

»Nur eine kleine Runde«, antwortete sie. »Eigentlich ist es ja zu warm, aber bevor es gleich zu regnen beginnt …«

Luisa warf einen Blick zum Himmel, der sich tatsächlich zugezogen hatte. »Wollen wir hoffen, dass die Baustellenführung morgen nicht ins Wasser fällt«, sagte sie. »Wollt ihr auch dorthin?«

»Wir nicht, aber Mama sprach eben davon«, antwortete die Nachbarstochter. »Apropos – Papa werkelt gerade im Keller, und Mama wartet gelangweilt darauf, dass sie endlich anfangen darf, das Mittagessen vorzubereiten. Geh doch mal bei ihr vorbei, da freut sie sich bestimmt.«

»Gute Idee«, stimmte Luisa ihr zu. Else hatte diesen Dienstag ausnahmsweise keine Zeit für das übliche gemeinsame Frühstück gehabt, und auf der Straße hatten sie sich auch nicht getroffen – das waren eigentlich Gründe genug, Else zu besuchen. Davon abgesehen war sie als Frau vermutlich eine bessere Gesprächspartnerin, wenn es darum ging, über Mariannes Tod nachzugrübeln, als Kommissar Müllerjan. Zumal Else leidvolle Erfahrungen mit unnatürlichen Todesfällen und den Ermittlungen dazu hatte.

Kurzerhand ging Luisa an ihrer eigenen Haustür vorbei und klingelte zwei Häuser weiter bei Königs. Es dauerte nur ein paar Sekunden, bis Else öffnete. »Ah, Luisa, komm rein! Das trifft sich gut, ich habe so süße Fotos von Paul … also von dem kleinen Paul, meinem Enkel, nicht meinem Sohn.« Sie schüttelte wie immer, wenn sie auf dieses Thema kam, den Kopf. »Was die Sandra mir damit angetan hat, den Kleinen nach ihrem Bruder zu nennen …«

»Siegfried wäre auch nicht besser gewesen«, antwortete Luisa, ebenfalls wie immer. Der Name von Sandras Verlobtem, der damals ermordet worden war, hätte den Kleinen sicher zum Gespött seiner Mitschüler gemacht.

»Ach ja«, Else seufzte und schüttelte den Kopf, »aber komm doch erst rein. Mein Mann repariert ein Radio, da kann es mit dem Essen noch ein paar Stunden dauern – lass uns erst mal Fotos schauen.«

Es dauerte keine Minute, bis Else Kaffee, Gebäck und Fotos aufgetischt hatte und ihrer Besucherin bei jedem einzelnen Bild zu erklären begann, wo es aufgenommen worden war und wie schnell sich der kleine Paul doch in den drei Wochen seit seiner Geburt entwickelt hatte. Als sie schließlich mutmaßte, er sei kurz davor, das erste Mal »Mama« zu sagen, fand Luisa es an der Zeit, sie ein wenig zu bremsen und das Thema zu wechseln.

»Hast du eigentlich gehört, dass Marianne Schneider-Winterthur ums Leben gekommen ist?«, warf sie ein.

Else nickte sofort. »Natürlich, das arme Ding. Darüber habe ich auch gestern Nachmittag schon mit meinen Freundinnen gesprochen. Furchtbar, sie war doch noch so jung …«

»Und hast du mehr darüber gehört?«, fragte Luisa neugierig nach. Elses Kontakte reichten weit. Vielleicht gab es ja Gerüchte, die ihr weiterhalfen, die sie auf eine neue Spur brachten.

»Na ja, man munkelt natürlich so einiges«, sagte Else. »Aber du weißt ja …«

»Natürlich, das sind nur Gerüchte«, antwortete Luisa und nickte ihr aufmunternd zu.

»Also *ich* habe ja gehört, dass sie nicht damit leben konnte, dass sie ihre Karriere bald hätte beenden müssen«, fuhr Else fort. »Wobei die Magda meint, sie hätte Tabletten genommen, weil ihr Liebhaber sie verlassen hätte. Das hat sie wohl aus erster Hand, sagt sie. Und die Wilma hat gehört, es sei ein Raubmord gewesen. Wobei ich ja eher daran glaube, dass sie selbst … du weißt schon. Das ist doch ein tragisches Schicksal, wenn so eine begabte junge Frau nicht mehr auftreten kann und nur noch zu Hause versauert.«

Luisa spürte, wie ein Schauer über ihre Schultern hinunter bis zu den Beinen lief. Etwas gefiel ihr an diesen Gerüchten nicht, etwas, das sie noch nicht benennen konnte. Natürlich war es nur Gerede, und doch … »Und woher stammen diese Gerüchte, weißt du da mehr?«, fragte sie nach.

Else schüttelte den Kopf. »Nee, das weiß ich auch nicht. Ich habe das mit dem Karriereende im Supermarkt gehört, glaube ich … an der Kasse? Oder war es doch, als ich die neue Fernsehzeitung gekauft habe? Aber sag mal, weshalb interessiert dich das denn? Kanntest du die Frau?«

Luisa nickte und hatte fast im selben Moment ein Päckchen Taschentücher vor sich liegen und die Plätzchenschüssel vor der Nase stehen. »Ach Mensch, dass du aber auch nichts sagst … wie geht es dir denn, du Arme …« Else sah sie mit großen, bedauernden Augen an. »Nimm dir, hier ist Nougat drin«, sie deutete auf eine Gebäcksorte, »das hilft gegen Kummer.«

Luisa konnte ein Grinsen nicht unterdrücken. »Ach Else, das ist lieb«, sie schob die Schüssel energisch zurück, »aber so gut kannte ich Marianne nun auch wieder nicht.«

»Aber du musst der Polizei mal wieder unter die Arme greifen, weil diese Leute sonst gar nichts hinbekommen«, schlussfolgerte Else prompt. »Wenn du damals nicht den Fall gelöst hättest, säße mein Paul womöglich immer noch im Gefängnis. Also – mein Sohn natürlich, nicht das Baby.«

Lächelnd schüttelte Luisa den Kopf. »Schon gut, die Polizei wäre sicher auch noch auf die richtige Spur gekommen«, winkte sie ab. »Und diesmal vermutlich auch … Allerdings ist bei diesem Fall wirklich alles sehr verwirrend.« Und weil Else sie fragend ansah, erzählte Luisa ihrer Nachbarin von den bisherigen Spuren – von Mariannes angeblichem Rheumatismus, von dem der Rechtsmediziner überhaupt nichts festgestellt hatte; von der verschwundenen Gitarre, die niemand gestohlen haben wollte; und schließlich von dem Vornamen auf dem Blatt Papier, zu dem es noch keinen Nachnamen und auch sonst keine Information gab.

»Der klingt am verdächtigsten«, warf Else ein. »Wenn sie es nicht selbst getan hat, war es bestimmt ihr Liebhaber.«

Luisa wiegte nachdenklich den Kopf hin und her. »Weshalb sollte er das tun? Außerdem ist Marianne an Gift gestorben – das ist eher eine typische Waffe von Frauen.«

»Dann eben die Frau des Liebhabers«, winkte Else ab. »Oder findest du die anderen Spuren überzeugender?«

»Ich finde sie vor allem … zahlreich«, antwortete Luisa nachdenklich. »Und weshalb passen die Spuren so genau zu dem Klatsch und Tratsch?« Eigentlich hatte sie gehofft, es gebe genau ein Gerücht, das zu einer der Spuren passte, und sie könnte sich auf diese Schnittmenge stürzen und in dieser Richtung weitersuchen. Aber was sollte ihr das sagen, wenn alle drei Ermittlungsrichtungen durch Klatsch unterstützt wurden?

»Weil alle Spuren in die richtige Richtung führen«, behauptete Else prompt.

Luisa sah sie zweifelnd an. »Du meinst, Marianne hat sich das Leben genommen, weil sie bald nicht mehr auftreten konnte und ihr Liebhaber ihre Gitarre gestohlen hat?«, fragte sie nach.

Die Nachbarin schüttelte den Kopf. »Nein, natürlich nicht. Ich meine nur, jede der Spuren wird dich zum Täter führen – nur auf unterschiedlichen Wegen.«

Luisa schwieg eine Weile. Etwas an diesem so trivialen Satz erschien ihr in diesem Moment so wahr, dass sie fast glaubte, diese Erkenntnis greifen zu können, bis das Gefühl verschwand und nur die Erinnerung daran zurückblieb. Enttäuscht nahm sie sich den angepriesenen Keks mit Nougat und biss hinein, doch auch dadurch konnte sie das Gefühl nicht verdrängen, etwas zu übersehen, das einen Augenblick lang offen vor ihr gelegen hatte.

»Du schaffst das schon«, sagte Else und klopfte ihr aufmunternd auf die linke Hand. »Und wenn nicht, kommst du vorbei, dann backe ich uns Waffeln. Morgen soll es ja wieder kalt werden, da kann man ruhig schon Waffeln essen.«

»Gehst du morgen mit zur Baustellenführung?«, fragte Luisa und warf einen Blick auf die Armbanduhr. Schon kurz vor zwölf – langsam sollte sie sich wieder auf den Weg machen. Auch wenn sie heute nichts mehr Wichtiges vorhatte … und das Gefühl nicht loswurde, dass sie noch immer dringend mit jemandem über die Ermittlungen reden musste. Hatte Müllerjan nicht gesagt, heute Vormittag wolle er mit Mariannes Hausarzt über ihr angebliches Rheuma sprechen?

»Ja, eigentlich schon«, Else warf einen Blick aus dem Fenster und runzelte die Stirn, »es sei denn, das Wetter wird so schlimm, wie die es angekündigt haben. Bei Gewitter gehe ich nicht raus, das weißt du ja.«

»Vielleicht sehen wir uns dann ja morgen«, sagte Luisa und stand auf. »Danke fürs Zuhören – und für die leckeren Kekse.«

»Nimm dir noch einen mit für den Heimweg«, schlug Else vor und brachte Luisa damit zum Lachen.

»Na klar, der Weg bis zum übernächsten Haus ist ja auch so weit, dass ich unterwegs verhungern könnte«, grinste sie. »Danke, Else, aber ich muss noch Mittagessen machen.«

»Dann eben als Nachtisch«, beharrte Else und drückte Luisa die nougatgefüllte Rolle in die Hand, die zum Glück außen ohne Schokolade auskam. »So, und wenn du fertig bist mit Mittagessen, schnappst du dir den Täter.«

Luisa musste noch immer grinsen, als sie mit dem Plätzchen in der Hand und der Gitarre auf dem Rücken zurück zu ihrem Haus ging. Else war manchmal einfach goldig. Wenn es doch nur so einfach wäre! Beim Nachtisch mal eben die richtigen Schlüsse ziehen und anschließend losgehen, den entscheidenden Beweis finden und Müllerjan anrufen, damit er den Täter – oder vermutlich eher die Täterin, schließlich war Gift im Spiel gewesen – abholen kam. Leider wurde Luisa das Gefühl nicht los, dass sie noch immer nicht alle Spuren und Indizien in der richtigen Weise sah. Außerdem fehlten ihr die neuesten Informationen von Müllerjan.

Als hätte der genau den gleichen Gedanken gehabt, klingelte kurz darauf das Telefon, als sie gerade ihr Ei-mit-Pilz-Omelette brutzelte. Rasch holte Luisa das Mobilteil aus dem Esszimmer und meldete sich.

»Es klingt so komisch bei Ihnen – ist alles in Ordnung, oder muss ich Sie retten kommen?«, erkundigte sich Müllerjan irritiert.

»Das ist nur mein Mittagessen«, beruhigte ihn Luisa. »Und, was sagt Mariannes Hausarzt?«

»Das Gespräch war sehr interessant«, antwortete er. »Der Hausarzt hat sich natürlich zunächst auf seine ärztliche Schweigepflicht berufen, aber bald eingesehen, dass ich mit einem Gerichtsbeschluss wiederkommen würde, wenn er mir nicht geantwortet hätte. Danach hat er zwar immer noch alles sehr vorsichtig formuliert, aber im Prinzip ausgesagt, Frau Schneider-Winterthur habe an beginnendem Rheuma in den Fingern gelitten. Er sei sich mit ihr einig gewesen, dass für den Anfang leichte homöopathische Mittel und eine Salbe ausreichen würden, um die ersten Krankheitssymptome zu lindern.«

»Ist dieser Hausarzt Schulmediziner oder Homöopath?«, fragte Luisa nach.

»Schulmediziner, weshalb?« Müllerjan klang neugierig.

»Wie viele Schulmediziner kennen Sie, die homöopathische Mittel verschreiben, wenn sie überzeugt sind, dass ihre Patienten eine ernsthafte Krankheit haben, die tatsächlich behandelt werden muss?«, sagte Luisa nachdenklich.

Der Kommissar schwieg einen Moment. »Verdammt, Sie meinen … sie hat sich das nur eingebildet? Und er wusste, dass sie eigentlich gesund ist, und hat ihr deshalb etwas verschrieben, was seiner Meinung nach zwar nicht helfen, aber auch nicht schaden konnte?«

»Rheumamittel können heftig auf den Magen schlagen«, antwortete Luisa. »Das kenne ich von meinem Opa, der musste gleichzeitig Medikamente für den Magen einnehmen. So etwas hätte er ihr nicht geben können, wenn er tatsächlich wusste, dass sie in Wahrheit gar nicht krank war – das wäre nicht mit seinem Eid vereinbar gewesen.«

Müllerjan atmete tief durch. »Dann fragt sich nur noch, wie sie auf diese Idee kam«, sagte er.

Luisa zog die Pfanne von der Platte und schaltete den Herd aus. »Das werden wir wohl nicht mehr herausfinden«, sagte sie. »Aber etwas anderes – haben Sie in Helene Zimmermanns Wohnung eine Spur der grünen Gitarre gefunden?«

»Die Spurensicherung hat alles auf den Kopf gestellt«, berichtete der Kommissar. »Aber dort war nichts zu finden.

Ich fürchte, wenn das so weitergeht, werde ich Frau Zimmermann heute Abend laufen lassen müssen.«

»Vielleicht hat sie die Wahrheit gesagt«, überlegte Luisa. »Oder sie könnte natürlich auch die Gitarre einfach zerstört haben, da sie das Instrument sowieso nie hätte benutzen können. Es wäre ja viel zu auffällig gewesen.«

»Das wiederum hat Frau Zimmermann heftig bestritten«, erklärte Müllerjan. »Sie meinte, sie als Musikerin hätte es niemals übers Herz gebracht, ein Instrument zu zerstören. Wenn sie es in die Finger bekommen hätte, hätte sie es höchstens versteckt – aber das, sagt sie, sei auch nicht der Fall gewesen.«

»Vielleicht liegt die Gitarre in irgendeinem Schließfach«, mutmaßte Luisa. »Und sie hat den Schlüssel dazu an ihr Postfach geschickt, damit er nicht in ihrer Wohnung gefunden wird.«

»Sie sehen zu viele Krimis«, bemerkte Müllerjan. »Natürlich könnte das sein. Aber wir können es nicht überprüfen.«

»Sie können Helene überwachen lassen, wenn Sie sie freilassen«, schlug Luisa vor.

»Das werden wir. Aber wenn sie es war, dann wird sie nicht so dumm sein, uns auf direktem Weg zu dem Versteck dieser Gitarre zu führen.«

Luisa schwieg einen Moment. »Irgendetwas ist komisch an diesem ganzen Fall«, sagte sie schließlich. »Ich kann nicht richtig den Finger drauflegen, aber …«

»Ihr Mittagessen hat aufgehört zu brutzeln«, stellte Müllerjan überraschend fest. »Passen Sie auf, ab wann geben Sie heute Unterricht?«

»Heute gar nicht mehr«, antwortete Marianne. »Heute ist Samstag, falls Ihnen das noch nicht aufgefallen sein sollte.«

»Ich komme in einer halben Stunde vorbei, in Ordnung? Lassen Sie uns noch mal über alle Indizien sprechen«, schlug der Kommissar vor, ohne auf ihre Bemerkung näher einzugehen. »Dann können Sie jetzt erst in Ruhe essen. Vielleicht kommen wir gemeinsam darauf, was uns an den ganzen Spuren stört.«

Luisa hatte gerade gespült, als Müllerjan klingelte. Sie öffnete ihm die Tür, stellte zwei Tassen Kaffee auf den Tisch, eine halbvolle Dose Plätzchen dazu und ertappte sich bei dem Gedanken, dass sie eine genauso altmodische Gastgeberin war wie Else, die immerhin zehn Jahre älter war als sie. Aber darum ging es jetzt nicht.

»Welche Spuren haben wir denn?«, begann Müllerjan.

»Die verschwundene Gitarre und Helene Zimmermann«, begann Luisa. »Dann den Namen Philip auf dem Notizzettel, der vielleicht Mariannes Geliebter sein könnte. Schließlich die Geschichte mit dem angeblichen Rheumatismus und daraus resultierend die Idee, sie könnte sich selbst das Leben genommen haben. Dann gibt es natürlich noch die Kollegen, die mit ihr zusammen studiert oder jetzt gemeinsam mit ihr geprobt haben … aber die scheinen alle kein Motiv zu haben. Also drei verschiedene Richtungen, in die man ermitteln kann.«

»Verdammt viele Spuren für eine Frau, die ganz normal gelebt und sich eigentlich keine Feinde gemacht hat«, murmelte Müllerjan. »Davon abgesehen gebe ich Ihnen recht, die Studienkollegen und Duettpartner haben wir überprüft und keinerlei Anhaltspunkte gefunden, die sie mit diesem Fall in Verbindung bringen.«

Luisa sah ihn schweigend an. Sie spürte, wie sich einige dieser Puzzleteile zu verschieben begannen und an ganz anderen Stellen landeten als erwartet. Genau genommen an einer einzigen Stelle. Sie musste an Elses Bemerkung denken, dass vielleicht alle Spuren zum gleichen Ziel führen würden – und mit einem Mal glaubte sie, dieses Ziel erahnen zu können.

»Wie sind wir denn auf die verschwundene Gitarre gestoßen?«, begann sie langsam. »Die Spurensicherung hat darüber natürlich nicht nachgedacht, aber es war klar, dass mir ein leerer Gitarrenkoffer auffallen würde, wenn ich Zeit hätte, mich in Mariannes Übungsraum umzusehen. Außerdem war Hermanns Beschuldigung, ich hätte die Gitarre gestohlen, natürlich noch mehr Ansporn für mich, nach dem Instrument zu suchen.«

Müllerjan sah sie interessiert an. Er schien bereits zu begreifen, worauf Luisa hinauswollte. »Und den Zettel mit dem Namen Philip – der war auch unübersehbar, wenn man die Notenhefte durchsah«, fuhr er fort. »Was die Spurensicherung offensichtlich nicht gründlich genug getan hat, schließlich waren es nur Notenhefte.«

»Vielleicht lag der Zettel einen Tag vorher auch noch nicht dort«, überlegte Luisa. »Diese krakelige Schrift – das passt überhaupt nicht zu Marianne.«

»Es könnte jemand geschrieben haben, der nicht wollte, dass man sofort merkte, dass die Schrift nicht mit der der Toten übereinstimmte«, ergänzte Müllerjan. »Jemand, der sie gut genug kannte, um einige typische Eigenheiten ihrer Schrift kopieren zu können, aber eben nicht alles.«

Sie sahen sich in stummem Einverständnis an. »Hermann Winterthur?«, sagte er schließlich. »Weshalb hätte er das tun sollen? Will er jemanden decken, oder kennt er den Mörder und versucht, uns unauffällig auf dessen Spur zu bringen? Oder … könnte er selbst einen Grund gehabt haben, seine Frau zu ermorden?«

Luisa schüttelte den Kopf. »Ich kenne ihn zwar nur flüchtig, aber ich habe sowohl von Marianne selbst als auch aus allen anderen Richtungen immer nur gehört, wie sehr er sie geliebt hat. Weshalb hätte er sie umbringen sollen? Andererseits – wenn er etwas weiß, warum sagt er es uns dann nicht direkt? Und wen könnte er schützen wollen? Nein, ich glaube, das ist die falsche Spur.« Sie musste an seinen Blick denken, als er mit den Polizisten wieder den Raum betreten und Luisa beschuldigt hatte, die Gitarre gestohlen zu haben. Er hatte sie angesehen wie ein waidwundes Tier, mit großen, verletzten Augen. War dieser Mann tatsächlich in der Lage, gleichzeitig wie ein Marionettenspieler im Hintergrund die Fäden zu ziehen und die Ermittlungen in die gewünschte Richtung zu lenken?

»Außerdem hat er ja sowieso ein Alibi«, ergänzte Müllerjan. »Was ist denn mit Helene Zimmermann? Hat die wirklich nichts mit der ganzen Geschichte zu tun? Sie wollen mir jetzt aber nicht sagen, unsere aktuelle Hauptverdächtige habe für ihr merkwürdiges Verhalten eine gute Erklärung, oder?«

Luisa zuckte mit den Schultern. »Ich weiß es nicht. Vielleicht hat Marianne sie wirklich schon vor Wochen gebeten, das Konzert zu übernehmen – das können wir nicht mehr herausfinden. Aber wenn das stimmt, hätte Marianne dann nicht irgendjemandem erzählt, was sie stattdessen vorhatte?«

»Vielleicht hat sie das ja«, antwortete Müllerjan und zuckte mit den Achseln. »Wir haben einfach keine guten Bekannten oder Freundinnen von ihr auftreiben können – kein Wunder, sie war ja ständig unterwegs. Vermutlich hatte sie überhaupt keine Zeit für Freundschaften.«

»Das klingt ziemlich traurig«, bemerkte Luisa. »Aber unabhängig davon – hätte Helene tatsächlich die Gitarre gestohlen, wenn sie hoffte, das Konzert zu übernehmen? Wäre das nicht viel zu riskant gewesen? Damit hätte sie ja selbst die Spur zu einem Motiv für Mariannes Tod gelegt, das ihr überhaupt nicht recht sein konnte. Wenn wir wirklich annehmen, dass sie Marianne vergiftet hat, um das Konzert zu übernehmen, hätte sie dann nicht alles tun müssen, um zu vermeiden, dass der Mord irgendwie mit Mariannes Beruf in Verbindung gebracht wird?«

Müllerjan stand auf. »Wir überprüfen jetzt erst mal ein mögliches finanzielles Motiv von Herrn Winterthur«, sagte er, »und durchleuchten den Mann. Bisher haben wir nur sein Alibi überprüft, das von mehreren seiner früheren Klassenkameraden bestätigt wurde – er war schon um sieben bei dem Klassentreffen, und mehrere Leute haben erklärt, dass sie mit ihm zusammen erst gegen drei das Fest verlassen haben – er kann seine Frau also nicht mit dem Gift gefüttert haben.«

»Aber er hätte es in den Salat mischen können, falls der nachmittags schon fertig vorbereitet im Kühlschrank stand.«

Der Kommissar nickte. »Natürlich. Dann wäre es einfach ein Zufall gewesen, dass Frau Schneider-Winterthur vor ihrem Tod alles in die Spülmaschine geräumt und diese auch noch angestellt hat, um selbst eventuelle Spuren zu ihrem Mörder zu vernichten – nun, möglich wäre es. Wenn er etwas mit ihrem Tod zu tun hat, dann aber wohl eher in der Form, dass er den Täter kennt und uns auf eine bestimmte Spur zu locken versucht.«

»Dennoch dürfen wir diesen Philip nicht vergessen«, warf Luisa ein. »Selbst wenn wir glauben, dass Hermann Winterthur mir präparierte Spuren präsentiert hat – das schließt ja nicht aus, dass er tatsächlich an diese Möglichkeiten glaubt und damit sogar recht hat.«

»Das stimmt natürlich«, antwortete Müllerjan. »Vielleicht entdecken wir tatsächlich noch irgendwo einen Philip.«

»Wir können Hermann danach fragen«, schlug Luisa vor. »Wenn er den Zettel geschrieben und sich den Namen nicht nur ausgedacht hat, dann muss er diesen Philip kennen.«

»Gute Idee«, nickte Müllerjan. »Aber damit warten wir noch. Zuerst möchte ich mehr über den Witwer in Erfahrung bringen.«

»Gut, aber anschließend nehmen wir uns Hermann vor«, beharrte Luisa.

»Anschließend nehme *ich* mir Hermann Winterthur vor«, entgegnete Müllerjan schmunzelnd.

»Sie verstehen doch nichts von Musik«, Luisa schüttelte den Kopf, »der kann Ihnen alles Mögliche erzählen, ohne dass Sie merken, dass er Sie auf den Arm nimmt. Außerdem sehen vier Augen mehr als zwei. Und Sie wollten schließlich, dass ich Sie mit weiblicher Intuition unterstütze.«

Der Kommissar lachte leise. »So etwas soll ich gesagt haben?«, antwortete er. »Nun – lassen Sie uns abwarten, was meine Kollegen herausfinden. Danach sehen wir weiter.«

»Sie geben mir also Bescheid, wenn Sie mehr wissen«, fasste Luisa zusammen, wie sie seine Worte auslegte.

Jetzt grinste er breit. »Ich melde mich. Auch, wenn Frau Zimmermann uns unerwarteterweise doch noch zu einem Schließfach führt, in dem sie die grüne Gitarre versteckt hat.«

Das war ein Wort. Als Luisa die Haustür hinter ihm wieder schloss, nickte sie zufrieden. Auch wenn längst noch nicht alles geklärt war, hatte sie endlich das Gefühl, einen Schritt weitergekommen zu sein.

Zehntes Kapitel

Obwohl Luisa jeden Moment mit einem Anruf von Müllerjan gerechnet hatte, der ihr die neuesten Erkenntnisse durchgab, hatte sie den Samstagnachmittag mit ruhiger Gartenarbeit und, als es gegen Abend wie angekündigt zu regnen begann, mit dem Ausmisten alter Ordner verbracht. Jetzt, wo sie in diesem verzwickten Fall endlich Land zu sehen glaubte, war die Anspannung ein Stück weit von ihr gewichen; sie konnte sich wieder auch auf andere Dinge konzentrieren.

Als sie am Sonntagmorgen erwachte, spürte sie noch immer die gleiche erwartungsvolle Spannung wie am Vortag, das sichere Gefühl, dass bald etwas passieren würde. Eigentlich hätte sie nichts dagegen gehabt, wenn Müllerjan anriefe, um ihr mitzuteilen, dass der Fall gelöst und ein Verdächtiger verhaftet sei. Dann hätte sie endlich erfahren, welches Spiel Hermann spielte – ob er jemanden schützen oder jemandem schaden wollte? Oder war er noch viel tiefer in diesen Fall verwickelt? Aber welches Motiv sollte er gehabt haben? Das einzige, was ihr einfiel, war, dass er tatsächlich eine Geliebte hatte und finanzielle Gründe gegen eine Scheidung von seiner Frau sprachen. Aber Marianne hatte ihr selbst einmal erklärt, das Haus habe er mit den Einnahmen aus seiner Firma finanziert; die Gitarristin war trotz aller Konzerte nicht reich gewesen.

Außerdem war Luisa mitten in der Nacht eingefallen, weshalb Hermann nichts mit Mariannes Tod zu tun haben konnte: Sie selbst hatte Müllerjan erst vor ein paar Tagen vorgerechnet, dass die grüne Gitarre irgendwann zwischen acht Uhr abends, als Marianne aufgehört hatte zu üben, und dem Eintreffen des Notarztes gegen halb drei in der Nacht gestohlen worden sein musste. Und Müllerjan hatte gestern noch bestätigt, dass der Witwer für diesen Zeitraum ein Alibi hatte.

Es war schon kurz vor acht, als sie aufstand. Der erste Blick aus dem Fenster ließ sie zurückzucken – es regnete in Strömen. Hoffentlich änderte sich das noch bis zum frühen Nachmittag. Auf Sonntagsbrötchen konnte sie bei diesem Wetter jedenfalls gut verzichten; dafür durch den Regen zu laufen, erschien ihr nicht wirklich lohnend.

Während sie stattdessen zur Feier des Tages dick Leberwurst auf ihr Brot strich, überlegte Luisa, dass sie sich gerne im Rest des Hauses von Hermann Winterthur umgesehen hätte. Bei ihrem letzten Besuch dort hatte sie nur das Musikzimmer durchsucht – vielleicht gab es ja in einem der anderen Räume einen Hinweis darauf, was an dem Abend vor Mariannes Tod geschehen war.

Praktischerweise rief Müllerjan an, als sie gerade fertig war mit Spülen.

»Guten Morgen, hier kommen die neuesten Informationen«, begrüßte er sie. »Meine Mitarbeiter haben freundlicherweise die Nacht durchgearbeitet. Also, Hermann Winterthur und seine verstorbene Frau haben insgesamt drei Konten – ein gemeinsames und jeweils ein eigenes. Vermutlich liegt das daran, dass sie beide selbständig waren. Jedenfalls hat der Witwer eine ansehnliche Summe Geld auf seinem eigenen Konto, deutlich mehr als die Verstorbene, und die Auftragslage seiner Firma ist gut. Ein finanzielles Motiv können wir damit sicherlich ausschließen.«

»Er hätte sowieso die grüne Gitarre nicht aus dem Haus bringen können«, Luisa erklärte ihm, was sie nachts überlegt hatte.

»Also gab es wirklich einen Diebstahl, den er vermutlich für seine Zwecke genutzt hat«, folgerte Müllerjan. »Oder Frau Schneider-Winterthur selbst …«

»Niemals«, unterbrach Luisa ihn sofort. »Sie meinen, Marianne hätte ihre eigene Gitarre zerstört? Nein, beim besten Willen nicht. So depressiv war sie nicht.« Im gleichen Moment fragte Luisa sich, ob sie sich wirklich so sicher sein konnte. Hatte sie Marianne gut genug gekannt, um ein solches Szenario definitiv ausschließen zu können?

»Hm …« Müllerjan klang zweifelnd. »Frau Zimmermann hat jedenfalls ihre Wohnung noch nicht verlassen, seit wir sie gestern Abend freigelassen haben«, bemerkte er. »Wenn sie diese Gitarre irgendwo versteckt hat, war sie bisher zu vorsichtig, um uns dorthin zu führen.«

»Auf alle Fälle müssen wir noch einmal mit Hermann sprechen und das komplette Haus durchsuchen«, stellte Luisa fest. »Wir müssen ihn fragen, wer Philip ist. Und vielleicht gibt es ja noch irgendwo im Rest des Hauses Indizien, die die Spurensicherung nicht entdeckt hat.«

»Und die Sie natürlich sofort finden«, führte der Kommissar den Gedankengang fort. Er klang ein wenig belustigt.

»Na kommen Sie, den Zettel mit dem Namen habe schließlich auch ich gefunden und nicht die Spurensicherung«, entgegnete Luisa trocken.

Müllerjan seufzte leise. »Gut, ich versuche es. Aber wenn Herr Winterthur nicht mitspielt, haben wir ein Problem.«

»Sagen Sie ihm doch einfach, dass wir noch Fragen in Hinblick auf diesen Philip haben«, schlug Luisa vor. »Wenn er uns wirklich mit der Nase auf diesen Namen stoßen wollte, dann kann er jetzt kaum ablehnen, uns dazu ein paar Fragen zu beantworten.«

»Gute Idee. Sie haben heute den ganzen Tag Zeit?«

»Am liebsten jetzt gleich«, antwortete Luisa, »oder erst ab vier Uhr. Aber eigentlich habe ich immer Zeit«, fügte sie rasch hinzu. Eine Mordermittlung war schließlich wichtiger als die Baustellenführung am Seepark.

»Ich melde mich gleich noch mal«, versprach Müllerjan und verabschiedete sich.

Als er ein paar Minuten später wieder anrief, hatte er eigentlich gute Nachrichten: Hermann Winterthur war bereit, sie beide ab fünf Uhr nachmittags zu empfangen. Er hatte am Telefon Müllerjan gegenüber sogar angedeutet, dass er sich bei Luisa für seine Fehlinterpretation der Situation, als sie zuletzt bei ihm gewesen war, entschuldigen wollte. Dennoch spürte Luisa, als sie den Hörer auflegte, dass ihre Unruhe wieder zugenommen hatte. Sie wurde das Gefühl nicht los, dass heute etwas Entscheidendes passieren würde.

Morgens lenkte sie sich ab, indem sie den Keller entrümpelte; eine Arbeit, die sie höchst ungern tat, was man den Räumen auch deutlich ansah. Immerhin gelang es ihr mit Unterstützung eines alten Radios, auf das sie praktischerweise relativ früh während der Aufräumaktion stieß, sich soweit abzulenken, dass sie nur noch selten an den nachmittäglichen Besuch bei Hermann dachte. Dafür war sie beim Kochen schon wieder in Gedanken bei der verschwundenen Gitarre, bis sie endlich roch, dass die Bratkartoffeln gerade anbrannten.

Während sie die zum Glück noch nicht allzu geschwärzten Kartoffeln mit einem Rührei aß, starrte sie aus dem Fenster auf die Mersburdenstraße hinaus. Ab und an sah sie eine Nachbarin vorbeigehen, zwei- oder dreimal fuhr ein Auto vorbei. Normalerweise achtete sie darauf, wen sie dort sah; die schmale Straße war so ruhig, dass jedes Auto und jeder Passant einen interessierten Blick wert war.

Jetzt aber ging ihr die Gitarre nicht aus dem Kopf. Sie wurde das Gefühl nicht los, wenn sie erst wüsste, wer das Instrument genommen hatte, müsste sie auch erkennen, wer der Mörder war. Vielleicht wusste Hermann mehr, und vielleicht würde er ihnen zumindest einen Hinweis geben.

Dass er selbst etwas mit Mariannes Tod zu tun hatte, war unmöglich – er hatte seine Frau mit Sicherheit geliebt. Und er hatte einfach keine Zeit gehabt, die Gitarre aus dem Haus zu bringen. Dennoch, er musste mehr wissen, als er bisher verraten hatte.

Als Luisa sich auf den Weg zum Parkplatz am Wassersportsee machte, mit Schirm, Anorak und Kappe wetterfest verpackt, lugte einen Moment lang die Sonne zwischen den Wolken hindurch. Ob das ein gutes Zeichen für die nachmittägliche Befragung war? Zumindest bedeutete es erst einmal, dass die Baustellenführung nicht ins Wasser fiel.

Schon von Weitem sah Luisa, wie gut besucht die Veranstaltung trotz des unsicheren Wetters war. Einige Dutzend Menschen warteten schon nahe dem verschlossenen Eingang in dem Baustellenbereich, und es wurden immer mehr, die per Auto, Fahrrad oder, wie Luisa, zu Fuß ankamen.

Irgendwo inmitten der Menge glaubte sie den Zülpicher Bürgermeister zu sehen, ganz in seiner Nähe stand jemand mit einem tragbaren Lautsprecher-Set, der vermutlich die Führung leiten würde, fast verdeckt von den Umstehenden. Hier und dort entdeckte sie Bekannte, Nachbarn, Geschäftsleute aus der Innenstadt, die offensichtlich alle interessiert am Fortgang der Arbeiten waren. Außerdem schien ein Teil der Prinzengarde dabei zu sein – einem Gespräch zweier Frauen hinter ihr entnahm sie, dass die Prinzengarde tatsächlich die Baustellenführung in ihren heutigen Wandertag einbezogen hatte.

Nachdem die ganze Gruppe von inzwischen mindestens hundert, vielleicht auch zweihundert Interessenten den umzäunten Bereich betreten hatte, erkannte sie neben dem Bürgermeister und einem weiteren Mann auch Herrn Hartmann, einen der Geschäftsführer der Landesgartenschau-Gesellschaft, der sich das Lautsprecher-Set inzwischen auf die Schultern gesetzt hatte. Nach ersten Kämpfen mit dem Mikrofon erfuhren sie, dass genau dort, wo sie gerade standen, das Eingangstor in den Seeparkbereich entstehen würde. Den Blick über die zukünftigen Blütenteppiche hinunter zum See konnte Luisa sich auch jetzt schon vorstellen. Früher hatte es hier ganz anders ausgesehen, war der See von einem Hügel und Bäumen verdeckt gewesen. Kein Wunder, dass der Führungsleiter bemerkte, hier seien schon zwanzigtausend Kubikmeter Erde bewegt worden.

Während sie weitergingen, erfuhren sie, dass genau hier am Ufer die Seebühne entstehen würde, mit einem zusätzlichen schwimmenden Steg, der später auch vom benachbarten Freibad genützt werden könnte. Im Gegensatz zur letzten Baustellenführung vor einigen Monaten begann nun auch das rechterhand liegende Restaurant mit Strandbar Gestalt anzunehmen.

Als sie dem Uferweg ein Stück weiter links herum gefolgt waren, vernahmen sie, dass dort ein Wasserspielplatz mit Anspielungen auf die römische Geschichte der Stadt entstehen würde. An der geplanten Greifvogelstation sollten zweimal täglich Flugschauen stattfinden. Luisa hörte neben sich zwei Frauen über die Preise für Dauerkarten sprechen und musste schmunzeln – sie hatte sich die Karte schon vor einigen Wochen bei einer Sonderaktion gesichert.

Mit der Römerbastion endete der zur Landesgartenschau ausgebaute Teil des Uferweges an dem Ort, wo die alte Römerstraße zwischen Zülpich und Euskirchen-Billig verlaufen war, ehe sie dem Tagebau gewichen war. Zur Eröffnung im April sollten hier hunderttausend Tulpen blühen – wieder ein Grund, das Gelände zu besuchen, stellte Luisa fest. Nur gut, dass sie vormittags genug Zeit hatte, um oft hierherzukommen. Es sei denn, sie musste gerade mal wieder einen Mordfall untersuchen.

Nach einem vorsichtigen Blick von der Aussichtsplattform, die noch kein Geländer hatte, ging es an den Themengärten entlang zurück in Richtung Eingang. Zu Beginn des Seeplateaus entdeckte Luisa das Römerkanalfragment, das sie in letzter Zeit am Frankengraben vermisst hatte. Während Herr Hartmann berichtete, wie das noch sehr unfertig aussehende Seeplateau in den nächsten Monaten mit Leben erfüllt werden sollte, betrachtete sie die blühenden Blumen in dem Randstreifen entlang der Themengärten. Einige davon kannte sie gar nicht – aber die filigranen weißen Blüten gefielen ihr, vielleicht ließen sie sich in ihrem eigenen Garten ebenfalls anpflanzen. Auch wenn sie dort natürlich nicht so professionell arbeiten konnte, wie es hier gemacht wurde – selbst die laut Aussage des Führungsleiters ganz frisch gepflanzten Blumen sahen schon aus, als wüchsen sie bereits seit ewigen Zeiten dort. Luisa seufzte leise. Wenn sie daran dachte, wie die Echinacea und die Glattblattaster, die sie vor rund einer Woche im Vorgarten gepflanzt hatte, nach der kurzen spätsommerlichen Hitzewelle heute immer noch die Blätter hängen ließen …

Ein Gedanke schoss durch ihren Kopf, nur für einen Augenblick. Wenn Hermann doch, obwohl er weder Motiv noch Gelegenheit gehabt hatte, etwas mit Mariannes Tod zu tun hatte … dann musste sie unbedingt den Garten sehen. Dass die Spurensicherung keinen Blauen Eisenhut gefunden hatte, hieß nicht, dass er nie dort gestanden hatte. Es mochte auch daran liegen, dass Hermann die Pflanze, nachdem er ein kleines Stück aus der Wurzel herausgeschnitten und ihr unter den Salat gemischt hatte, irgendwo weggeworfen hatte. Sie wieder einzupflanzen, wäre viel zu gefährlich gewesen, dann hätte die Spurensicherung sie ausgegraben und die Verletzung der Wurzel festgestellt. Auch wenn er einen anderen Pflanzenteil genutzt hätte, hätte jedes fehlende Stück die Polizei misstrauisch werden lassen.

Mit einem Mal fühlte sie ein Kribbeln im Magen, als sie sich immer sicherer wurde, dass es genau so gewesen sein musste. Es gab nur ein paar Kleinigkeiten, die gegen diese Hypothese sprachen – wie die, dass Hermann Marianne geliebt hatte. Und dass er keine Gelegenheit hatte, die Gitarre zu stehlen. Außerdem – wie wahrscheinlich war es, dass ausgerechnet an dem Abend, als er seiner Frau einen präparierten Salat hinterließ, ein Einbrecher die Gitarre stahl? Solche Zufälle mochte es im Fernsehen geben, aber nicht im wahren Leben.

Dennoch musste sie versuchen, einen Blick in Hermanns Garten zu werfen, entschied sie, während die Gruppe entlang der Blumenwiesen am Seeplateau zurück in Richtung Ausgang wanderte. Luisa warf einen Blick auf die Uhr. Ihr blieben noch anderthalb Stunden, genug Zeit zum Umziehen und um noch einmal darüber nachzudenken, was sie von Hermann wissen wollte. Natürlich mussten sie ihn nach diesem Philip fragen. Vielleicht konnte er ihnen auch mehr über Helene Zimmermann sagen. Und schließlich fand Luisa Hermann selbst, auch wenn er ein Alibi hatte, immer noch verdächtig.

Ein merkwürdiger Fall, da hatte Müllerjan recht. Es gab einfach zu viele Verdächtige – im Gegensatz zum letzten Mordfall hier am Zülpicher See, bei dem sie zeitweise überhaupt keinen Verdächtigen gehabt hatten. Vermutlich würde sich am Ende herausstellen, dass weder Helene noch Philip noch Hermann etwas mit Mariannes Tod zu tun hatten.

Als sie sich um kurz vor fünf mit Müllerjan vor Hermanns Haus traf, wusste sie noch immer nicht genau, welche Fragen sie stellen und welche Räume sie sehen wollte. Sie musste darauf vertrauen, instinktiv das Richtige zu tun – und nicht im Nachhinein festzustellen, dass sie die Hälfte vergessen hatte. Eine zweite Chance würde sie vermutlich nicht bekommen.

»Luisa, schön, dass du mitgekommen bist«, begrüßte Hermann sie und schüttelte ihr herzlich die Hand. »Ich muss mich bei dir entschuldigen – ich hatte die Situation völlig falsch interpretiert. Weißt du, der Schock nach Mariannes Tod …«

Luisa nickte verständnisvoll, auch wenn sie Hermann nicht unbedingt glaubte. Vielleicht hatte er sie nur beschuldigt, die grüne Gitarre gestohlen zu haben, um sie anzustacheln, nach diesem Instrument zu suchen. »Natürlich, das kann ich gut verstehen«, antwortete sie dennoch. »Es muss furchtbar für dich sein.«

Einen Moment lang verdunkelten sich seine Augen, und sie glaubte darin tatsächlich tiefe Trauer zu sehen. Dann blinzelte er und lächelte mit leiser Wehmut. »Ja, Marianne war mein Ein und Alles. Ich weiß gar nicht, wie ich mein Leben ohne sie leben soll. Aber lassen wir das, komm doch bitte herein. Und Sie natürlich auch, Herr Kommissar.«

Im Wohnzimmer bat er sie, in der Couchecke Platz zu nehmen, während er den Kaffee holen ging. Luisa sah sich rasch um. Hier war Marianne gestorben – hier auf dem Sofa hatte sie vermutlich gelegen, war dann über den Boden zum Telefon auf der Anrichte gerobbt, hatte es an der Schnur heruntergerissen, um den Hörer zu erreichen … Sie schauderte unwillkürlich, als sie sich die Situation vorstellte. Wenn sie daran dachte, dass sie jetzt vielleicht genau dort saß, wo Marianne in Todesangst gelegen und vergeblich auf Hilfe gewartet hatte …

Als Hermann mit drei Kaffeetassen auf einem Tablett wiederkam, riss sie sich zusammen. Solange sie sich nicht konzentrierte, würde sie ihm garantiert keine wichtigen Informationen entlocken.

»Danke«, sie nahm die Tasse an, die er ihr reichte, und stellte sie auf dem Couchtisch ab.

»Herr Winterthur, vielen Dank für Ihre Kooperationsbereitschaft«, begann Müllerjan das Gespräch. »Wir hoffen, dass Sie uns noch einige Fragen beantworten können, um ein wenig Licht ins Dunkel zu bringen, was die näheren Umstände des Todes Ihrer Frau angeht.«

»Es ist auch in meinem Interesse, dass Mariannes Tod aufgeklärt wird«, versicherte Hermann. »Wie kann ich Ihnen helfen?«

»Zunächst einmal können Sie mir sagen, ob Sie Helene Zimmermann kennen«, sagte Müllerjan.

Hermann antwortete sofort. »Ja, natürlich. Meine Frau hat sich einige Male mit ihr getroffen, hier oder auch bei Frau Zimmermann. Ich glaube, sie planten ein gemeinsames Projekt … allerdings haben sie nie zusammen geprobt, zumindest nicht hier, soweit ich weiß.«

Luisa nickte langsam. Das passte zu Helenes Aussage.

»Wissen Sie, um welches gemeinsame Projekt es ging?«, erkundigte sich der Kommissar.

Hermann überlegte einen Moment. »Nein, Marianne hat über solche kleineren Projekte selten mit mir gesprochen«, sagte er schließlich. »Ich kann mich nicht erinnern, dass sie mir etwas darüber erzählt hat. Ich habe ihr ja auch nicht von jedem neuen Auftrag meiner Firma berichtet«, fügte er hinzu.

Das klang zwar vernünftig, aber dennoch unbefriedigend, fand Luisa. Müllerjan dagegen schien nicht mehr erwartet zu haben. »Was fällt Ihnen denn zu dem Namen ‚Philip‘ ein?«, wechselte er das Thema.

Hermann sah sie ratlos an. »Philip? Welcher Philip? Philip Stößer, aus meiner früheren Schulklasse? Der war nicht bei unserem Klassentreffen. Weshalb fragen Sie nach ihm?«

»Kannte Ihre Gattin diesen Philip Stößer?«, fragte der Kommissar, während er den Namen notierte.

Hermann schüttelte den Kopf. »Nein, das kann ich mir nicht vorstellen. Woher auch? Sicherlich hat sie auch mal ein Konzert in Groß-Gerau gegeben, aber dorthin habe ich sie nicht begleitet. Und dass sie dort ausgerechnet meinen früheren Schulkameraden getroffen haben soll … das halte ich für ziemlich unwahrscheinlich.«

»Fällt Ihnen sonst noch ein Philip ein?«, hakte Müllerjan nach.

Hermann zuckte mit den Achseln. »Sicherlich heißen einige Kunden oder Geschäftspartner so, aber das weiß ich wirklich nicht auswendig. Wenn Sie das genau wissen wollen, muss ich in der Kartei nachschlagen. Ansonsten gibt es natürlich noch Philip Mertens – meinen Sie den vielleicht?«

Müllerjan blätterte fieberhaft in seinem Block zurück. »Mertens …«, murmelte er. »Wer ist das?«

»Ein alter Bekannter der Familie«, erklärte Hermann. »Philip und Simone kommen ab und an zum Kaffee vorbei. Marianne hat sich mit Simone gerne über Blumen unterhalten, manchmal auch über Kunst – merkwürdigerweise nie über Musik. Simone ist in dieser Hinsicht, glaube ich, eine ziemliche Banausin.«

»Wie lange kennen Sie sich schon?«, fragte der Kommissar nach.

Hermann überlegte einen Moment. »Sicher zwanzig Jahre«, sagte er schließlich. »Wir haben die beiden lustigerweise im Urlaub an der Ostsee kennengelernt, zufällig festgestellt, dass wir alle in Zülpich leben, und uns seither ab und an getroffen.«

Seit zwanzig Jahren … Luisa hakte diesen Philip innerlich ab. Wer sich so lange kannte, fing doch nicht nach all der Zeit eine Beziehung an. Oder hatte Marianne vielleicht schon seit längerer Zeit ein Verhältnis mit diesem Mann? Und seine Frau hatte erst jetzt davon erfahren und entschieden, diese Beziehung unwiderruflich zu beenden? Vielleicht war diese Spur doch nicht so uninteressant, wie sie zuerst gedacht hatte.

Müllerjan schien derselben Meinung zu sein. »Geben Sie mir doch bitte die Adresse der Familie Mertens«, sagte er und notierte die Straße, die Hermann nannte.

Dennoch war Luisa alles andere als zufrieden, wie das Gespräch vor sich hin plätscherte. Sie hatte immer noch das untrügliche Gefühl, dass eine viel interessantere Spur nur darauf wartete, von ihr entdeckt zu werden. »Hermann, wo war noch gleich eure Toilette?«, fragte sie und stand auf, die rechte Hand leicht auf den Bauch gelegt, so als sei ihr ein wenig übel.

»Alles in Ordnung?«, erkundigte sich ihr Gastgeber besorgt. »Die Gästetoilette ist gleich vor der Haustür links.«

»Danke, es geht schon«, lächelte sie und machte sich auf den Weg dorthin. Luisa zog die Tür des Gäste-WCs auf, schaltete das Licht ein und zog die Tür geräuschvoll zu – allerdings von außen. Glücklicherweise hatte das Haus eine Steintreppe, die nicht knarzte, als sie nach oben huschte. Luisa wusste noch immer nicht genau, was sie eigentlich suchte – sie konnte nur hoffen, dass sie es erkennen würde, wenn sie es fand.

Hermanns Arbeitszimmer war penibel aufgeräumt. Hier würde sie nichts entdecken – in diesem Raum würde der Hausherr nichts liegen lassen, was verräterisch sein mochte.

Das Schlafzimmer war ähnlich ordentlich. Ein normales Doppelbett, Fotos von den beiden, vermutlich im Urlaub aufgenommen, auf beiden Nachttischen, daneben jeweils mehrere Bücher und zwei Wecker. Die offensichtliche Ähnlichkeit der beiden Seiten des Zimmers wirkte auf Luisa so harmonisch, dass sie fast versucht war, jeglichen Verdacht gegen Hermann fallenzulassen. Das letzte Zimmer oben war ein Gästezimmer, relativ nüchtern eingerichtet, bis auf die zahlreichen bunten Kissen, die einen Hauch Gemütlichkeit vermittelten. Auch hier nichts Ungewöhnliches.

Sie eilte leise zurück nach unten. Rechts vor der Haustür ging die Essküche ab. Auch hier war alles blitzblank. Vermutlich stellte Hermann jeden Teller und jedes benutzte Messer sofort in die Spülmaschine. Und Marianne wohl auch, überlegte Luisa. Hatte Hermann das gewusst und darauf vertraut, dass sie selbst noch die Spülmaschine anschalten und so die letzten Reste des Giftes von der Salatschüssel und dem Teller, von dem sie gegessen hatte, abwaschen würde? Aber davon abgesehen, dass er ein Alibi für die Zeit hatte, in der die Gitarre verschwunden sein musste, hatte er auch einfach kein Motiv. Es gab keinen Grund, daran zu zweifeln, dass er Marianne geliebt hatte. Und wenn sich das geändert hätte, hätte er sie verlassen können, anstatt sie zu ermorden. Außer dem immer noch vorhandenen vagen Gefühl, dass er mit ihnen spielte, hatte sie nichts gegen ihn in der Hand. Und Gefühle waren nun einmal keine belastbaren Beweise.

Luisa warf einen Blick auf die Uhr. Noch waren keine fünf Minuten vergangen seit ihrem angeblichen Gang zur Toilette, die Männer würden sie noch nicht vermissen. Ein Raum fehlte noch – der Wintergarten, in den man merkwürdigerweise nur durch die Küche gelangte. Marianne war über diese architektonische Besonderheit ihres Hauses immer belustigt gewesen, hatte Luisa aber erklärt, diese Aufteilung sei eigentlich die einzig sinnvolle – schließlich stünde der Wintergarten voller Blumen, die mit dem Wasser aus der Küche gegossen würden. Der Weg durch das Wohnzimmer hätte nur dazu geführt, dass sie dort Wassertropfen auf dem Parkett hätten, hatte Marianne behauptet. Aber vermutlich hatte sie selbst geahnt, dass die Vorbesitzer des Hauses einfach viel zu spät auf die Idee gekommen waren, einen Wintergarten anzubauen, um noch eine bessere Lösung zu finden.

Doch auch hier entdeckte sie nichts, was ihr auffällig erschien. Die Blumen standen in Reih und Glied, der offene Kamin war penibel gefegt, ebenso wie der Ascheneimer daneben. Nur auf dem Boden vor dem Ausgang zum Garten hin entdeckte Luisa ein paar Aschekrümel, vermutlich beim Wegbringen des Ascheneimers verloren. Sie prüfte die Erde einiger Blumen – etwas trocken, Hermann würde nicht darauf achten, sie regelmäßig zu gießen. Aber das hatte nichts mit Mariannes Tod zu tun.

Nachdem sie zurück zum Gäste-WC gegangen war, betätigte sie die Spülung, wusch sich geräuschvoll die Hände und folgte den Stimmen der Männer zurück ins Wohnzimmer. Inzwischen waren die beiden zu Smalltalk übergegangen, offensichtlich unterhielten sie sich gerade über die Sportarten, die sie betrieben, wenn sie zur Abwechslung Zeit dazu hatten. Zum Glück dachte Müllerjan mit. »Ideal sind für viel beschäftigte Menschen wie uns natürlich Hobbies, die man zu Hause ausüben kann«, bemerkte er, als Luisa hereinkam. »Bei Frauen ist das ja oft der Garten, während wir Männer uns eher für andere Dinge interessieren.«

»Blumen sind etwas Wunderbares«, warf Luisa ein. »Ich liebe es, mit anderen Menschen über Blumen zu sprechen … oder ihre Gärten zu betrachten, um mir Anregungen für mein eigenes Zuhause zu holen.«

Eine Moment lang hätte sie schwören können, dass Hermann sie misstrauisch musterte, dann hellte sein Blick sich auf. »Gut, dass du das sagst, Luisa – bestimmt hätte Marianne sich gewünscht, dass du dich in unserem Garten ein wenig umsiehst. Sie hatte ja leider immer so wenig Zeit zum Gärtnern, aber sie hat ihre Blumen auch geliebt.« Er stand auf, öffnete die Verandatür und ging hinaus.

Luisa folgte ihm auf dem Fuße. Sie warf Müllerjan einen kurzen Blick zu und der Kommissar nickte. Er würde

Hermann noch etwas beschäftigten, damit sie sich in Ruhe umsehen konnte. »Sagen Sie, Herr Winterthur, dieser Geräteschuppen, haben Sie den selbst gebaut?«, hörte Luisa ihn noch sagen. Dann konzentrierte sie sich auf die Beete.

Die Erde war noch immer nass von dem gestrigen Regenguss. Ob sie hier eine Stelle entdecken könnte, wo kürzlich eine Blume herausgenommen oder auch eine neue eingepflanzt worden war? Oder …

Sie rief sich den Eingangsbereich des Hauses wieder in Erinnerung. Der halbhohe hölzerne Kasten schräg gegenüber der Haustür, war das nicht der Mülltonnenunterstand? Weshalb ging jemand vom Wintergarten aus durch den Garten und die Gartenpforte um das Haus herum, um zu den Mülltonnen zu gelangen, wenn er sie einfacher durch die Küche und die Haustür erreichen konnte? War die Asche vielleicht gar nicht im Restmüll gelandet, sondern als Dünger im Garten? Wenn ja, konnte sie Luisa vielleicht einen Hinweis geben, wo zuletzt jemand neue Blumen gepflanzt hatte.

Zum Glück war Mariannes Garten relativ übersichtlich, mit viel Platz zwischen den einzelnen Pflanzen und überall schmalen, plattierten Wegen in den Beeten, so dass sie alle Pflanzen aus der Nähe betrachten konnte. Manchen sah man direkt an, dass sie schon seit vielen Jahren hier wuchsen. Der Salbei war zu großen Teilen verholzt, die Bergenien trugen zig Schichten ihrer großen Blätter übereinander. Andere wirkten noch etwas jünger. Einjährige Pflanzen entdeckte Luisa überhaupt nicht – Marianne schien wirklich wenig Zeit für den Garten gehabt zu haben, sie hatte größtenteils Stauden angepflanzt, die wenig Pflege benötigten. Bis auf die Hornveilchen mitten im Beet …

Luisa ging einen Schritt näher an die kleinen gelb-blauen Blumen heran. Sie mochten sich selbst ausgesät haben, natürlich – aber ebenso gut konnten sie hier kürzlich angepflanzt worden sein.

Rings um die Pflanzen entdeckte sie einen feinen, unregelmäßig kreisförmigen Rand, wo die Erde etwas heller wirkte. Sie bückte sich und berührte diesen Bereich. Asche. Ob unter den jungen Pflanzen noch Wurzeln eines Blauen Eisenhutes zu finden waren? Weshalb hatte sie nicht daran gedacht, einen Klappspaten in der Jackentasche zu verstecken?

Es half nichts, Hermann würde die Spurensicherung nicht noch einmal freiwillig ins Haus lassen. Und selbst wenn Müllerjan den entsprechenden Beschluss besorgen konnte, blieb dazwischen viel zu viel Zeit, um jede mögliche Spur zu vernichten. Kurz entschlossen packte Luisa die Hornveilchen knapp über dem Boden und zog sie aus der Erde heraus.

Das Pflanzloch war voller Asche, wie erwartet. Nur war die Asche hier offensichtlich nicht in erster Linie als Dünger genutzt, sondern versteckt worden. Inmitten der grauen, schlammigen Masse entdeckte Luisa einen winzigen, grünen Span. Der Lack war teilweise abgeplatzt, doch das feine Muster auf dem restlichen Stück genügte, um keinen Zweifel daran zu lassen, dass sie gerade die Reste der verschwundenen Gitarre gefunden hatte.

Mit dem Span in der Hand richtete sie sich auf. Müllerjan, der sie aufmerksam beobachtet hatte, kam sofort zu ihr, dicht gefolgt von Hermann.

Der Kommissar zog eine durchsichtige Plastiktüte aus der Tasche, in die Luisa den Span fallen ließ. »Das ändert alles«, murmelte Müllerjan und betrachtete das unscheinbare Stück Holz nachdenklich. »Ich gehe doch recht in der Annahme, dass wir nicht weiter nach der grünen Gitarre zu suchen brauchen?«

Hermann streckte die Hand nach der Tüte aus, die er wie gebannt anstarrte. »Oh mein Gott«, sagte er leise. »Dann ist es wahr. Dann hat sie die Gitarre zerstört, die Reste verbrannt … und sich schließlich das Leben genommen, nur weil sie glaubte, diese verfluchte Krankheit zu haben …« Er verstummte. Tränen glitzerten in seinen Augen.

Luisa konnte nicht glauben, dass das nur gespielt war. Der Mann litt offensichtlich, vor allem bei dem Gedanken, dass diese angebliche Rheumaerkrankung schuld an dieser Tragödie war.

Aber war es wirklich so einfach? Sollte Marianne tatsächlich aufgegeben haben? Sie war doch eine intelligente Frau gewesen, weshalb hatte sie nicht wenigstens eine weniger quälende Methode gewählt, wenn sie ihr Leben wirklich wegwerfen wollte?

»Wer sagt denn, dass Ihre Gattin die Gitarre selbst zerstört hat?«, wandte Müllerjan ruhig ein.

Hermann sah ihn fassungslos an. »Ja, wer denn sonst? Glauben Sie allen Ernstes, ein Dieb bricht hier ein, nur um das Instrument zu zerstören? Und bevor Sie auf die wahnwitzige Idee kommen, mir diesen Akt der Barbarei in die Schuhe schieben zu wollen – ich war in dem einzigen Zeitraum, in dem ich die Gitarre hätte nehmen können, ohne dass Marianne etwas gemerkt hätte, bekanntlich auf einem Klassentreffen.«

Luisa nickte unwillkürlich. Natürlich hatte er recht. Er hätte die Gitarre nicht zerstören können, als es Marianne noch gut ging – weshalb hätte er das auch tun sollen? Marianne selbst war die Einzige, die diese Tat begangen haben konnte. Und wenn sie wirklich die Gitarre zerschlagen und verbrannt hatte, mit der ihre Karriere begonnen hatte – musste Luisa dann nicht davon ausgehen, dass Marianne selbst ihrem Leben ein Ende gesetzt hatte?

Sie sah Müllerjan fragend an, der kaum merklich mit den Schultern zuckte. Waren sie etwa die ganze Zeit einem Phantom hinterhergejagt, und in Wahrheit war alles so einfach und so sinnlos?

»Wo sind die Saiten?«, fiel Luisa ein. »Und die Mechanik ist auch aus Metall, diese Dinge können nicht verbrennen.«

»Alteisen«, bemerkte Müllerjan trocken.

»Marianne war sehr ordentlich«, warf Herman ein. »Sie haben recht, Herr Kommissar, sie hätte sicherlich diese Dinge rausgestellt.«

»Das finden wir nicht mehr«, sagte Müllerjan. »Gut, Herr Winterthur, dann danken wir Ihnen vorerst für Ihre Unterstützung. Sollten noch Fragen auftauchen, können wir uns sicherlich noch einmal an Sie wenden.«

»Aber natürlich«, stimmte Hermann ihm sofort zu. »Es ist doch auch in meinem Interesse, dass zweifellos geklärt wird, weshalb Marianne sterben musste. Auch wenn ich nicht glauben kann, dass sie selbst ...« Er schluckte. »Verstehen Sie, was das für mich bedeuten würde? Dass sie sich nicht einmal mir, ihrem Ehemann, anvertraut hat?«

Müllerjan nickte. »Ich verstehe Sie gut, Herr Winterthur. Und ich kann Ihnen versichern, wir werden auch der letzten Spur, dem Namen Philip, nachgehen, so dass Sie schon bald Gewissheit haben.«

Als er sie an der Gartenpforte hinausließ, drehte Luisa sich noch einmal um, und sie hätte schwören können, ihn einen Augenblick lang lächeln zu sehen.

Elftes Kapitel

Irgendwann am Sonntagabend hatte Luisa einsehen müssen, dass alle Grübeleien sie nicht weiterbrachten. Wie sie die Dinge auch drehte und wendete – wenn sie ehrlich war, musste sie sich eingestehen, dass ein Suizid im Moment am wahrscheinlichsten war. Dass sie nicht bereit war, an diese Möglichkeit zu glauben, änderte daran nichts.

Hermann hatte ein Alibi, an dem nicht zu rütteln war. Dass er außerdem kein Motiv hatte, machte ihn noch weniger verdächtig.

Helene – ja, sie war verdächtig. Noch immer. Aber solange sie keinen dummen Fehler machte, konnten sie ihr nicht nachweisen, dass ihre Version der Geschichte nicht stimmte.

Und Philip – nun, den würden sie heute befragen. Zumindest hatte es Luisa am Vorabend noch geschafft, Müllerjan zu überzeugen, sie zu dem Besuch bei Philip und Simone Mertens mitzunehmen. Den Rest des gestrigen Tages hatte sie in Gedanken schon als reine Zeitverschwendung abgehakt, als sie heute Morgen aus dem Bett kroch. Draußen regnete es gerade mal wieder, passend zu ihrer Laune. Nachdem sie vor Kurzem noch so sicher gewesen war, dass Hermann sie benutzt hatte, um Spuren in genau die Richtungen zu legen, in die er die Ermittlungen gerne lenken wollte, hatte sie jetzt wieder das Gefühl, ganz am Anfang zu stehen.

Am liebsten hätte sie Müllerjan gesagt, er solle gefälligst ein paar richtige Polizisten mit einbeziehen und den Fall endlich lösen, damit sie wieder in ihr normales, ruhiges Leben zurückkehren konnte. Aber natürlich kam das nicht wirklich in Frage. Stattdessen hatte sie die halbe Nacht wachgelegen und sich Fragen an diesen Philip und seine Frau überlegt.

Zum Glück hatten sie bereits um zehn Uhr einen Termin mit ihnen vereinbaren können. Offensichtlich waren beide selbständig, hatte Müllerjan erklärt; mehr wusste Luisa noch nicht. Philip und Simone Mertens wohnten ebenfalls in den Seegärten, genau wie Hermann und Marianne. Vermutlich hatten sich die beiden Ehepaare regelmäßig beim Abendspaziergang oder auf dem Weg zum Einkaufen getroffen, überlegte Luisa, als sie sich um kurz nach halb zehn auf den Weg machte. Natürlich stand sie viel zu früh vor dem Haus der Mertens, doch das war ihr lieber als zu spät. Immerhin konnte sie das Gebäude so noch in Ruhe von außen betrachten.

Es wirkte recht modern, mit vielen Abweichungen von rechten Winkeln, einem metallisch glänzenden Pultdach mit relativ flacher Neigung in diagonaler Richtung und kräftigen Edelstahlpfosten vor dem Hauseingang. Entweder mochten die beiden einfach neumodische Häuser, oder einer der beiden war Architekt, überlegte sie.

Der Vorgarten war für ihren Geschmack zu steril angelegt – im Wesentlichen bestand er aus einem gepflasterten Weg, daneben graue Kiesel, stellenweise mit weißen Steinen abgesetzt, und darin vereinzelte Pflanzen. Kein einziges Unkraut traute sich zu wachsen. Und selbst die Ameisen, die ein Faible dafür entwickelt hatten, die Fugen zwischen den Pflastersteinen in Luisas Vorgarten umzugraben und den Splitt überall dorthin zu verteilen, wo er garantiert nichts zu suchen hatte, hielten sich hier brav zurück. Es sah ziemlich langweilig aus. Was aber auch daran liegen mochte, dass sich ein Hauch von Neid auf diesen gepflegten Vorgarten in Luisas Gedanken schlich.

Als Müllerjan seinen Kombi gegenüber dem Haus parkte, hatte sie sich auch den Rest des Gebäudes genauer angesehen, soweit das von der Straße aus möglich war. Die Fenster waren blitzblank geputzt, der Anstrich sah nagelneu aus, ohne irgendwelche Spuren, die das Wetter hinterlassen haben mochte. Entweder war dieses Haus noch sehr neu oder penibel gepflegt.

»Nichts Neues«, begrüßte Müllerjan sie. »Frau Zimmermann sitzt zu Hause und übt, und über unsere beiden heutigen Gesprächspartner habe ich bisher nichts Interessantes herausfinden können. Die Kollegen bleiben dran, aber momentan sieht es so aus, als könnten wir den Fall bald abschließen.« Er sah ihr fragendes Gesicht und fuhr fort: »Alles sieht nach einem Suizid aus, meinen Sie nicht?«

Luisa zögerte einen Moment, ehe sie den Kopf schüttelte. »Ich weiß nicht … ja, es sieht so aus, aber das heißt nicht, dass ich es glauben kann.«

»Weibliche Intuition«, nickte Müllerjan. »Ja, ich weiß, ich habe Sie genau deshalb um Hilfe gebeten, und natürlich wegen Ihres Wissens um Musikinstrumente, Noten und diese ganzen Dinge. Aber wenn wir einfach keine Anhaltspunkte dafür haben, dass es sich um einen Mord oder Totschlag handelt, müssen wir irgendwann den Tatsachen ins Auge blicken und akzeptieren, dass Frau Schneider-Winterthur offenbar keinen Sinn mehr in ihrem Leben gesehen hat.«

»Dann hätte sie sich einen neuen Sinn gesucht«, widersprach Luisa und drückte energisch auf die Klingel. »Sie werden schon sehen, vielleicht erfahren wir gleich ja etwas, was einen ganz neuen Aspekt in diesen Fall hineinbringt.«

Der Mann, der ihnen öffnete, war deutlich jünger als sie selbst, vermutlich Anfang vierzig, schätzte Luisa. Sie ertappte sich bei dem Gedanken, dass sie sich vorzustellen versuchte, wie Marianne diesen Mann geküsst hatte … Es wollte ihr nicht sofort gelingen.

»Guten Morgen«, er reichte ihr die Hand und lächelte sie an, und einen Augenblick lang glaubte Luisa verstehen zu können, was Marianne an diesem Mann gefunden hatte …

vorausgesetzt, die beiden hatten überhaupt etwas miteinander gehabt.

»Guten Morgen, Herr Mertens«, grüßte sie ihn betont forsch. »Danke, dass Sie sich Zeit für uns nehmen.«

»Das ist doch selbstverständlich«, antwortete er. »Ihr Kollege«, er nickte Müllerjan zu, »hat mir ja gestern bereits erklärt, worum es geht.«

Luisa zögerte einen Moment, dann beschloss sie, das Missverständnis nicht aufzuklären. Vielleicht war es gar nicht so dumm, wenn er sie ebenfalls für eine Polizistin hielt. Zumal auch der Kommissar keinerlei Anstalten machte, diese Bemerkung zu korrigieren.

»Kommen Sie doch erst einmal herein«, Philip Mertens machte eine einladende Handbewegung, »meine Frau hat uns im Wohnzimmer ein wenig Verpflegung bereitgestellt.«

Simone Mertens sah genauso aus, wie Luisa sie sich vorgestellt hatte – etwa im gleichen Alter wie ihr Mann, sehr schlank, in ein dunkelblaues Kostüm gekleidet, das ihre blonden, halblangen Locken noch mehr leuchten ließ. Auf den ersten Blick hielt Luisa sie für eine Stewardess – vielleicht hatte Müllerjan das mit der selbständigen Arbeit falsch verstanden.

Nach der Begrüßung und dem Eingießen des Kaffees setzten sich Philip und Simone Mertens auf das Sofa, Luisa und Müllerjan in die Sessel gegenüber. »Danke, dass Sie sich die Zeit nehmen, unsere Fragen zu beantworten«, sagte der Kommissar noch einmal. »Sie wissen ja beide, weshalb wir hier sind – es geht um den Tod von Marianne Schneider-Winterthur.«

»Eine furchtbare Sache«, seufzte Simone Mertens. »Als Hermann uns angerufen hat, um uns davon zu berichten … Ich kann es immer noch nicht glauben. Stimmt es wirklich, dass sie sich das Leben genommen hat? Ich kann mir einfach nicht vorstellen, dass diese starke Frau mitten im Leben den Mut verloren haben soll …«

»Genau deshalb möchten wir mehr über die Verstorbene erfahren«, erklärte Müllerjan. »Sie kannten sie ja beide – können Sie uns etwas über Frau Schneider-Winterthur erzählen? Was für ein Mensch war sie? Hatte sie sich in letzter Zeit verändert?«

Die Eheleute wechselten einen Blick, dann nickte Simone Mertens und wandte sich an den Kommissar. »Wir haben sie leider beide nicht sehr gut gekannt«, begann sie. »Auch wenn wir uns seit vielen Jahren immer mal wieder gesehen haben … Irgendwann wurden diese Treffen regelmäßiger, in letzter Zeit haben wir uns oft sonntagnachmittags zum Kaffee verabredet … aber wirklich gekannt haben wir Marianne, wie gesagt, nicht.« Sie zögerte einen Moment, ehe sie weitersprach. »Ich denke, sie war sehr ehrgeizig, sehr zielstrebig – das meine ich nicht negativ, im Gegenteil. Sie hatte ihre festen Ziele, auf die sie hingearbeitet hat, und ich glaube, für Marianne kam es nie in Frage, dabei zu versagen. Sie hat diese Möglichkeit einfach nicht in Betracht gezogen, verstehen Sie? Vielleicht war sie deshalb so erfolgreich. Weil sie immer an sich selbst geglaubt hat und daran, dass sie gut war in dem, was sie gemacht hat.«

»Das heißt nicht, dass sie nur für ihre Arbeit gelebt hat«, fuhr Philip Mertens fort. »Sie wäre nie auf die Idee gekommen, eine Verabredung abzusagen, nur weil sie lieber noch etwas üben wollte. Sie war in allem sehr konsequent – auch wenn es um ihren Mann oder ihre Bekannten ging.«

»Zuverlässig nennt man das, Schatz«, warf Simone lächelnd ein und strich ihm ein unsichtbares Staubkorn von der Hose. »Sie hat nie eine Verabredung verpasst. Und wenn jemand ihre Hilfe brauchte, war sie zur Stelle – auch wenn sie diese Zeit sicherlich ganz anders verplant hatte.«

Philip nickte versonnen. »Ja, das ist eine gute Beschreibung«, sagte er, und mit einem Mal war Luisa sich sicher, dass er zumindest in Marianne verliebt gewesen war. Aber das würde er niemals in Gegenwart seiner Frau zugeben.

»Und sie hatte ihren Garten immer so schön gepflegt«, warf Luisa ein. »Herr Winterthur hat mir gestern erlaubt, ihn noch einmal anzusehen … mit all diesen wunderbaren Blumen … Ich selbst habe ja so gar keinen grünen Daumen, aber ich sehe mir immer gerne Gärten an und hole mir Anregungen …«

Sofort sprang Simone Mertens auf, als hätte sie nur auf diesen Hinweis gewartet. »Das ist eine gute Idee«, sagte sie. »Kommen Sie, lassen Sie uns ein wenig durch unseren Garten schlendern, dann können die Männer sich in der Zwischenzeit weiter über dieses furchtbare Unglück unterhalten. Für uns Frauen gibt es doch schönere Themen.«

»Gerne«, stimmte Luisa ihr sofort zu. Sie konnte nur hoffen, dass Simone Mertens sie nicht in ein Fachgespräch über Gartenpflanzen verwickeln würde – auf diesem Gebiet waren Luisas Kenntnisse alles andere als umfassend.

Aber schon beim Hinaustreten durch die Terrassentür erkannte sie, dass sie sich darum keine Sorgen machen musste. Der Garten der Mertens sah genauso übersichtlich aus wie der Vorgarten – ein Meer aus Kies, farblich in verschlungenen Beeten getrennt, mit einem gepflasterten Weg, der zu einer Bank neben einer Schirmakazie führte. Ansonsten waren einige Terrakottatöpfe mit Semperviven und anderen pflegeleichten Pflanzen dezent in den Kiesbeeten drapiert. Mit Luisas Garten, in dem eine bunte Mischung aus Zier- und Nutzpflanzen durcheinander wuchs und große Teile des Rasens ebenso bunt blühten wie die eigentlichen Beete, hatte das hier wenig zu tun.

»Es ist so … pflegeleicht«, sagte sie, in der vergeblichen Hoffnung, eine positivere Beschreibung für diesen Bereich zu finden, der in ihren Augen ebenso steril war wie ein gepflasterter Innenhof.

Simone Mertens lachte leise. »Das ist in der Tat der größte Vorzug dieses Gartens«, sagte sie. »Eigentlich mag ich Pflanzen, aber ich arbeite sehr viel, oft bis tief in die Nacht hinein, und wenn ich dann mal zu Hause bin, möchte ich mich lieber mit anderen Dingen beschäftigen, als im Matsch zu graben oder Unkraut zu jäten.«

»Das ist sicherlich eine sinnvolle Entscheidung«, antwortete Luisa und versuchte, den Zweifel aus ihrer Stimme zu verbannen.

»Sicherlich.« Frau Mertens zog ein dünnes Zigarettenetui aus einer Tasche ihres Kostüms, die Luisa vorher gar nicht aufgefallen war, und hielt es ihr hin. »Rauchen Sie? Ich denke, eine Zigarettenlänge sollte für die Beichte meines Mannes genügen, denken Sie nicht?«

Luisa sah ihr Gegenüber verdattert an. »Was … was meinen Sie?«

»Lassen wir doch die Spielchen.« Simone Mertens zündete sich eine Zigarette an und zog den Rauch tief ein, ehe sie das schmale Etui wieder verstaute. »Ich bin nicht dumm – ich lasse meinem Mann die Freiheit, die er braucht. In seinem Alter ist es wohl normal, dass man sich noch einmal neu verliebt. Und Marianne – nun, er hatte immer schon einen guten Geschmack, was Frauen betrifft.«

Wortlos sah Luisa sie an. Was hätte sie auch sagen sollen?

»Es war mir lieber so, als wenn er sich so ein junges Küken angelacht hätte. Diese Frauen glauben doch noch an die große Liebe und all diesen Unfug. Bei Marianne konnte ich mir sicher sein, dass daraus nicht mehr werden würde. Aus dem Alter war sie längst heraus.«

»Sie wollen mir sagen, es war Ihnen ganz egal, wenn Ihr Mann sich mit Marianne traf?«, fragte Luisa ungläubig nach.

Frau Mertens lachte bitter auf. »Egal? Nein. Natürlich nicht. Aber ich bin Realistin. Ich arbeite viel, und mein Mann ist oft alleine, sowohl zu Hause als auch auf seinen Reisen. Wenn ich sah, dass er in die gleiche Stadt fuhr, in der auch Marianne gerade auf Tournee war, konnte ich mir wenigstens sicher sein, dass er nicht mit irgendeiner anderen Frau etwas anfing. Seien wir ehrlich – Marianne wäre ihm irgendwann zu alt und er Marianne zu langweilig gewesen. Diese ganze Geschichte wäre nicht sehr lange gegangen, und danach hätte er mich aus schlechtem Gewissen auf Händen getragen. Nun sieht die Situation natürlich anders aus.«

Luisa schüttelte fassungslos den Kopf. War die Frau wirklich so abgebrüht? Oder nahm sie die Dinge einfach, wie sie waren, weil sie ahnte, dass sie sowieso nichts daran ändern konnte? »Und Sie sind nie auf die Idee gekommen, in Ihrem Job etwas kürzerzutreten und mehr Zeit mit Ihrem Mann zu verbringen?«, fragte sie.

Frau Mertens schüttelte energisch den Kopf. »Ich habe lange gebraucht, bis meine Catering-Firma endlich so gut lief, wie ich mir das vorgestellt habe. Ich kann es mir nicht erlauben, jetzt weniger zu arbeiten – weder kann und will ich Aufträge ablehnen, noch vertraue ich meinen Angestellten genug, um sie ohne meine Kontrolle arbeiten zu lassen. Auch wenn ich zwei weitere Köche beschäftige – ich habe selbst in besseren Häusern das Kochen gelernt als meine Mitarbeiter, und ich bin überzeugt davon, dass ich mehr von gutem Essen verstehe als sie. Ein einziges schlechtes – oder zumindest nicht perfektes – Menü kann ausreichen, um vieles von dem zu zerstören, was ich mir in all den Jahren aufgebaut habe. Würden Sie dieses Risiko eingehen?«

»Vermutlich nicht«, antwortete Luisa, während ihre Gedanken in eine ganz andere Richtung gingen. »Was machen

Sie eigentlich mit den Resten einer solchen Veranstaltung, die nicht gegessen werden?«, fragte sie unvermittelt.

»Die werden selbstverständlich weggeworfen«, antwortete Simone Mertens prompt. »Bis auf die Speisen, die noch in ungeöffneten Schüsseln sind – daraus dürfen sich meine Mitarbeiter bedienen.«

»Und Sie selbst?«, hakte Luisa nach. »Nehmen Sie sich selbst auch etwas davon mit nach Hause?«

Frau Mertens musterte sie nachdenklich. »Natürlich. Philip freut sich immer, wenn er abends noch etwas Leckeres zu essen bekommt. Zum Glück setzt er nicht so leicht an, dazu treibt er zu viel Sport.«

»Und geben Sie auch Bekannten oder Freundinnen etwas von diesen Resten ab?«, fuhr Luisa stur fort.

Aus den Augenwinkeln sah sie, wie die Asche von Frau Mertens' Zigarette auf den grauen Kies fiel und dort zerstob. »Wie ist Marianne gestorben?«, fragte ihr Gegenüber langsam und mit plötzlich sehr tiefer Stimme.

»Haben Sie ihr am vergangenen Wochenende etwas zu essen vorbeigebracht?«, fragte Luisa statt einer Antwort zurück.

»Einen Salat, wie jeden Samstagnachmittag«, antwortete Simone Mertens. Sie schluckte. »Weshalb wollen Sie das wissen?«

»Marianne ist an einem Gift gestorben.« Luisa war sich nicht sicher, ob sie diese Information überhaupt einer möglichen Verdächtigen geben durfte – aber vielleicht würde die Frau mehr sagen, wenn sie begriff, was geschehen war. »Das Gift befand sich offensichtlich in dem Salat.«

Frau Mertens schwankte, fing sich wieder, trat die Zigarette unachtsam auf den weißen Kieseln aus. »Nein … das kann nicht … Wie sollte es dort hineingekommen sein? Ich habe selbst von dem gleichen Salat gegessen. Ich hatte nicht die geringsten Beschwerden, nicht einmal Magenschmerzen. Wie kann das sein?« Die Maske der selbstsicheren Geschäftsfrau war von ihr abgefallen. Jetzt war sie nur noch eine verängstigte Frau, die nicht begreifen konnte, dass sie möglicherweise in ein Verbrechen verwickelt war. Oder war sie nur eine gute Schauspielerin?

»Ein kleines Bisschen des Giftes genügt«, antwortete Luisa. »Vielleicht war er nur in Mariannes Teil des Salates – und nicht in Ihrem.« Im gleichen Moment wurde ihr klar, was sie gerade gesagt hatte. Waren sie vielleicht die ganze Zeit auf der völlig falschen Spur gewesen? Hatte jemand versucht, Simone Mertens zu vergiften, und Marianne war nur ein zufälliges Opfer? Was würde Müllerjan dazu sagen? Hatten sie allen Ernstes eine gute Woche verschwendet, weil sie den falschen Fährten gefolgt waren?

»Haben Sie eigentlich Feinde?«, erkundigte sie sich und fühlte sich dabei mit einem Mal völlig fehl am Platze. Sie war nun einmal keine Polizistin. Weshalb war Müllerjan nicht hier? Der hätte bestimmt genau gewusst, was er fragen musste.

Simone Mertens schüttelte wortlos den Kopf. Sie zog eine weitere Zigarette aus dem Etui. Diesmal zitterte die Flamme des Feuerzeugs so stark, dass es ihr nur mit Mühe gelang, die Zigarette anzuzünden. Nach dem ersten Zug richtete sie sich auf, langsam schien sie sich wieder zu fangen.

»Nein, ich kann mir wirklich nicht vorstellen, wer auf die Idee kommen sollte, mir etwas antun zu wollen. Allerdings kann ich mir das auch bei Marianne nicht vorstellen. Andererseits – der Salat an dem Samstag vor ihrem Tod war für viele Menschen zugänglich. Ich liefere seit einigen Wochen immer samstagmittags ein kaltes Buffet an eine Firma, in der zur Zeit an sechs Tagen pro Woche gearbeitet wird, die Kantine jedoch nur von Montag bis Freitag geöffnet ist – ich gebe Ihnen gleich Name und Adresse. Ein Kreativbüro, in der Nähe von Köln. Natürlich kenne ich diese Leute nicht wirklich … Aber Sie haben recht, niemand von denen konnte wissen, dass ich Marianne immer einen Teller mit Salat vorbeigebracht habe, weil sie den doch so gerne aß …«

»Außer Ihnen selbst«, bemerkte Luisa trocken.

Simone Mertens sah sie mit so traurigen Augen an, dass Luisa fast schon von ihrer Unschuld überzeugt war. »Ja … ich wusste es, natürlich. Aber weshalb hätte ich Marianne etwas antun sollen? Ich sagte Ihnen doch, es war mir lieber, dass Philip sich gelegentlich mit ihr traf, als dass er sich so ein junges Ding angelacht hätte, wie es viele Männer in seinem Alter tun.«

»Wusste Herr Winterthur eigentlich von der Affäre seiner Frau?«, wechselte Luisa das Thema.

»Nein, das kann ich mir nicht vorstellen«, antwortete Frau Mertens nachdenklich. »Hermann hat Marianne so geliebt … für ihn wäre eine Welt zusammengebrochen, sobald er davon erfahren hätte. Aber selbst wenn – dann hätte er sich wohl eher Philip zur Brust genommen, als seiner Frau etwas anzutun.«

Das klang wiederum logisch, fand Luisa. Dennoch wünschte sie sich zutiefst, dass Müllerjan zufällig gerade jetzt in den Garten käme und Frau Mertens die richtigen Fragen stellen würde. Denn ihr selbst fielen, wenn sie ehrlich war, jetzt schon keine sinnvollen mehr ein. Nur gut, dass sie sich normalerweise nicht mit solchen Dingen beschäftigen musste.

Nachdem Simone Mertens schweigend zu Ende geraucht hatte, drückte sie die zweite Kippe auf den grauen Kieseln auf, hob beide auf und ging, immer noch schweigend, zurück ins Haus. Luisa folgte ihr und warf Müllerjan einen fragenden Blick zu, der sofort aufstand. »Dann noch einmal vielen Dank für Ihre Unterstützung«, sagte er und schüttelte beiden Eheleuten die Hand.

Simone Mertens wirkte nun wieder wie die selbstsichere, unnahbare Geschäftsfrau, als die sie sie auch begrüßt hatte. Sie holte eine Visitenkarte der Firma, für die sie samstags regelmäßig ein kaltes Buffet als Mittagessen kreierte, und reichte sie Luisa mit spitzen Fingern. Der kurze Augenblick, als sie aus ihrer Rolle gefallen war, war verstrichen. Und Luisa hatte ihn nicht einmal nutzen können, um ihr ein Geständnis oder eine andere wichtige Information zu entlocken.

Als sie draußen an Müllerjans Wagen standen, ging der um das Auto herum und hielt ihr die Beifahrertür auf. »Trinken wir noch einen Kaffee in der Innenstadt, während wir unsere Erkenntnisse austauschen?«, schlug er vor. »Und ich brauche etwas Süßes, ich habe heute nichts Richtiges gefrühstückt.«

»Lassen Sie uns zum FairCafé fahren«, schlug Luisa vor. »Dann können wir uns nebenan bei Kaminiarz ein Teilchen oder ein Stück Kuchen holen.«

»Klingt gut«, stimmte Müllerjan ihr zu. »Sie dirigieren.«

Luisa lotste ihn über die Münsterstraße in die Innenstadt, wo sie nun, am späten Vormittag, rasch einen Parkplatz fanden. Auf dem Weg zum FairCafé begann es wieder zu regnen. »Erst einmal Kaffee«, entschied Luisa. Sie setzten sich an einen Tisch weit entfernt vom Eingang, wo sie ungestört würden reden können. Schließlich musste nicht jeder mitbekommen, worüber sie sprachen.

Während sie auf den bestellten Kaffee warteten, lief Müllerjan zu Kaminiarz hinüber und holte ihnen zwei Stücke Apfelkuchen. Dann endlich schien er über den Besuch bei dem Ehepaar Mertens sprechen zu wollen. »Philip Mertens hat sofort zugegeben, dass er ein Verhältnis mit Marianne Schneider-Winterthur hatte«, erklärte er und schob sich einen Bissen in den Mund. »Er ist allerdings davon überzeugt, dass seine Frau nichts davon wusste. Wenn das stimmt, haben wir wieder niemanden, der verdächtig sein könnte.«

Luisa nahm einen Schluck Kaffee. »Simone Mertens wusste Bescheid«, sagte sie dann. »Sie hat mir erklärt, dass ihr Marianne lieber war als irgendein junges Mädchen, da diese Beziehung zu einer älteren Frau irgendwann von selbst vorüber sein würde.«

Müllerjan zog die Augenbrauen hoch. »Soso«, murmelte er.

»Davon abgesehen hat Frau Mertens Marianne auch am Nachmittag vor ihrem Tod, wie jeden Samstag, einen Salat vorbeigebracht, der von dem kalten Buffet übriggeblieben war, das sie regelmäßig an eine Kreativschmiede liefert.« Sie zog die Visitenkarte aus der Tasche und legte sie vor Müllerjan auf den Tisch.

Der sah sie mit offenem Mund an. »Das gibt's doch nicht«, brummte er schließlich. »Damit tun sich ja ganz neue Ansätze auf. Dass sie selbst einen so einfachen und nachvollziehbaren Weg wählt, um ihre Bekannte zu vergiften, kann ich mir eigentlich kaum vorstellen – die Frau ist doch nicht dumm, sie hätte wissen müssen, dass wir diesen Zusammenhang irgendwann entdecken. Aber wenn Frau Schneider-Winterthur gar nicht das Ziel des Anschlags war …«

Luisa nickte. »Daran habe ich auch schon gedacht. Vielleicht sollte eigentlich Frau Mertens sterben – und der Täter wusste nicht, dass sie ihrer Bekannten etwas von dem Salat abgeben und nur einen Teil selbst essen würde.«

Müllerjan rührte versonnen in seinem Kaffee. »Dann hätten wir die ganze Zeit eine falsche Spur verfolgt«, murmelte er. »Um so merkwürdiger, dass wir so viele Anhaltspunkte gefunden haben, wer den Tod von Frau Schneider-Winterthur gewollt haben könnte …«

»Und auch für einen Suizid«, ergänzte Luisa. Sie hatte wieder das Bild des Puppenspielers vor Augen, der sie an seinen Fäden genau so tanzen ließ, wie er es wollte. »Ich weiß nicht, ich komme immer wieder auf Hermann Winterthur zurück«, sagte sie leise.

»Der hat ein Alibi«, entgegnete Müllerjan.

»Und kein Motiv«, fügte Luisa hinzu. »Und dennoch …«

»Lassen Sie uns mal in eine eher angebrachte Richtung denken«, schlug der Kommissar vor. »Ich glaube, ich werde Frau Mertens heute Nachmittag aufs Revier bitten, dann kann ich mich ungestört von ihrem Mann mit ihr unterhalten. Vielleicht verrät sie mir mehr als Ihnen.«

»Möglicherweise hat sie ja tatsächlich Feinde, und es war ihr nur unangenehm, das zuzugeben«, stimmte Luisa ihm sofort zu. Wenn sie ehrlich war, fühlte sie sich erleichtert bei dem Gedanken, dass er das nachholen würde, was sie verpasst hatte. Dabei musste sie auch nicht zuhören – er wusste schon, was er tat. Wenn Simone Mertens etwas zu verbergen hatte, würde er es sicherlich herausfinden.

»Und wir dürfen Frau Zimmermann nicht vergessen«, fuhr er fort. »Auch wenn Frau Schneider-Winterthur selbst ihre Gitarre zerstört hat – und so sieht es ja nun aus, zumindest kann ich mir kein anderes Szenario vorstellen –, wusste Frau Zimmermann immer noch ungewöhnlich früh, dass sie das Konzert auf der Landesgartenschau übernehmen würde. Dass sie tatsächlich von Frau Schneider-Winterthur darum gebeten wurde, kann sie nicht beweisen.«

»Ebenso wenig, wie wir ihr das Gegenteil nachweisen können«, sagte Luisa nachdenklich. »Wenn sie unschuldig ist, muss die Situation furchtbar für sie sein …«

»Wenn sie unschuldig ist, werden wir auch das herausfinden«, behauptete Müllerjan. Er warf einen Blick auf die Uhr. »Ich denke, ich werde auch Frau Zimmermann noch einmal befragen – aber erst morgen. Wenn ich sie heute Abend anrufe, um sie für morgen Vormittag aufs Präsidium zu bestellen, hat sie eine ganze Nacht Zeit, über ihre Geschichte nachzudenken. Vielleicht überlegt sie es sich – und präsentiert mir morgen eine neue Version der Geschichte.«

Das klang alles andere als fair, fand Luisa. Aber natürlich hatte er recht. Wenn Helene tatsächlich etwas mit dem Mord zu tun hatte, musste Müllerjan das herausfinden – auch wenn er dazu solch wenig freundlichen Methoden einsetzen musste. Wobei Luisa inzwischen kaum noch an Helenes Schuld glauben konnte, nachdem sie die Überreste der grünen Gitarre gefunden hatte. Bei dem Gedanken an diese sinnlose Zerstörung zog sich ihr Magen zusammen. Wie hatte Marianne nur so etwas tun können? Bei Helene hätte sie es noch irgendwie verstanden – die hatte die Hälfte ihres Lebens in der Gewissheit gelebt, dass nur diese grüne Gitarre für Mariannes Erfolg verantwortlich war und damit gleichzeitig auch für das Ausbleiben einer eigenen, nennenswerten Karriere. Aber Helene konnte ja schlecht Marianne vergiftet haben, danach in das Haus der Winterthurs eingedrungen sein, die Gitarre zerstört haben …

Luisa schluckte. Verdammt, weshalb hatte sie das vorher nicht gesehen? Natürlich war genau dieses Szenario möglich! Helene konnte völlig problemlos am Nachmittag in Mariannes Haus gekommen sein. Schließlich kannten sich die beiden. Nichts sprach dagegen, dass sie sich in die Küche geschlichen und den Salat vergiftet hatte. Und ebenso konnte niemand ausschließen, dass sie abends, als sie ahnte, dass Marianne den Salat gegessen hatte, wiedergekommen war. Möglicherweise hatte sie einfach geklingelt, und Marianne, die noch in der Lage war zu gehen, hatte ihr geöffnet … oder Helene hatte ein offenes Fenster entdeckt, vielleicht war auch die Tür zum Wintergarten nicht ganz geschlossen gewesen …

Wenn Marianne auf der Couch im Wohnzimmer gelegen hatte, entweder schlafend oder auch in wachem Zustand schon mit der zunehmenden Lähmung ringend, hätte sie nichts davon mitbekommen, wenn jemand die Gitarre aus dem Musikzimmer geholt hätte. Sie hätte auch nichts von dem Feuer im offenen Kamin hören müssen – durch den fehlenden direkten Zugang vom Wohnzimmer in den Wintergarten waren diese beiden Räume akustisch fast komplett getrennt. Als Luisa selbst sich in den Wintergarten geschlichen hatte, hatte sie von dem Gespräch zwischen Hermann Winterthur und Kommissar Müllerjan nichts mehr mitbekommen.

Helene hätte ebenfalls völlig ungestört die Asche in den Garten bringen und dort vergraben können. Vielleicht hatte sie die Hornveilchen selbst mitgebracht, möglicherweise sogar als Aufhänger, weshalb sie Marianne besuchte; vielleicht waren sie auch schon frisch gepflanzt worden, und sie hatte die Blumen kurzerhand herausgezogen, die Asche in das Pflanzloch gestreut und die Blumen wieder eingesetzt … wäre der kleine grüne Splitter nicht gewesen, den sie im Dunkeln übersehen haben musste, wäre niemand auf die Idee gekommen, dass die Asche ausgerechnet von der grünen Gitarre stammte.

Es musste Helene gewesen sein. Sie hatte die Möglichkeit gehabt. Und ein Motiv. Genau genommen sogar zwei – die verhasste Gitarre zu zerstören und Marianne endgültig auszuschalten, um dieses eine, so wichtige Konzert von ihr zu übernehmen.

Luisa sah Müllerjan an. »Es war Helene«, sagte sie schließlich. Auch wenn sie das Gefühl nicht loswurde, dass sie ihre Bekannte erneut verriet, genau wie bei dem Besuch bei ihr, als sie begriffen hatte, wie gut Helene die Stücke bereits spielen konnte, erklärte sie dem Kommissar ihre Gedanken.

Der nickte langsam. »Sie haben recht«, sagte er. »Wir haben uns von Hermann Winterthurs Aussage, dass Marianne ihre Gitarre selbst zerstört haben müsse, in die Irre führen lassen. Aber natürlich hatte Helene Zimmermann die Gelegenheit dazu, das Instrument zu verbrennen. Das ergibt auch viel mehr Sinn – sie hätte die metallenen Teile problemlos mitnehmen und unterwegs entsorgen können. Irgendwie widerstrebt mir die Vorstellung, dass die Verstorbene zuerst ihre Gitarre verbrennt, die Asche vergräbt, um auch bloß nichts mehr davon zu sehen, und dann die Saiten und die Mechanik offen draußen auf den Bürgersteig legt, vermutlich zu ein paar anderen metallenen Gegenständen, um sie vom Altmetallhändler mitnehmen zu lassen.«

»Also verhaften Sie Helene wieder«, folgerte Luisa.

Müllerjan schüttelte den Kopf. »Langsam. Frau Zimmermann wird immer noch überwacht, sie kann nicht untertauchen. Gerade wenn sie wirklich die Täterin ist, finde ich die Idee umso besser, ihr eine Nacht zum Nachdenken zu geben. Vielleicht entschließt sie sich, ein Geständnis abzulegen – das wäre für uns alle die einfachste Lösung. Denn ihr diese Geschichte nachzuweisen, wird nicht einfach. Dazu liegen noch zu viele Dinge im Dunkeln … und gerade das Motiv ‚Neid' wird schwierig zu beweisen sein. Ich bin mir nicht sicher, ob der Richter nachvollziehen kann, dass jemand fünfundzwanzig Jahre lang wartet, bis er das Instrument zerstört, dem er die Schuld an seiner eigenen Erfolglosigkeit gibt.«

Luisa seufzte leise. Manchmal war sie wirklich froh, keine Polizistin zu sein. Für sie selbst war nun alles klar gewesen – sie hätte Helene jetzt angerufen und ihr erklärt, dass diese sowieso keine Chance mehr hatte und besser alles zugeben solle. Solche taktischen Überlegungen, wie sie der Kommissar anstellte, waren ihr fremd. Aber der hatte seinen Beruf auch schließlich gelernt, während Luisa eigentlich nur als Beraterin und personifizierte weibliche Intuition in den Fall involviert war.

»Wir bleiben bei dem ursprünglichen Plan, denke ich«, fuhr er fort. »Für heute Nachmittag lade ich Frau Mertens noch einmal ein; diese interessante Dreiecksgeschichte würde ich gerne selbst von ihr hören. Vielleicht ergeben sich daraus ja auch weitere Hinweise. Und Helene Zimmermann ist morgen früh an der Reihe.«

»Auf dem Revier«, ergänzte Luisa.

Er nickte. »Auf dem Revier. Das heißt, Sie haben morgen Vormittag frei – und vielleicht kann ich Ihnen schon eine gute Nachricht überbringen, ehe Sie zu Ihren Musikschülern aufbrechen.«

»Das klingt vernünftig«, stimmte Luisa ihm zu, auch wenn sie am liebsten protestiert hätte. Schließlich war es ihre Idee gewesen, dass Helene doch die Täterin sein könnte – sein müsste, nachdem eigentlich alle anderen ausgeschieden waren. Aber natürlich hatte er recht. Sie hatte bei einem richtigen Verhör nichts zu suchen. Dazu wusste sie viel zu wenig darüber, wie man solche Gespräche führte. Und einfach nur dabei zuzusehen, erschien ihr alles andere als fair. Helene war immer noch eine Kollegin, und solange ihre Schuld nicht bewiesen war, tat es ihr weh, sie leiden zu sehen.

»Gut, dann bleiben wir bei diesem Plan«, sagte Müllerjan und stand auf. Offensichtlich hatte das Stück Kuchen ausgereicht, um ihm wieder genug Energie für die nächste Zeit zu geben. Er reichte ihr die Hand. »Ich danke Ihnen, Frau Weinstrauß – ohne Ihre Hilfe hätte ich länger gebraucht, um diesen Denkfehler zu korrigieren.«

»Gerne«, antwortete Luisa und schwankte einen Moment lang zwischen plötzlichem Stolz über dieses Lob und einem undefinierbaren Gefühl im Magen. Vielleicht würde sich morgen alles aufklären. Und doch wurde sie das Gefühl nicht los, dass sie noch immer nicht alle Puzzleteile in der Hand hielten.

Auf dem Heimweg ging sie beim Tee- und Schokoladenhaus in der Kölnstraße vorbei und deckte sich mit Anisbonbons und einer kleinen Schachtel Pralinen ein. Die hatte sie sich, fand sie, nach dieser aufregenden Zeit wirklich verdient, ehe sie sich auf den Weg zu ihren Musikschülern machte.

Zwölftes Kapitel

Am nächsten Morgen wurde Luisa von ihrem Wecker aus einem wirren Traum gerissen, in dem Helene mit der grünen Gitarre in der Hand hinter ihr herrannte und Luisa nicht ergründen konnte, ob die Gitarristin sie mit dem Instrument erschlagen oder es ihr nur geben wollte. Auf alle Fälle fühlte sie sich wie gerädert, als sie die Beine aus dem Bett schwang. In der Nacht war sie ein paar Mal wach geworden, weil sie ähnlichen und noch schlimmeren Unsinn geträumt hatte, an den sie sich jetzt nicht mehr erinnerte. Vermutlich war das auch besser so, dachte sie, während sie ins Bad schlurfte. Ob Müllerjan gestern noch etwas Interessantes von Simone Mertens erfahren hatte? Hätte er sich dann nicht gemeldet?

Zum Frühstück konnte sie sich heute kein Käsebrot vorstellen, stattdessen nahm sie sich eine Banane zum Kaffee. Vielleicht zum Nachtisch noch einen Doppelkeks, das musste auch genügen, um den Tag zu beginnen.

Draußen regnete es zwar nicht mehr, aber der Garten war sicherlich zu nass, um darin etwas Sinnvolles zu tun, überlegte sie, während sie den Kaffee schlürfte. Vielleicht ein bisschen Hausarbeit, das musste auch sein. Oder eine ähnlich langweilige Tätigkeit. Sie hatte ja gewusst, dass die aufregende Phase nach Mariannes Tod bald wieder beendet sein würde. Genau genommen hatte sie sich darauf gefreut, ihr übliches, ruhiges Leben manchmal geradezu herbeigesehnt. Jetzt aber, wo ihr Leben wieder so beschaulich sein durfte wie vor Mariannes Tod, wurde sie das Gefühl nicht los, dass dieser Wechsel zu früh kam. Dass sie die Ruhe erst wieder genießen konnte, wenn der Fall endgültig abgeschlossen wäre. Vielleicht schon heute, vielleicht auch erst später … Wie lange mochte es dauern, bis Müllerjan Helene ein Geständnis entlockte? Und hatte sich überhaupt alles so abgespielt, wie Luisa es sich vorstellte? Oder war sie einfach zu wenig bereit, der einfachsten und nächstliegenden Lösung ins Auge zu sehen – dass Marianne sich tatsächlich das Leben genommen hatte?

Nach dem Frühstück spülte sie und begann, die Ledercouch im Wohnzimmer zu reinigen und mit Pflegemilch zu behandeln. Mit dem laufenden Fernseher im Hintergrund gelang es ihr, diese Gedanken zumindest ein Stück weit zurückzudrängen. Weshalb rief Müllerjan nicht an? Hätte er ihr nicht zumindest kurz von dem gestrigen Gespräch mit Simone Mertens berichten können? Jetzt saß er vermutlich gerade mit Helene in einem der Besprechungsräume und versuchte, ihr ein Geständnis zu entlocken. Ob sie schon alles zugegeben hatte? Oder leugnete sie noch? Und wenn dem so war, trug sie überhaupt die Schuld an Mariannes Tod, oder hatte Luisa die völlig falschen Schlüsse gezogen?

Um halb elf holte sie die Post herein und blätterte sie unkonzentriert durch. Rechnung, Werbung, noch mal Werbung ... und ein handschriftlich adressierter Brief. Sie drehte ihn um und erstarrte. Als Absender stand dort Helenes Name und Anschrift. War dies das Geständnis, auf das sie hofften? Oder würde sie stattdessen eine wüste Beschimpfung lesen, dass Luisa ihrer Kollegin den Mord zutraute?

Sie sah selbst, wie ihre Finger zitterten, als sie den Umschlag kurzerhand mit einem Messer aus der Küche aufschlitzte. Der Brieföffner war oben im Arbeitszimmer und damit viel zu weit weg in dieser Situation.

Ein Zeitungsausschnitt, darauf ein kleiner Klebezettel: »Mariannes neuer Job – damit du siehst, dass ich dich nicht angelogen habe. Helene«.

Vorsichtig zog Luisa den Zettel von dem dünnen Papier ab. Es schien sich um eine Anzeige aus einer Zeitschrift für

Musiker zu handeln, nicht um eine normale Tageszeitung. Merkwürdigerweise war sie auf Französisch formuliert. Die wichtigsten Punkte konnte Luisa dennoch verstehen, obwohl sie in der Schule nur zwei Jahre lang diese Sprache gelernt und das meiste längst wieder vergessen hatte. Die Anzeige stammte von einer Musikhochschule in Lyon, wo eine Professur für Konzertgitarre angeboten wurde. Als gewünschtes Eintrittsdatum war der erste Mai 2014 angegeben. Wenn Marianne diese Professur bekommen – und angenommen – hatte, wäre sie zu dem Konzert am Zülpicher Bürgertag schon seit mindestens anderthalb Wochen in Frankreich gewesen.

Luisa musste sich setzen. Wenn das alles stimmte – dann hatte Helene nicht gelogen. Dann hatte sich Marianne tatsächlich, wie Luisa immer geglaubt hatte, ein neues Ziel gesetzt, und natürlich wäre sie auch auf dem neuen Weg erfolgreich gewesen. Daran zweifelte Luisa nicht. Zumal sie mit der Professur eine Richtung eingeschlagen hätte, auf die die Aufkleber auf ihrem weißen Gitarrenkoffer bereits hindeuteten – Luisa hatte ja schon vermutet, dass Marianne gleich nach dem Studium mit dem Gedanken gespielt hatte, an einer Hochschule zu unterrichten.

Dennoch holte sie sich ihren Laptop aus dem Arbeitszimmer, dazu einen Doppelkeks, und suchte im Internet nach dieser Musikhochschule. Das *Conservatoire National Supérieur Musique et Danse* in Lyon war offensichtlich auf Gitarrenmusik spezialisiert. Den Berichten im Internet nach zu urteilen, wurden dort nur die allerbesten Gitarristen als Professoren berufen.

Sie nickte langsam. Ja, das wäre tatsächlich ein großer Schritt für Marianne gewesen. Eine ganz besondere Auszeichnung – und eine neue Aufgabe, in der sie all ihr Können und Wissen einsetzen konnte, ohne selbst noch unbedingt auftreten zu müssen. Sie musste gewusst haben, dass sie auch mit beginnendem Rheuma so viel besser als ihre Studenten gewesen wäre, dass sie noch eine lange Zeit hätte unterrichten können. Und da sie auch immer schon komponiert hatte, hätte sie vielleicht in einigen Jahren auf solche eher theoretischen Fächer wechseln können. Dort hätte sie wirklich für den Rest ihres Berufslebens eine erfüllende und angesehene Aufgabe gehabt. Es passte fast zu gut, um nicht der Wahrheit zu entsprechen.

Dennoch – Luisa war in diesem Fall schon auf so viele falsche Fährten gelockt worden, dass sie nicht mehr bereit war, etwas als wahr anzunehmen, nur weil es sich richtig anfühlte. Sie griff nach dem Mobilteil des Telefons und wählte kurzerhand die Nummer, die sie auf der Website der Musikhochschule gefunden hatte, ehe der Mut sie verließ.

»Bonjour, je m'appelle Luisa Weinstrauß«, begann sie sich tapfer vorzustellen, »d'Allemagne.« Konnte man das so sagen?

Ein französischer Wortschwall antwortete ihr, dem sie mit viel gutem Willen eine Begrüßung entnehmen konnte. Vom Rest verstand sie kein Wort. Verdammt, hätte sie sich nicht vorher zumindest die wichtigsten Vokabeln raussuchen können?

»Do you speak English?«, versuchte sie das Problem zu lösen.

»Non.«

Das war deutlich zu verstehen gewesen. Nun gut, dann musste sie es weiter versuchen. Mit vielen Umschreibungen und einer Grammatik, die die junge Frau am anderen Ende der Leitung manchmal hörbar zusammenzucken ließ, gelang es ihr schließlich, die Frage nach Marianne Schneider-Winterthur zu formulieren.

Wieder antwortete ihr ein französischer Wortschwall.

»Ne pas si vite, s'il vous plaît«, antwortete sie hastig. Vielleicht konnte sie wenigstens das ein oder andere Wort aufschnappen, wenn die Französin langsamer sprach …

Es dauerte mindestens zehn Minuten, bis sie sich soweit verständigt hatten, dass Luisa zumindest die wichtigsten Punkte begriff. Marianne Schneider-Winterthur, deren Name auf Französisch so bezaubernd klang, dass Luisa vor lauter Faszination die nächsten paar Worte nicht mitbekam, war die neue Professorin, die ab dem Wintersemester dort unterrichten würde. Welches Fach genau, das verstand Luisa beim besten Willen nicht – vielleicht hatte Marianne sich von Anfang an auf eine eher theoretisch ausgerichtete Professur beworben, da sie jedes mögliche Problem mit ihrer angeblichen Erkrankung vermeiden wollte. Die junge Frau am anderen Ende der Leitung bestätigte ihr außerdem, dass solche langen Fristen zwischen Bewerbung beziehungsweise Einstellung und Beginn der Arbeit normal waren und dass Marianne tatsächlich bereits im Mai hätte kommen sollen, um ausreichend Zeit für die Vorbereitung ihrer Studienfächer zu haben – zumindest glaubte Luisa das verstanden zu haben. Ansonsten hörte sie mindestens dreimal, wie perfekt Mariannes Gitarrenspiel und welch ein großes Glück es für die Hochschule sei, sie für die Professur gewonnen zu haben.

Luisa verzichtete darauf, der jungen Dame in ihrem radebrechenden Französisch klarzumachen, dass Marianne diese Stelle nicht antreten würde. Darum konnte sich Müllerjan später kümmern, unter dessen Kollegen bestimmt jemand war, bei dem vom Französischunterricht mehr hängengeblieben war als das Rezept für Salade Niçoise und eine Handvoll der wichtigsten Phrasen. Jetzt waren erst einmal andere Dinge wichtiger.

Nach einer sehr wortreichen Verabschiedung auf Seiten der jungen Französin und einem wenig einfallsreichen »Au revoir« seitens Luisa legte sie auf, öffnete im Internet eine Navigationsseite und suchte die Strecke von Zülpich nach Groß-Gerau heraus. Luisa nickte grimmig. Dann rief sie Müllerjan an und sagte anschließend alle heutigen Unterrichtsstunden ab.

Hermann Winterthur hatte sich sofort bereit erklärt, ihnen noch einmal Rede und Antwort zu stehen, berichtete Müllerjan, der sie um kurz vor elf mit seinem alten Kombi abholte. Helene war zwar um neun zum vereinbarten Termin ins Polizeipräsidium gekommen, hatte sich aber geweigert, auch nur ein weiteres Wort über ihr Verhältnis zu Marianne und die Absprache bezüglich des Konzertes zu sagen. Auch auf die zerstörte Gitarre angesprochen, schüttelte sie nur stumm den Kopf. Und bei der gestrigen Vernehmung von Frau Mertens hatte sich nichts Neues ergeben.

Dann berichtete Luisa, was sie in der Zwischenzeit herausgefunden hatte. Müllerjan pfiff einige Male leise durch die Zähne, als er die Zusammenhänge zu verstehen begann. »Da haben wir uns ganz schön an der Nase herumführen lassen«, sagte er ohne Groll und nickte ihr zu. »Gut, dass Sie mitgedacht haben – und dass Frau Zimmermann nichts wegwirft.«

Hermann Winterthur öffnete ihnen schon die Tür, als sie vor seinem Haus hielten. Er streckte erst Luisa und dann Müllerjan lächelnd die Hand entgegen. »Schön, dich wiederzusehen, Luisa«, sagte er. »Kommen Sie doch herein, Herr Kommissar. Mögen Sie einen Kaffee?«

»Danke, heute nicht«, antworteten beide fast wie aus einem Mund. Vermutlich, dachte Luisa, hatte Müllerjan genau den gleichen Gedanken gehabt wie sie – Kaffee hatte einen starken Eigengeschmack, der manches überdecken mochte.

»Vielen Dank, dass Sie sich noch einmal für uns Zeit nehmen«, begann der Kommissar das Gespräch, nachdem sie im Wohnzimmer Platz genommen hatten. »Wir nähern uns langsam der Aufklärung des Falles. Offensichtlich ist Frau Zimmermann tiefer in dieses Verbrechen verstrickt, als wir zunächst angenommen haben ... Ja, Sie haben richtig gehört. Wir gehen inzwischen davon aus, dass Ihre Frau nicht freiwillig aus dem Leben geschieden ist.«

Hermann sah sie mit aufgerissenen Augen an. »Aber ... das kann doch alles nicht sein«, er schüttelte energisch den Kopf, »wir haben schließlich gesehen, dass sie selbst die Gitarre zerstört haben muss. Da liegt es doch nahe, dass sie auch den letzten Schritt gegangen ist und sich das Leben genommen hat.«

»Im Gegenteil«, widersprach Müllerjan. »Unsere Experten sind gerade dabei, Frau Zimmermann zu verhören, und ich gehe davon aus, dass sie bald gestehen wird, in der Nacht vor dem Tod Ihrer Frau hier eingebrochen zu sein. Helene Zimmermann hat Ihre Frau vergiftet, die Gitarre hier in dem Kamin im Wintergarten verbrannt, die Asche im Garten vergraben, und dann ist sie genauso lautlos, wie sie gekommen ist, wieder verschwunden. Sie wusste, dass das Instrument zu auffällig war, um es zu behalten. Es zu zerstören, war die einzige Möglichkeit der Rache.«

»Aber ... das ist doch Wahnsinn«, wehrte er schwach ab. »Andererseits ... nun, natürlich war Helene immer schon etwas merkwürdig, und ich hatte auch das Gefühl, dass Marianne sich in ihrer Gegenwart nicht wirklich wohlfühlte ... Aber dass Helene so weit gehen würde, um sich für etwas zu rächen, an dem Marianne gar nicht schuld ist ...«

»Es ist schon verrückt, wozu Menschen fähig sind«, bemerkte Luisa. »Wie sagte der große Dichter Baudelaire in seinen *Les Fleurs du Mal* so schön: *Poivrons et pommes de terre, thon avec huile d'olive, oignons rouge et cébettes, œufs durs et févettes* … Denkst du nicht auch?«

»Ja, das trifft es sehr gut«, stimmte Hermann ihr sofort zu. »Baudelaire hat wie immer den Nagel auf den Kopf getroffen.«

Luisa wechselte einen kurzen Blick mit Müllerjan, der kaum merklich nickte. »Zumindest, wenn es um das Rezept für Salade Niçoise geht«, sagte Luisa ruhig. »Du sprichst kein Wort Französisch, Hermann. Wie wolltest du dir in Frankreich eine neue Existenz aufbauen?«

Sein Blick irrlichterte zwischen ihnen hin und her, als er begriff. Dann fing er sich wieder. »Ich weiß nicht, wovon du sprichst«, entgegnete er kühl. »Aber ich denke, meine Geduld ist nun langsam erschöpft. Wenn Sie keine Fragen mehr haben, Herr Kommissar …« Er erhob sich von der Couch.

»Wir können diese Unterhaltung gerne auf dem Präsidium fortsetzen«, entgegnete Müllerjan trocken. »Wenn Sie es wünschen, haben Sie dort auch erst noch viel Zeit zum Nachdenken – in einer hübschen, ruhigen Zelle.«

Hermann setzte sich wieder. »Was soll der Schwachsinn?«, fragte er grimmig. »Wie um alles in der Welt kommen Sie plötzlich auf die Idee, mich zu verdächtigen? Ich habe meine Frau geliebt – ich würde alles dafür geben, wenn sie jetzt hier neben mir sitzen könnte.«

»Aber du hattest sie doch längst verloren«, sagte Luisa leise. »Du hast von Mariannes Bewerbung in Lyon erfahren. Vielleicht hast du dir sogar Gedanken darüber gemacht, wie du es schaffen sollst, in einem fremden Land noch einmal eine Firma aufzubauen. Aber du hast nicht damit begonnen, Französisch zu lernen. Das war auch nicht nötig – denn sie hat dir gesagt, dass sie ohne dich nach Frankreich gehen würde. Vielleicht hat sie dich sogar geliebt, immer noch, trotz ihrer Affäre mit Philip … aber ihre Arbeit war immer das Wichtigste für sie. Sie hat sicherlich keinen Moment gezögert, die Stelle anzunehmen, und sie wird auch nicht gezögert haben, dich hier zurückzulassen. So war Marianne auch, oder? Das war der Preis für ihren Erfolg.«

Hermann sah sie kopfschüttelnd an. »Welch einen Schwachsinn reimst du dir da zusammen? Ist das die Retourkutsche dafür, dass ich dich irrtümlich des Diebstahls beschuldigt habe? Dafür habe ich mich doch entschuldigt! Was soll ich sonst noch tun? Vor dir auf die Knie gehen?«

»Ein Geständnis wäre hilfreich«, warf Müllerjan ein.

»Geständnis?« Hermann blickte ihn mit aufgerissenem Mund an. »Was soll ich denn gestehen, verdammt? Selbst wenn all dieses Zeug, was sich Luisa hier zusammenreimt, irgendetwas mit der Wahrheit zu tun hätte, habe ich immer noch ein Alibi! Haben Sie vergessen, dass ich von abends um sieben bis nachts um drei mit meinen früheren Schulkameraden zusammengesessen habe, was Ihnen auch mehrere von ihnen bestätigt haben?«

»Nicht ganz korrekt«, bemerkte der Kommissar. »Sie haben ein Alibi für die Zeit von sieben bis acht und dann wieder von etwa halb zwei bis drei Uhr nachts. Groß-Gerau liegt rund zwei Stunden von Zülpich entfernt. In dieser Nacht gab es keinen Stau auf dieser Strecke. Sie konnten abends um zehn wieder hier sein, als Ihre Frau längst das Gift zu sich genommen hatte und gegen das Ersticken kämpfte. Dann hatten Sie anderthalb Stunden Zeit, um die Gitarre zu verbrennen, die Asche zu vergraben und die Spülmaschine anzustellen, so dass wir nur die Spuren finden würden, die Sie uns sehen lassen wollten. Wenn Sie um halb zwölf zurückgefahren sind, waren Sie gegen halb zwei wieder auf Ihrer Feier und konnten dafür sorgen, dass Sie auch für diese Zeit ein Alibi hatten. Finden Sie es nicht auch merkwürdig, dass sich niemand mit Sicherheit erinnern kann, Sie zwischen acht und eins gesehen zu haben?«

»Wir waren doch alle ziemlich schnell betrunken«, winkte Hermann ab. »Sie wissen doch, wie solche Feiern ablaufen. Nachher weiß niemand mehr, was genau er wann gemacht hat.«

»Sie haben jedenfalls kein Alibi«, bemerkte Müllerjan mit leicht hochgezogenen Augenbrauen.

»Und Sie keinen Beweis!«, fauchte Hermann ihn an.

»Doch.« Luisa schrak zurück, als sich die Augen der beiden Männer auf sie richteten. Dennoch, das hier war der einzige sinnvolle Beitrag, den sie leisten konnte. Und diesmal war sie sich so sicher, dass sie endlich das letzte Puzzlestück gefunden hatte … es musste einfach klappen. »Der grüne Holzsplitter war nicht das Einzige, was ich in dem Pflanzloch gefunden habe. Du wusstest nicht, wie tief die Wurzeln des Blauen Eisenhutes in den Boden reichen, Hermann – du hast die Pflanzen zu flach ausgegraben. Natürlich musstest du sie entsorgen, sonst hätte die Spurensicherung die Wurzel gefunden, aus der du das winzige Stück herausgeschnitten hast, das du Marianne unter den Salat gemischt hast. Aber du warst nicht sorgsam genug. Die Spurensicherung kann jeden Moment hier sein, um den Rest der Wurzel auszugraben. Sie werden die genauen Zusammensetzungen des Giftes in diesen Wurzeln und in Mariannes Magen vergleichen. Dann ist es zu spät für dich, ein Geständnis abzulegen. Dann wissen wir auch so alles.«

Hermann starrte sie wortlos an. Luisa glaubte das Schweigen immer lauter in ihren Ohren rauschen zu hören, bis er endlich zu sprechen begann. »Sie wollte mich verlassen«, sagte er und klang mit einem Mal um Jahre gealtert. »Ich habe alles für sie getan – und dafür, dass sie bei mir blieb … und sie machte alles noch viel schlimmer.«

Luisa durchzuckte ein Gedanke. »Diese Geschichte mit dem Rheuma – die hast *du* ihr eingeredet, damit sie die Konzertreisen aufgibt und sich hier in Zülpich als normale Gitarrenlehrerin niederlässt«, sagte sie.

»Ihr Hausarzt ist ein alter Freund«, antwortete er langsam. »Er hat sofort verstanden, dass sie sich zu viel zumutete und nur einen Grund brauchte, all diese furchtbaren Reisen endlich aufgeben zu dürfen. Er hat mir diesen Gefallen gerne getan.«

»Aber statt ihre Reisen aufzugeben, wäre sie für immer nach Lyon gegangen«, fuhr Luisa fort.

»Ich habe diesen Brief gefunden«, sagte er schleppend. »Ich habe gar nicht verstanden, was darin stand. Aber sie hat es mir sofort gesagt. Dass ihre Arbeit ihr wichtiger ist als ich, dass sie absolut verstehen kann, dass ich meine Firma hier nicht aufgeben will … Sie hat nicht einmal gefragt, ob ich mit ihr kommen will. Und dann war alles so einfach – sie hat den Salat, den Simone Mertens ihr gebracht hat, einfach offen in den Kühlschrank gestellt und sich wieder in ihrem Musikzimmer verkrochen. Ich hatte alle Zeit, die ich brauchte, um mir Handschuhe aus dem Keller zu holen, den Eisenhut auszugraben, ein Stück von seiner Wurzel abzuschneiden und ihn wieder einzusetzen. Er musste ja nicht mehr lange durchhalten, nur bis zum Abend … Marianne hatte praktischerweise noch Blumen übrig vom Bepflanzen der Blumenkästen, mit denen ich den Eisenhut zwischen meinen Besuchen bei unserem Klassentreffen ersetzen wollte.«

»Und Philip Mertens?«, hakte Müllerjan nach.

»Den hätte sie ebenso zurückgelassen wie mich«, Hermann schüttelte müde den Kopf. »Dennoch, er hatte einen Denkzettel verdient. Deshalb habe ich seinen Namen dort platziert, wo du ihn finden würdest. Ich hätte ihn oder seine Frau gerne auf der Anklagebank gesehen – genauso wie Helene, die mindestens ebenso ehrgeizig ist, wie Marianne es war. Sie sind alle mitschuldig an Mariannes Tod.«

»Und weshalb Gift?«, fragte Luisa.

Er zuckte mit den Schultern. »Eine typische Frauenwaffe. Es passte zu Helene und Simone Mertens.«

Luisa nickte langsam. Er hatte sie wirklich auf jede Spur gelenkt, die ihm eingefallen war – und beinahe wäre er damit durchgekommen.

Nur wenige Fragen blieben noch offen.

»Woher wusstest du, dass der Eisenhut giftig ist?«, fragte sie. »Und wie hast du ihn überhaupt erkannt?«

»Marianne hat ihn mir gezeigt.« Er schloss die Augen einen Moment lang. »Sie hatte sich Sorgen gemacht, dass ich ihn zufällig berühren könnte, und mich davor gewarnt. Dass die Wurzel der giftigste Teil ist, habe ich dann im Internet nachgelesen. Kannst du dir vorstellen, wie klein das Stück ist, das man benötigt, um einen Menschen zu töten?«

Müllerjan zog sein Handy aus der Tasche und wählte eine Nummer. »Ich bräuchte die Kollegen von der Streife hier«, sagte er leise. »Und die Spurensicherung soll daran denken, dass sie ihre Pflanzen-Spezialistin mitbringt … ja, genau, mach das bitte.« Er gab die Adresse durch, dann sah er auf. »Herr Winterthur, ich verhafte Sie wegen des Mordes an Ihrer Frau, Marianne Schneider-Winterthur. Sie haben das Recht …«

Luisa hörte nicht weiter zu, wie Müllerjan von Aussageverweigerung, Hinzuziehen eines Anwalts und ähnlichen Dingen sprach. Hermann wirkte so in sich zusammengesunken, dass er ihr fast leid tat. Aber auch nur fast.

Als die Streifenpolizisten eingetroffen waren und kurz darauf die Spurensicherung kam, erklärte Müllerjan allen, was zu tun war, dann gingen sie hinaus. »Ein paar Meter in Richtung See?«, schlug er vor.

Luisa nickte. Schweigend spazierten sie nebeneinander her. Die Luft wirkte nun, nach den Regenfällen der letzten

Tage, endlich kühler und frischer als während der spätsommerlichen Hitzewelle in der vergangenen Woche.

»Haben Sie wirklich Wurzelreste von Blauem Eisenhut in dem Pflanzloch entdeckt?«, erkundigte sich Müllerjan schließlich.

Luisa zuckte mit den Schultern. »Unter der Asche mag sich noch alles Mögliche verbergen«, sagte sie. »Ich habe keine Ahnung, wie die Wurzeln von Blauem Eisenhut aussehen.«

Er nickte verstehend. »Und dass sich die Giftzusammensetzung von einer Pflanze zur anderen ändert …«

»Heutzutage ist doch so vieles möglich«, antwortete Luisa. »Weshalb nicht auch das?«

Müllerjan blieb stehen und schüttelte schmunzelnd den Kopf. »Ich hätte es Ihnen fast geglaubt«, sagte er.

»Hauptsache, Hermann hat den Bluff geschluckt«, antwortete sie.

»Dann steht dem großen Konzert im nächsten Jahr jetzt ja nichts mehr im Wege«, wechselte Müllerjan das Thema.

Luisa musste lachen. Endlich gelang ihr das wieder. »Kommen Sie, gehen wir noch ein Stück«, sagte sie. Nebeneinander spazierten sie durch die Felder in Richtung des Zülpicher Sees.

Danksagung

Bei diesem Roman konnte ich auf die fachkundige Hilfe und die Unterstützung vieler Menschen zurückgreifen:

René Sellinghoff, dem Löschgruppenführer Niederzier, danke ich für die Erklärungen zu Feuerwehreinsätzen zur Unterstützung von Rettungssanitätern und Notärzten.

Meinem Bruder, Dipl.-Biol. Oliver Tillmanns, habe ich die Informationen zu heimischen Giftpflanzen zu verdanken.

Andy Wergen (Landesgartenschau Zülpich 2014 GmbH) möchte ich für die Informationen zu den möglichen Spielstätten eines klassischen Konzertes danken und die Erlaubnis, während des Bürgertages der Landesgartenschau ein virtuelles Konzert auf der Burgbühne im Landesgartenschaugelände aufführen zu dürfen, sowie seine Bereitschaft, Luisa Weinstrauß in diesem Roman zu unterstützen.

Martina Feldhaus (Aachener Nachrichten) danke ich für ihre umfangreichen Informationen zum Archivsystem des Zeitungsverlags Aachen.

Bei Frau Christel Kahlen möchte ich mich für die Versorgung von Luisa Weinstrauß mit wichtigen Informationen bedanken.

Prof. Hans-Werner Huppertz danke ich für seine Erklärungen zu besonders wertvollen Gitarren und ihren Herstellern, den Rundgang durch die frisch renovierte Musikhochschule in Aachen und seine Bereitschaft, der Protagonistin virtuell unter die Arme zu greifen.

Walter Kraushaar möchte ich für seine Bereitschaft danken, in diesem Buch mitzuspielen und Marianne Schneider-Winterthur eine Gitarre mit einem ganz besonderen Design zu spendieren.

Für die Erlaubnis, einen virtuellen Gitarrenlehrer an der Musikschule Niederzier anzusiedeln, danke ich der Schulleiterin Eva Maria Gaul und ihren Kollegen.

Christoph Hartmann, Geschäftsführer der Landesgartenschau 2014 GmbH, möchte ich für die interessante Baustellenführung im Seeparkbereich danken und die Erlaubnis, diese mit in den Roman aufzunehmen, sowie die Informationen zur zukünftigen Burgbühne.

Hélène Küppers verdanke ich die Erklärungen zu französischen Musikhochschulen und zum Studium in Frankreich.

Und zuletzt danke ich meinem Mann, meiner Mutter und Schwiegermutter für Korrekturlesen, Rechercheunterstützung, Diskussionen, Anregungen und nicht zuletzt das Verständnis dafür, dass Schreiben manchmal wichtiger sein kann als alles andere im Leben.

Andrea Tillmanns
Wo liegt denn nun die Leiche?
Sirka Ehrenpreis' zweiter Fall.
Ein Aachen-Krimi

ISBN 978-3-935556-003-4

Sirka Ehrenpreis ist als Privatdetektivin eigentlich auf entlaufene Hunde und entflogene Vögel spezialisiert. Doch bei einem Ausflug ins Aachener Rabental stößt Schmitz, ihr Pflegehund, auf eine Leiche – und schon steckt Sirka mitten in ihrem zweiten Mordfall.

Was haben die Stocknägel aus verschiedenen Eifelgemeinden auf dem Wanderstock des Toten zu bedeuten? Wer ist die Frau, mit der er häufig gemeinsam gesehen wurde? Und war er wirklich so nett und hilfsbereit, wie ihn alle beschreiben?

Sirka muss weit in die Vergangenheit eintauchen, ehe sie auf ein dunkles Geheimnis stößt, das den Toten bis zum Schluss verfolgt hat – und in das mehr Menschen verwickelt sind als sie ahnt …

Erscheint im September 2014

Besuchen Sie uns im Internet:
www.wurdackverlag.de

Kerstin Lange
Grasträume

Ein Eifel-Krimi

ISBN 978-3-935556-002-7

Ein Zwischenstopp im idyllischen Eifelort Nideggen stellt die Welt von Christof Maria Breuckmann auf den Kopf. Er stolpert über die Leiche eines Mannes, mit dem er sich am Abend geprügelt hat, und wird für dessen Mörder gehalten.

Als die Polizei den Tod als Unfall deklariert, atmet er auf – doch warum wird er verfolgt, überfallen und ausgeraubt? Und welche Geheimnisse hüten die anderen Camper, die Freunde des Toten und die mehr oder weniger harmlos wirkenden Nidegger?

Je mehr der Dorfpolizist auf der Unfalltheorie besteht, umso hartnäckiger schnüffelt Christof herum – und kommt dabei dem Mörder immer näher. Zu nahe ...

Erscheint im Mai 2014

Besuchen Sie uns im Internet:
www.wurdackverlag.de